훈민
&
정음

훈민&정음 2

초판 1쇄 찍은 날 | 2015년 3월 10일
초판 1쇄 펴낸 날 | 2015년 3월 18일

지은이 | 정미림, 희현
펴낸이 | 서경석

편 집 장 | 권태완
편집책임 | 최고은
편   집 | 나정희

펴낸곳 | 도서출판 청어람
등록번호 | 제387-1999-000006호
등록일자 | 1999. 5. 31
어람번호 | 제5-0404호

주소 | 경기도 부천시 원미구 부일로 483번길 40 서경B/D 3F (우) 420-822
전화 | 032-656-4452 팩스 | 032-656-4453
http://www.chungeoram.net
E-mail | chungeorambook@daum.net

ⓒ 정미림 · 희현, 2015

ISBN 979-11-04-90140-9   04810
ISBN 979-11-04-90138-6   (SET)

Chungeoram romance novel

정미림 · 희현 장편 소설

훈민 & 정음

2

도서출판 청어람

목차

작가 후기

*본문 중 " "는 한국어, 「 」는 영어, 『 』는 중국어, 〈 〉는 일본어, 《 》는 카오 부족어로 진행되는 대사입니다.

1. 괜.찬.타. 괜.찬.타. 괜.찬.타.

[우정 양이 다녀가셨습니다.]

전화기 너머로 김 비서의 차분한 음성이 들려왔다.

"한국 들어간다는 메시지는 받았습니다. 잘 도착했나 보군
요."

훈민이 낮은 목소리로 말했다.

[얼굴이 많이 상하셨습니다. 회장님 뵙고 바로 입원을 하셨습
니다.]

정음이에게로 가는 자신을 붙잡으며 눈물을 흘리던 우정의
얼굴이 생각났다. 훈민의 마음도 편치 않았지만, 쓸데없는 친절
은 되레 독이 될 것이다. 어차피 사귀지 않을 바에는 적당한 선

을 그어놓는 것이 우정을 위해서도 나을 터였다.

"괜찮아질 겁니다."

[회장님께서 걱정이 많으십니다.]

"친구 딸에게까지 지대한 관심을 보이시다니, 우리 아버지께
서 요즘 많이 한가하신가 봅니다."

훈민이 조소했다. 미국에 들어온 뒤 몇 번이나 아버지께 전화
를 걸었지만 연결이 되지 않았다. 할 수 없이 보낸 '잘 도착했습
니다.'라는 문자에 '회의 중이다. 잘 도착했다니 다행이구나.'
라는 답이 전부였던 아버지다. 그 답마저 김 비서가 보낸 것이
틀림없겠지만.

[회장님께서는 훈민 군이 당장 들어오시길 바라고 계십니다.]

그럼 그렇지. 굳게 쥔 훈민의 주먹 위로 파란 핏줄이 도드라
졌다.

"나가라고 등 떠민 사람은 아버지시라고 전해주십시오."

[회장님께서는 훈민 군을 위해…….]

"지금은 학기 중입니다. 정말 절 위하신다면 학기 중에 부르
시지는 않겠죠."

[그만큼 급한 사안이라……. 권유에 따르지 않으면 강제로라
도 데려오라 하셨습니다. 저희는 훈민 군이 현명한 선택을 하기
바랄 뿐입니다.]

"마음대로 하십시오."

조금 길다 싶은 침묵이 계속되더니, 곧 짜증 섞인 목소리가

들려왔다.

[네가 연로하신 할머니 앞에서 개처럼 끌려오고 싶은 게로구
나?]

잘 지냈냐는 말 대신 들려오는 아버지의 질책에 훈민의 미간
이 좁아졌다.

"평안하셨습니까, 아버지?"

[지금 장난하는 게냐? 새파랗게 어린 아들 때문에 은혜도 모
르는 놈이 된 판국에. 내 누누이 말했잖느냐. 우정이는 은혜를
입은 분의 딸이니 잘 보살피라고.]

잊힐 만하면 되풀이되는, 이해되지 않는 아버지의 강요에 훈
민은 눈살을 찌푸렸다.

"저흰 더 이상 유치원생이 아닙니다. 얼마나 큰 은혜를 입으
셨는지 모르겠습니다만, 내년이면 스무 살이 되는 우정이를 어
디서 어디까지 보살피라는 말씀입니까?"

[넌 우정이가 원하는 대로, 원하는 만큼 보살펴야 한다! 쓸데
없는 소리 지껄이지 말고 오늘 안에 수속 밟도록 해라.]

"아버……."

훈민은 뚝, 끊어진 전화기를 바라보며 작게 웃음을 터뜨렸다.

이영민 회장은 특별한 아버지였다. 친구들이 부러워하는 아
버지, 주변 사람 모두가 고개를 숙이는 아버지는…… 그를 외롭
고 슬프게 만들었다. 외국 출장을 나갈 때마다 사다 주시는 아
버지의 선물이 사실은 김 비서가 준비한 것이라는 사실을 열 살

도 되기 전에 알게 되었다. 매년 돌아오는 생일 선물도, 성탄절 아침이면 어김없이 놓여 있는 산타의 선물도 모두 김 비서님의 작품이었다. 부자지간의 정이라고는 눈곱만큼도 없는 아버지께서 왜 자신의 연애에는 그렇게 깊게 관심을 가지는 것일까?

식탁에 앉은 훈민이 홀짝홀짝 우유만 들이켜는 것을 지켜보던 신 교수가 걱정스러운 음성으로 물었다.

"입맛이 없어?"

"아닙니다."

"그럼 왜 안 먹어? 아침에 걸려온 아버지 전화 때문이냐?"

"아닙니다. 과제 준비하느라 잠을 잘 못 잤어요. 조금 피곤합니다."

표정 변화 없이 고분고분 대답만 하는 손자를 보며 신 교수는 낮은 한숨을 내쉬었다.

"아버지 말은 어쩔 셈이니? 생각은 좀 해봤고?"

"학기는 마치고 가야죠."

불과 한 달 전까지만 해도 웬 유학이냐며 싫어하던 훈민이었다. 이제 겨우 친구도 사귀고 미국 생활에 적응해 가고 있는 손자를 다시 보내야 하는 것은 신 교수도 영 내키지 않는 일이었다.

"등 떠밀 때는 언제고…… 웬 변덕이라니?"

사위의 결정이 못마땅한 신 교수가 혀를 차며 손자를 바라보았다. 반짝반짝 빛나던 얼굴이 며칠 새 많이 상해 있었다.

"정음인 만나봤니?"

할머니의 물음에 훈민은 치밀어 오르는 짜증을 물과 함께 삼켜 버렸다. 사흘째 정음을 만나지 못했다. 전화기는 꺼져 있고, 병원을 찾아가도 면회 거절이라는 말만 되풀이해서 듣고 있었다.

"핸드폰은 꺼져 있고 면회는 사절이더라구요. 할머니는 소식 들으셨어요?"

"홍 사장 통해서 점차 나아지고 있다는 소식만 전해 들었다. 정음이가 고생이 많다더구나."

"……네."

"후우. 면회가 안 되니 답답하구나."

병원 측에서는 현옥의 면회를 일체 금지시키고 있었다. 피부 조직 괴사로 인한 감염 위험과 환자의 안정을 위해서라고 했다. 할머니나 손자나 답답하기는 마찬가지였다. 마주 앉은 신 교수와 훈민은 약속이라도 한 듯 서둘러 아침 식사를 마쳤다.

"학교 다녀오겠습니다."

훈민이 꾸벅 인사했다.

"그래, 조심해서 잘 다녀오너라."

신 교수는 손자의 어깨를 다정하게 두드려 주었다. 나이 들어 노파심이 많아져서 그런지, 요즘 들어 자꾸만 불길한 생각이 드는 신 교수였다.

「얼굴이 많이 상했어. 이러다 너까지 병나는 거 아냐?」

왕방울만 한 샘의 눈에는 눈물이 가득 고여 있었다. 툭, 건들기만 해도 눈물을 쏟아낼 것 같은 친구를 정음은 말없이 꼭 껴안아주었다.

「샘, 난 괜찮아.」

샘은 꺼져 갈 듯 가는 목소리로 자신을 다독이는 정음을 위해 자꾸만 터져 나오려는 흐느낌을 애써 삼켜야 했다.

「고모님은…… 고모님은 좀 어떠셔?」

「괜찮아지실 거야.」

정음의 목소리에는 힘이 없었다. 정음의 바람과는 달리 고모는 괜찮지 않았다. 붕대를 갈 때마다 엄청난 고통으로 인해 정신을 잃고 하루에도 몇십 번씩, 셀 수 없을 만큼 많은 비명을 토해내고 있었다.

점점 기력을 잃어가면서도, 엄청난 고통을 안겨주는 치료를 받으면서도 삶의 의지를 놓지 않는 고모를 보며 정음은 소리 없는 통곡을 삼켜야 했다. 죽는 것보다 더 고통스러운 아픔을 참고 견디는 이유가 바로 자신 때문임을 알고 있기 때문이었다.

「우리 모두 기도하고 있어. 그러니 힘내.」

「고마워.」

샘은 단짝친구답게 분위기를 띄우기 위해 학교의 여러 가지 소식을 알려주었다. 패트릭과 로라가 결국 헤어졌으며, 얄미운 리에는 여전히 잘난 체를 일삼고, 돈을 펑펑 쓰고 다니던 칭은 아버지의 부도로 인해 본국으로 소환될 위기에 처해졌다는 이야기였다.

「……그리고 네 친구 훈민이는 전학 왔을 때보다 좀 더 까칠해졌어.」

훈민의 이야기에 정음은 숨을 죽여야만 했다. 그의 전화를 받지 않았다. 문자의 답도 하지 않았다. 고모를 배신하는 것 같아 마음이 편치 않았다. 그녀의 마음을 읽은 사람처럼 오늘은 하루 종일 연락이 없었다. 우습게도 훈민에게 연락이 오지 않으니 섭섭하고 불안했다.

「그런데 정음, 그 사람…… 파티장에서 너 안고 나갔던 사람. 누구야?」

「아. 류하라고, 우리 고모랑 아주 친한 친구분의 동생이야.」

「그렇구나. 우리 모두 깜짝 놀랐어. 너에게 또 다른 남친이 있는 건 아닐까 하고. 학교에서는 훈민이가 차인 거라고 하는 애들도 있고, 네가 차이고 다른 남자랑 사귄다고 하는 애들도 있어. 당사자인 훈민이 입을 꾹 다물고 있어서 아무도 진실을 모르지만 말이야.」

샘의 말에 정음이 작게 웃음을 터뜨렸다.

「애들은 여전하구나.」

「우리야 그렇지 뭐. 정음, 나 잠시 화장실 좀 다녀올게. 여기 있어.」

샘이 화장실로 가고, 혼자 남은 정음은 딱딱한 나무 벤치에 등을 기대며 고개를 뒤로 젖혔다. 서글픈 생각이 들 만큼 파란 하늘이 끝도 없이 펼쳐져 있었다.

"파란 하늘……. 우리 고모가 참 좋아하는데……."

저렇게 예쁜 하늘을 다시는 못 보는 게 아닐까? 덜컥 겁이 났다. 생각만으로도 끔찍한 일이었다. 상상조차 하기 싫은 생각을 떨쳐 내려 정음은 두 눈을 질끈 감았다. 일부러 만든 어둠 속에서 마른침을 꿀꺽 삼키는 정음의 옆으로 누군가 다가오는 인기척이 느껴졌다. 샘이 왔나? 살포시 눈을 떠보니 낯익은 얼굴이 그녀를 내려다보고 있었다.

"얼굴이…… 많이 상했네."

"이훈민! 네, 네가 어떻게 여기 온 거야?"

"샘에게 부탁을 했어."

정음 옆에 앉은 훈민이 전에 없이 다정한 목소리로 말했다.

"설마 했는데, 내 전화는 안 받더니 샘 전화는 받는구나."

"아, 아니, 그런 게 아니라……."

"뭔가 사정이 있겠지 했지만, 섭섭하기는 하다."

"미안해."

훈민이 자세를 고쳐 앉았다.

"뭐가? 연락 두절된 거? 문자 씹은 거? 찾아와도 만나주지 않고 튕긴 거?"

자존심 강한 훈민의 입장에서는 마음이 많이 상한 모양이었다. 마음이 착잡해진 정음은 자신에게로 몸을 돌리고 앉아 있는 훈민을 물끄러미 바라보았다. 하필이면, 우리 고모를 차버린 사람의 아들이 훈민이라니.

"다…… 다 미안해."

"내가 뭔 말을 하겠냐?"

훈민이 손을 뻗어 정음을 당겨 안았다. 정음은 자신을 껴안는 훈민의 품에서 벗어나려 바동거리다 그가 주는 따뜻함에, 보호받고 있는 듯한 편안함에 항복해 버렸다. 전화도 문자도 모른 체하며 다잡았던 마음이 자꾸 느슨해지는 것 같았다.

"괜찮은 거냐?"

"응."

"정말?"

"응."

다정하게 되묻는 물음에 울음이 터져 나올 것 같아 정음은 간신히 대답했다.

"할머니 숙제로 읽었던 시. 그거 생각난다."

"시?"

"응. 있잖아. 괜찬타. 괜찬타. 괜찬타. 하던 시."

"아. 서정주 님의 내리는 눈발 속에서는……."

"응. 그 시."

가만히 대답하던 훈민이 빙그레 미소를 지었다.

"이 시 공부하면서 네가 할머니께 물었잖아. 진짜 괜찮은 거 아니어서 이런 거죠? 반대로 표현하는 거, 그거 맞죠? 그래서 내가 그랬잖아. 네가 잘하는 비꼬기 신공 중 하나인 거꾸로 말하기가 문법적으로는 '역설법'이라고 한다고. 기억나냐?"

훈민의 말에 정음은 입술을 깨물었다.

"기억나. 내가 너한테 재수 없다고 악담했던 것도. 넌 참 중간이 없다. 괜찮다고 하면 그냥 그러려니 하고 넘어가지."

"난 널, 네 상황을 바로 알고 싶으니까."

"맞아. 사실…… 괜찮지 않아. 고모는 많이 아파하시고 난 너무 무서워."

괜찮다고 하면 정말 괜찮아지지 않을까 하는 막연한 기대감에 주문을 외우는 것처럼 괜찮다고 말했었다.

"고모는 내 어디가 마음에 안 드신대? 말씀만 해주시면 내가 고칠게. 고모 마음에 들게 싹 고치고 우리 같이 간호하자. 내가 물도 떠오고 고모님 얼굴도 닦아주고 그렇게. 침대보도 자주 갈아드려야 하잖아. 너 혼자 힘들어서 안 돼. 네 얼굴이 이렇게 상하도록 아무런 도움도 못 되는 거 정말 싫다. 기분 더러워."

따뜻한 햇살이 내리쬐는 정음의 머리카락을 말없이 쓰다듬던 훈민이 한숨을 토해내듯 말했다.

"고모는 지금 누구라도 다 싫으실 거야."

"많이…… 안 좋으신 건 아니지?"

"잘 모르겠어."

"힘내. 힘내라, 오정음!"

훈민이 정음을 안은 팔에 힘을 주었다.

"나…… 들어가 봐야 해."

"그래. 너무 오래 자리 비우면 안 되겠지? 내일도 올게. 뭐 먹고 싶은 거 없냐? 한인타운 가서 떡볶이랑 순대 사다 줄까? 내일 저녁 7시까지 올 테니까 저녁 먹지 말고 기다려."

훈민의 말에 정음은 작게 미소를 지었다.

훈민을 보내고 중환자실 옆, 보호자 대기실로 돌아온 정음을 반겨준 것은 언제나처럼 류하였다.

"친구는 잘 만나고 왔어?"

"응."

짧은 대답과 함께 고개를 끄덕이는 정음의 얼굴에 약한 홍조가 띠어져 있는 것을 발견한 류하는 안도의 한숨을 내쉬었다. 내내 어두운 기색이 가득하더니 다행이었다.

"정음인…… 괜찮습니까?"

"직접 와서 봐."

"전화를 안 받습니다. 문자도. 찾아가도 면회 사절이라 병실 근처에도 못 가고 있습니다. 정음이가 이러는 게, 그쪽 때문입니까?"

"그걸 왜 나한테 묻지? 정음이가 궁금하면 수단 방법 가리지 말고 와서 만나. 친구에게 애원을 하든지, 병원 앞에서 밤을 새우든지."

서점 앞을 지키고 있던 정음의 남자친구는 융통성이 없긴 하지만 멍청하지는 않았다. 류하의 말뜻을 금세 알아듣고는 '감사하다.'란 인사를 남기고 사라졌다. 오늘 정음의 단짝이라는 친구가 찾아오고 정음의 얼굴이 급격히 밝아진 것을 보니 힌트를 준 보람이 있었다. 비록 심장 한쪽이 못 견디게 쑤시긴 했지만.

"밥은 먹었어? 자리도 못 뜨고 고생했지?"

"난 아무것도 한 거 없어. 그냥 가만히 앉아서 책만 봤어."

"이럴 때 옆에 있어주는 것만으로도 힘이 나잖아. 내가 진짜 고마워하는 거 알지?"

정음의 말에 류하가 싱긋 미소를 지었다.

"근데 류하. 정말 학교 안 가봐도 돼? 교수님한테 혼나는 거 아냐?"

"괜찮아. 사정 말씀드리고 양해 구했어."

중요한 전공과목을 연달아 펑크 내버렸으니 깐깐한 교수가 그냥 넘어갈 리 없었다. 이미 한 학기를 날려 버린 셈이니 류하는 마음 편히 정음 옆을 지킬 수가 있었다.

"사장님도 그렇고 류하도 그렇고, 정말 고마워."

"그렇게 고마우면 나중에 김치나 담가줘."

류하의 말에 정음이 '푸하.' 짧은 웃음을 터뜨렸다. 아주 찰나적인 순간이었지만, 그 미소에 류하의 마음이 찌르르 아파왔다.

"하루 종일 못생긴 얼굴이더니 이제 좀 낫네."

"뭐야? 이 정도면 아주 훌륭한 편이라고."

"그래? 네가 그렇다면 그런 거겠지."

천연덕스럽게 농담하는 류하를 보며 정음이 피식, 미소를 지었다. 그리고 한층 더 여유로운 목소리로 말했다.

"알았어. 앞으로 류하 장가갈 때까지 김치는 내가 책임질게."

"장가가면 안 담가줘?"

"응. 장가가면 아내가 해주잖아."

"그런가? 그럼 네 김치 얻어먹으려면 평생 혼자 살아야 하냐? 아님, 네가 내 색시 할래?"

"어? 어? 뭘 벌써…… 결혼을……."

당황해하는 정음을 보며 류하가 씨익 짧은 웃음을 터뜨렸다.

"놀라기는. 농담이야, 인마. 나 화장실 다녀온다."

"에이, 깜짝 놀랐잖아. 바람도 쐬고 천천히 다녀와."

배시시 미소 짓는 정음의 얼굴이 예전처럼 밝아 보였다.

'다행이다.'

류하는 혼잣말을 중얼거리며 천천히 병실을 벗어났다.

무력하고 갑갑한 밤이 지나고 또다시 새날이 밝았다. 별다른 희망이 보이지 않는 날이었지만, 오늘 정음은 어제와 달리 들떠 있었다. 오늘 저녁 다시 찾아오겠다던 훈민의 약속 때문이었다.

오전 11시 면회를 마치고 오후가 되기를 기다렸다. 시간 가는 게 더디게 느껴질 정도로 그가 올 시간이 기대되었다. 하루 종일 책을 읽다 말다를 반복하며 시간을 때웠다.

해가 지고, 하루 두 번 있는 마지막 면회 시간이 되자 정음은 가운을 걸치고 소독을 한 뒤 고모의 병실로 들어섰다. 어제보다 늘린 약 투여량 때문인지 고모는 한결 편안해 보였다.

정음은 붕대 밖으로 조금 삐져 나온 고모의 얼굴을 살며시 만져 보았다. 우둘우둘, 쪼그라든 피부가 손끝으로 아프게 와 닿았다.

"휴…… 하지?"

고모가 어눌하게 말했다.

"흉하냐고? 아니, 우리 고모가 왜 흉해. 얼마나 예쁜데. 어서 일어나서 수술하면 예전보다 더 예뻐질 거야."

으흐흐으. 현옥이 울음인지 웃음인지 분간조차 어려운 소리를 토해냈다.

"오느르 기분이 조아 보…… 여. 뭐 조…… 은 일이 이…… 는 거야?"

어눌한 고모의 말에 정음이 수줍게 고개를 끄덕였다. 그래, 고모도 나중에는 이해해 주실 거야. 고모의 과거 때문에 우리가 피해를 보는 것을 고모도 원치 않을 거야. 정음은 그렇게 스스로를 설득시켰다.

"우와! 우리 고모 귀신이네. 고모, 나 잠시 나갔다 와야 해. 친구가 떡볶이 사들고 온다고 해서 같이 저녁 먹기로 했거든. 그러니까 나 늦다고 섭섭해하지 말고 씩씩하게 기다려."

"으으. 아라어. 다녀와……."

그래, 잠시만 다녀오면 될 거야. 아주 잠깐인데 뭐. 정음은 흔쾌히 승낙하는 고모의 귓가에 대고 다시 말을 이어갔다.

"사장님은 서점에 갑자기 대량 주문이 들어와서 무지 바쁘신 모양이야. 류하도 서점 일 돕고 나중에 퇴근하면서 사장님 모시고 같이 올 거래. 밤에 간호사실에 말해서 잠시 들어올 수 있도록 해볼게."

"으응."

"고모, 걱정하지 마! 혹시라도 어디 불편하면 여기 벨 누르고."

차근차근 말을 하는 사이 시계는 벌써 7시를 향해 가고 있었다.

"고모. 나 나가볼게. 나중에 봐!"

다정하게 인사를 하고 일어서려는데, 갑자기 고모가 붕대 감긴 팔을 들어 올렸다.

"응? 왜? 할 말 있어?"

정음은 고개를 숙여 고모의 입술 근처로 귀를 갖다 대었다.

"사…… 사랑해."

사랑한다는 말도 기뻤지만, 완벽한 발음이 정음을 더 기쁘게 했다.

"나도. 나도 고모 정말정말 사랑해. 이렇게 살아줘서 정말 고마워. 고모, 내가 앞으로 진짜진짜 잘할게. 나 거둬주고 키워준 거, 절대 후회하지 않게 잘할게."

속사포처럼 사랑 고백을 하고 병실을 나서며 시계를 봤다. 6시 55분. 걸어가는 데 10분쯤 걸리니까, 훈민을 만나고 20분 후에 다시 돌아올 생각으로 걸음을 재촉했다.

훈민이 다시 만나자고 한 벤치는 이미 다른 사람들이 앉아 있었다. 정음은 할 수 없이 조금 떨어진 옆자리에 앉았다.

1분, 2분, 3분…….

'어쩌지? 면회 시간 다 끝나가는데. 갔다가 다시 올까? 가는 도중에 훈민이 다시 오면 어쩌지?'

고민하는 사이 벌써 면회 시간이 끝나 버렸다. 그렇게 10분, 20분이 흘러도 훈민은 나타나지 않았다.

어떻게 된 거지? 전화를 걸어보았지만, 연결이 되지 않았다. 사고라도 난 건 아닐까? 불안한 마음에 교수님 댁으로 전화를 해봤지만, 역시 마찬가지로 전화를 받지 않았다. 시계를 보니 이미 30분이 넘어서고 있었다. 고모를 너무 혼자 방치한 것 같아 자리에서 일어서려는데 누군가 정음을 불렀다. 뒤돌아 보니 리에와 주리였다.

「정음! 오정음!」

「어! 너희들이 어쩐 일이야?」

「어쩐 일이긴. 병문안도 하고 겸사겸사 왔지.」

「고생이 많지? 고모님은 좀 어떠셔? 인사드릴 수 있어?」

리에가 전에 없이 사근거리는 손길로 정음의 어깨를 두드려 주었고, 주리는 차분하지만 진심 어린 목소리로 물었다.

「응, 많이 좋아지셨어. 근데 병실은 출입 금지야. 세균 감염 위험 때문에. 나도 하루에 두 번밖에 못 들어가. 그것도 소독 꼼꼼히 하고 난 뒤에야 들어갈 수 있어.」

「그렇구나. 음…… 나, 음료수 좀 사올게.」

주리가 어색하게 웃으며 자리를 벗어났다. 무슨 일이지? 정음은 리에를 바라보았고, 눈이 마주친 리에는 미안한 듯 씨익 웃었다.

「사실은 전할 말이 있어서.」

「전할 말?」

「응. 너 훈민이 기다리고 있었지? 훈민이 오늘 못 나와!」

「네, 네가 그걸 어떻게?」

리에가 정음의 두 손을 꼭 잡았다. 물끄러미 정음을 바라보는 리에의 눈에 비친 승리의 빛. 이건 뭐지? 혼란스러워하는 정음을 향해 리에가 동정 어린 목소리로 말했다.

「가엾은 것! 훈민이가 전해달래, 그동안 고마웠다고.」

귀를 기울이던 정음이 두 눈을 깜박였다.

「뭐? 뭐라고?」

「그동안 고마웠다고 전해달래. 훈민이 오늘 한국으로 돌아갔거든.」

「무, 무슨 소리야?」

정음은 의기양양하게 말하는 리에의 입술을 가만히 들여다보며 되물었다.

「쯧쯧! 충격이 컸구나, 정음! 잘 들어! 이제 훈민이랑 너랑은 끝이라고!」

「그, 그럴 리가 없어.」

이건 틀림없이 리에의 심술일 거야. 정음은 그렇게 믿고 싶었다.

「이런. 어리석은 정음, 내 말을 믿어. 내 두 눈으로 똑똑히 봤으니까. 일본에서 친구가 온다기에 공항에 나갔다가 한국으로 돌아가는 훈민을 봤지 뭐야. 나를 보더니 마지못해 부탁하더라, 네게 미안하다는 말을 전해달라고.」

한마디 한마디를 똑똑 끊어 말하는 리에는 승자의 미소를 지으며 돌아섰다.

대체…… 이게 무슨 일이야…….

멍하니 앉아 있던 정음은 자리에서 일어났다. 훈민이가 그럴 리가 없었다. 리에가 장난친 것이 틀림없다. 오늘 저녁, 홍 사장님이 오시면 교수님 댁으로 가봐야겠어. 정음은 영혼 없는 음성으로 중얼거리며 약속 장소를 벗어났다.

「병원에 한국어 가능한 의료진 없어요? 저 소녀가 영어를 못하는 모양이야.」

병실 밖에서 가만히 지켜보던 닥터 브루노의 말에 주변의 간호사들이 어깨를 으쓱였다.

브루노는 침대 가에 앉아 있는 동양 소녀를 애처로운 눈빛으로 바라보았다.

「20시 03분에 운명하셨습니다.」

라는 말을 듣고도 소녀는 아무런 반응을 보이지 않았다.

하필이면 담당의가 휴가를 낸 날 돌아가시다니. 브루노는 친구에게 말로만 듣던, 화상 환자의 영혼을 위해 진심 어린 기도를 했다.

「어쩌죠?」

「잠시 놔둡시다. 조금 있다 내가 다시 말해볼게요.」

브루노가 간호사에게 말했다. 한때 사랑했던 여자친구가 한국 사람이라 더 안타까운 마음이 드는지도 몰랐다.

닥터들 사이에서도 대단하다는 소문이 날 정도로, 화상 환자는 아주 강인하고 아름다운 여성이었다. 당장 몇 시간도 넘기기 어려운 위독한 상황이었음에도 일주일이나 버텨주었다. 불에 탄 살갗을 긁어내는, 몇 번이나 까무러칠 정도의 극심한 고통 속에서도 삶의 희망을 놓지 않던 굉장한 여인이었다.

침대 옆에 가만히 앉아 있는 소녀에게, 너무나 애처로운 뒷모습을 가진 작은 동양 소녀에게, 저 여인이 얼마나 강인하고 멋진 사람이었는지 알려주고 싶었다. 브루노는 길게 심호흡을 한 뒤 소녀에게로 다가갔다.

「저기…….」

소녀의 어깨를 살며시 두드리려던 브루노는 가늘게 흔들리고 있는 소녀의 뒷모습을 보며 숨을 삼켰다.

　알고 있었구나.

　알고 있었던 모양이다.

　"사랑해. 사랑해, 고모."

　온몸을 가늘게 떨며 울던 소녀는 쉬지 않고 중얼거리고 있었다.

　"내가 얼마나 사랑하는지 알지? 내가 얼마나 고마워하는지 알지? 정말 고마워. 내 고모가 돼줘서, 나 지켜줘서, 이렇게 키워줘서 정말 고마워. 사랑해. 사랑해. 사랑해, 고모. 내가 정말…… 정말 많이 사랑해. 고모, 잘…… 가. 잘 가, 고모."

　사랑해…….

　사랑해…….

　다 알아들을 수는 없었지만, 한 단어. 여자친구에게서 배운 '사랑해.'라는 말은 알 수 있었다. 브루노는 조심스럽게 병실을 벗어났다.

　하늘이 무너진다는 건, 어떤 기분일까? 땅이 꺼진다는 건 어떤 기분일까? 그 어떤 기분도 고모를 잃은 정음의 절망과 비교하지 못할 것이다. 정음은 장례식 내내 피를 토하는 기분으로 눈물을 쏟아냈다. 임종을 지키지 못한 자신의 죄를 어떻게 갚아야 할까?

고모의 장례식이 있던 날, 거짓말처럼 이훈민이 찾아왔다. 싸움질이라도 하고 온 사람처럼 여기저기 멍이 들고 옷이 찢어진 채로.

대체, 어디서…… 어디서 뭐 하다 이제 나타난 거야? 너 때문에 난 우리 고모 임종도 지키지 못했다고. 널 만나려고……. 내겐 부모나 다름없는 고모의 임종도 지키지 못했어. 소리 없는 아우성이 머릿속을 빙빙 돌며 정음을 괴롭히고 있었다.

"미안해. 많이 힘들었지."

정음은 다정하게 자신을 껴안으려는 훈민의 손을 매몰차게 쳐냈다.

"너, 너 괘…… 괜찮아?"

걱정스럽게 물어보는 그를 보며 정음이 차갑게 말했다.

"난 괜찮으니까 그만 가줬으면 좋겠어."

"저, 정음아."

"내 이름 부르지 마. 그리고 다시는 내 앞에 나타나지도 마."

놀란 그의 눈동자를 똑바로 쳐다보며, 정음이 다시 말했다.

"너, 너 왜 그래? 내가 너무, 늦어서, 늦게 와서 그런 거야? 그럴 만한 사정이 있었어. 내가 다 설명할게."

"아니, 말하지 마. 그냥 이제 네가 싫어졌어. 여기…… 미국이 싫어. 이곳에 관계된 모든 것들, 너를 포함해서 이곳의 일들은 모조리 다 잊고 싶어."

"저, 정음아!"

착각일까? 퉁퉁 부은 그의 눈가에 눈물이 맺히는 걸 본 것 같았다.

"너무 늦었어. 다시는 내 앞에 나타나지 마."

차갑게 말하고 집 안으로 들어가 버렸다.

그날 밤은 비가 내렸다. 차가운 비가 대지를 촉촉히 적시는 동안, 훈민은 꼼짝도 하지 않고 정음의 집 앞을 지켰다. 비가 내리고 바람이 불어도 마치 생명이 없는 바위처럼 그 자리에 서서 꼼짝도 하지 않았다. 다음 날, 류하가 와서 차에 그녀의 짐을 싣는 동안에도 훈민은 그저, 멍한 눈으로 정음을 바라만 보고 있었다.

차가 출발하려 할 때 훈민이 앞을 막아섰지만 류하는 후진을 해서 옆으로 차를 빼냈고, 사라지는 차의 사이드미러를 통해 미친 듯이 따라오는 훈민이 보였다.

"저 자식 계속 따라오는데 어쩌냐?"

"그냥 가! 세우지 말고 그냥 가!"

절박한 정음의 외침에 류하는 오른발에 힘을 주었다.

속력을 내는 차 안에서 정음은…… 두 눈을 감아버렸다.

2. 새로운 시작

2014년.

런던. 탐스 서점.

「감사합니다. 탐스 서점입니다.」

2시를 막 넘길 무렵 여학생 두 명이 서점 안으로 들어섰다. 귀엣말을 속삭이며 주위를 두리번거리는 그녀들을 향해 매니저 해라가 급히 다가갔다.

「무엇을 도와드릴까요, 손님?」

부드러운 목소리로 묻자, 여학생들이 고개를 저으며 잡지가 있는 쪽으로 가버린다. 뭐가 그렇게 좋은지, 연신 키득거리며

카운터를 힐끔거리는 여학생들을 보며 해라는 빙그레 미소를
지었다.

「이번 달에도 매출 실적이 많이 올랐죠?」

어느새 다가온 부매니저 자크가 해라의 시선을 좇으며 물었
다.

「작년 대비 20% 정도 상승했어요.」

「캬아! 공원 옆의 꽃미남 직원이 그득한 서점이라. 매니저님,
왜 우린 진작에 이런 생각을 못 했을까요? 지금까지 무표정한
얼굴로 여직원들이 딱딱하게 응대하는 서점이었으니 매출이 오
를 리가 있었겠어요?」

「우리 사장님이 워낙 탁월한 분이시잖아요.」

해라의 말에 자크는 고개를 끄덕였다.

줄리아 로버츠와 휴 그랜트가 출연한 로맨스 영화, 노팅힐의
광팬인 홍숙자 사장은 3년 전, 런던공원 근처에 탐스 서점의 체
인점을 오픈했다. 비록 노팅힐(Notting Hill. 영국 웨스트 런던의
한 지역)은 아니지만, 영화 속 휴 그랜트의 서점처럼 아늑하고
편안한 분위기의 서점을 만들고 싶었던 홍 사장의 바람은 지독
히도 저조한 매출 실적 탓에 그리 큰 성공을 거두지 못한 것처
럼 보였다.

그녀의 모험은 다분히 소녀 취향적인(영화 속처럼 로맨틱하고
아름다운 낭만을 꿈꾸는) 것이었지만, 일단 사업가로서는 마냥 꿈
만 먹고 살 수는 없는 노릇이었다. 지리적 여건이 좋음에도 불

구하고 자꾸만 떨어지는 매출 요인을 냉철하게 분석한 홍 사장은 매출 부진의 원인이 직원들의 불친절한 서비스 때문임을 알았다. 그녀는 당장 직원 서비스 교육에 들어갔고, 거듭되는 컴플레인에도 변하지 않는 직원들 대신 잘생기고 잘 웃는 남자 직원들을 매장에 배치하기 시작했다. 또한 서점 내에 편히 앉아 책을 읽을 수 있는 공간을 따로 마련해 손님들이 약속 시간을 기다리면서 독서를 할 수 있도록 만들었다. 공원 내, Deck chair가 한 시간에 1.6파운드인 데 반해, 서점 안의 푹신한 소파가 무료라는 조건은 이용객들의 호감을 샀고, 결국 매출 상승이라는 기쁜 결과로 돌아왔다.

「매출 상승의 핵심 요인이신 우리 교수님은 언제 들어가신대요?」

자크가 카운터 뒤에 서 있는 류하를 보며 말했다. 같은 남자가 봐도 반할 수밖에 없는 저 탁월한 외모, 도무지 인간 같지 않은 신비한 눈동자를 간직한 저런 남자가 카운터에 서 있는데 여자들이 어떻게 지갑을 열지 않을 수 있겠는가.

「글쎄, 좀 오래 계셔주면 좋겠는데, 바쁘신 분을 억지로 잡을 수도 없고.」

류하를 바라보는 해라의 눈빛에도 동경이 가득했다.

「보면 볼수록 신기해요. 저 외모를 가지고 어떻게 학자가 됐지? 도대체 뭘 먹으면 저렇게 생겨 먹을 수가 있을까? 남자가 봐도 정말 훈훈한 외모예요.」

그렇게 말하는 자크 또한 180이 훌쩍 넘는 갈색 머리의 미남이었지만, 카운터를 보고 있는 류하에 비하면 그저 그런 외모 축에 속하기는 했다.

「전 여자지만, 교수님 외모보다 저 머릿속 기능이 더 탐나요. 모국어인 한국어에 영어, 불어, 중국어는 물론 일본어까지. 도대체 몇 개 국어를 하시는지.」

「휴!」

「어휴!」

카운터 주위를 훤히 밝히는 류하를 보며 해라와 자크는 동경과 부러움의 한숨을 동시에 내뱉었다.

「사인해 주세요.」

류하가 내미는 영수증에 키가 작은 동남아 남성이 볼펜을 끼적였다.

「여기 있습니다.」

「감사합니다.」

인사를 하고 영수증을 받아 들던 류하가 멈칫거리더니, 손님을 바라보았다. 매력적인 오드아이 위로 놀라움이 가득했다.

「이…… 이건?」

「제 사인에 무슨 문제라도?」

손님이 서툰 영어로 물었다.

「아, 아닙니다.」

남자와 사인을 번갈아 보던 류하가 급히 고개를 흔들었다.

「사인이 정말 멋집니다. 그런데 한글…… 을 아십니까?」

「한글?」

「지금 쓰신 이 문자, 한글 아닌가요?」

류하가 영수증에 쓰인 글자를 손으로 가리켰다.

「글쎄요. 저는 잘…….」

「이 문자, 어디서 배우셨습니까?」

「저는 인도네시아, 카오라는 부족에서 왔습니다. 이 글은 저희 마을 주민들이 쓰는 문잡니다.」

「카오?」

「그렇습니다. 문제가 있는 건가요?」

「아, 아닙니다. 감사합니다, 손님.」

손님이 책을 받아 들고 서점을 나섰다.

신기한 일이었다. 한글을 쓰는 부족민이라니……. 정음이가 알면 얼마나 놀라워할까? 도대체 이름도 낯선 카오라는 민족에게 한글을 전한 선구자는 누구일까? 류하는 영수증 속에 또박또박 적힌 한글 사인을 다시 한 번 들여다보았다.

─파라 빠빠타오.

정음이가 좋아하겠는데. 류하는 신기한 영수증을 주머니 속에 넣으며 빙그레 미소를 지었다.

❈　　❖　　❈

　　대한민국. 파주.

　　"어서 오세요, 고모!"

　　쉰 줄을 훌쩍 넘어선 홍숙자 여사가 현관에 발을 내딛자, 헐
렁한 티에 반바지 차림의 정음이 뛰어와 그녀를 꼭 안았다.

　　"오메, 오메, 이거 마른 거 좀 보소. 우리 아기, 이사하느라 고
생이 많았제. 내가 도와줘야 하는데 혼자 오게 해서 미안해."

　　숙자가 함박웃음을 터뜨리며 자신의 품에 폭 안긴 정음의 가
녀린 등을 두드려 주었다.

　　"아니에요. 얼마나 바쁘신지 뻔히 아는데요, 뭘. 게다가 요즘
은 이사 업체에서 정리랑 청소까지 다 해주잖아요. 생각보다 훨
씬 편하게 왔어요."

　　환하게 웃으며 대답하는 정음을 사랑스럽게 바라보던 숙자는
애달픈 미소를 지었다. 열여덟. 작은 토끼같이 어리고 약하던
것이 어느새 이렇게 예쁜 숙녀로 자라났다. 큼직한 눈매 하며
오똑한 코, 매력적이고 탐스러운 입술까지. 이제는 어디에 내놓
아도 빠지지 않을 만큼 멋진 어른이 되었다. 작고 여성스럽던
제 엄마 대신, 현옥을 꼭 닮아 늘씬하게 잘 빠진 몸매를 보며 숙
자는 먼저 가버린 오랜 친구를 떠올렸다.

"그랬구나? 세상이 참 편해졌다. 그치?"

"네."

"그래도 정리하다 보면 주인 손이 또 가야 할 텐데, 혼자서 괜찮겠냐, 아가?"

"그럼요."

마치 친고모처럼 살뜰하게 보살펴 주는 숙자를 보며 정음이 밝게 웃었다.

"하기야 우리 정음이야 뭐든 다 잘하지."

"예쁘게 봐주셔서 감사합니다. 근데 고모, 뭘 이렇게 많이 싸 가지고 오셨어요?"

숙자가 바닥에 내려놓은 보자기를 보며 정음이 물었다.

"김치 좀 싸왔어. 얼른 냉장고에 넣어라."

"누나가 담근 김치, 맛없어! 네가 담가줘!"

학술세미나 참석차 영국에 가 있는 류하의 말을 떠올리며, 정음은 슬며시 미소를 지었다.

"맛있겠다! 잘 먹겠습니다."

"오냐! 내 김치 맛있다고 말하는 사람은 우리 정음이밖에 없지."

"아니에요. 오빠도 좋아하는걸요."

"아니라는 거 나도 알고 너도 알지? 후후, 말이라도 그렇게 해주니 고맙다."

헤헤, 겸연쩍게 웃은 정음이 김치를 냉장고에 넣는 사이 숙자
는 방과 화장실, 거실과 주방을 꼼꼼하게 둘러보았다.

"무섭진 않고?"

"네. 걱정 마세요. 요즘 아파트들 방범 끝내줘요. 아주 안전하
게 잘돼 있어요. 공기도 좋고, 상권도 좋고. 다 좋아요."

"그러냐? 조용하니 좋은데 우리도 파주로 이사 올까?"

거실로 나온 숙자가 베란다 밖의 호수를 한참 동안 내려다보
며 말했다. 신도시라 그런지 호수를 감싼 가로수 길이며 넓고
깨끗한 인도가 서울보다 훨씬 여유 있어 보였다.

현옥이 사고로 허망하게 세상을 뜬 후 숙자는 우울증을 앓았
다. 만사가 귀찮고 무기력해진 그녀와 고모를 잃고 힘들어하는
정음을 위해 류하는 서울행을 권했고, 그녀들은 그해 가을, 서
울 마포에서 새로운 삶을 살기 시작했다.

미국에서의 학업을 끝내고 다시 영국으로 건너가
Postdoctoral(박사 과정 수료 후의 연구자)를 밟는 류하 대신 정음
이 숙자의 가족이 되었다. 두 사람은 서로를 의지하며 10여 년
을 함께 지냈고, 예쁘게 잘 자란 정음은 우수한 성적으로 대학
을 졸업하고 직장을 따라 이곳 운정으로 이사를 오게 되었다.

"고모 영국에 가 계시는 동안에도 혼자 지냈잖아요."

"그래도 이렇게 독립하는 거랑 같아? 너 솔직히 말해봐. 나랑
같이 사는 거 싫었던 거 아냐?"

"제가 자꾸 폐만 끼치는 것 같아서, 미안해서 그렇죠, 뭐."

"난 네가 그러는 게 더 섭섭해. 뭐가 미안해? 네가 남이야? 넌 내 딸이야."

숙자의 말에 뭉클해진 정음이 고개를 숙였다. 홀로 남아 막막하고 무서울 때 숙자가 옆에 없었다면 어떻게 살아왔을지, 생각만으로도 끔찍한 일이었다. 고모가 떠난 지 10여 년이나 흘렀지만, 아직도 고모를 생각하면 목이 멘다. 게다가, 화재를 일으킨 범인이 레스토랑 매니저 존이었다니.

고모가 돌아가시던 그날, CCTV를 확인하던 경찰은 창고를 서성거리던 수상한 남자를 발견하고 수사에 들어갔다. 유력한 용의자였던 남자는 정음을 모함하려다 되레 해고당한 존임이 밝혀졌고, 자신의 어머니 집에 숨어 있던 그는 다음 날 체포되었다. 재판장에서는 존이 비록 살인 의지가 있었던 것은 아니지만, 어찌 되었든 한 사람의 목숨을 앗아간 점, 마트에 큰 손해를 끼친 점 등을 들어 35년이라는 중형이 구형되었다. 거만하고 삐뚤어진, 인종차별주의자 존은 허물어지듯 쓰러지며 통한의 울음을 토해냈다.

"정음아."

정음의 마음을 읽기라도 한 것일까? 숙자가 부드러운 목소리로 정음을 불렀다.

"……네."

"넌 미안해할 것도, 불편해할 것도 없어. 사람은 말이야, 제각

각 살아가야 할 몫이 다 있단다. 네 고모가 그렇게 간 것도, 내가 한국에 온 것도 다 우리가 거쳐야 할 삶의 한 부분이었을 거야. 너도 좀 더 나이를 먹게 되면 내 말을 이해하게 될 거다."

"네."

"그냥 하는 말이 아니라 류하처럼 너도 나한테는 가족이야. 그러니 너도 나에게 폐가 된다느니, 신세를 진다느니, 그런 생각은 말아. 다음에 또 그런 말 하면 정말 화낸다."

"네, 잘못했어요."

눈물 가득한 눈으로 정음이 배시시 웃었다.

"그리고 이건 뭐 필요한 거 있으면 사도록 해."

숙자가 하얀 봉투 하나를 내밀었다.

"자꾸 이러시니까……."

정음은 '제가 더 미안해지죠.'라는 말을 하려다 얼른 삼켜 버렸다. 그 소리를 했다간 또 섭섭해하실 것이 분명했다. 고모가 돌아가시고 난 뒤 보상금으로 나온 보험금과 미국 집을 정리하고 남은 돈을 고스란히 모아두었다, 자신의 앞으로 이 집을 사준 숙자의 마음을 알기에 더 고맙고 미안했다.

"봉투는 안 받으면 안 돼요? 여태껏 키워주셨잖아요."

"별소릴 다한다. 너 키우는 데 돈 하나도 안 들어갔어. 한국 들어와서도 제 밥벌이한다고 회화 아르바이트를 몇 개씩 하고, 대학도 장학금 받고 다녔으면서. 이 집 산 건 원래 다 네 돈이니까 그런 생각 할 거 없다."

"……."

"알았지, 아가?"

숙자의 목소리가 촉촉하게 젖어 있었다. 불쌍한 것. 제 고모가 이리 잘 큰 걸 보면 얼마나 흐뭇해했을까? 숙자는 차오르는 회한의 눈물을 삼켰다.

"네."

"그래, 그래야지. 류하는 이번 달 말에 들어온다고 하더라. 너 이사 못 도와줘서 정말 미안하다고, 나더러 제 몫까지 도와주라고 하더라."

뉴욕과 영국에서 공부를 마친 류하는 그곳에서 제시하는 여러 가지 좋은 조건들을 마다하고 누나와 정음이 있는 한국으로 들어왔다. 지금은 신촌에 있는 한 대학에서 언어학을 가르치고 있었는데, 낯가림이 심한 성격에도 불구하고 여학생들 사이에서 최고의 인기를 얻고 있는 모양이었다.

"네, 통화했어요. 오빠가 미안하다고 예쁜 가방 사다 준대요."

모교의 학술세미나에 참석한 김에 홍 사장이 운영하는 런던 탐스 서점에 들러 경영 상태와 직원들의 서비스 태도 등을 파악하고 오기로 한 류하는 이사를 돕지 못해 정음에게 진심으로 미안해했었다.

"잘했네. 이왕이면 비싼 걸로 사달라고 그래."

"네, 그럴게요."

배시시 웃으며 대답하는 정음을 보며 숙자가 눈을 흘겼다.

"쯧쯧. 대답은. 네 주변머리에 잘도 그러겠다. 그냥 빈말이 아니라, 지내다 불편하거나 외로우면 바로 연락해야 해. 내 얼른 짐 싸가지고 올랑게."

돌아가신 어머니의 사업 수단을 닮은 덕분일까? 미국의 사업을 정리하고 들어온 숙자는 마포에 오래된 건물을 사들여 탐스 서점을 다시 열었다. 비단 책 판매뿐만이 아니라 고객을 감동시켜야 한다는 그녀의 경영 철학 아래, 서점 내 쉼터와 중고책 장터 등의 고객 만족도를 높이는 아이템에 주력했고, 서점에서 멀어진 고객들의 마음을 돌리는 데 성공했다.

숙자는 한참 동안 수다를 떨다 겨우 집을 나섰다. 발길이 떨어지지 않는 모양인지 연신 눈물을 훔치며 돌아가는 숙자를 보며 정음은 울컥, 눈물을 삼켜야 했다. 가만히 생각해 보면 함께여서, 혼자가 아니라서 견딜 수 있는 시간들이었다. 돌아가신 고모를 대신해서 자신을 키워준 고마운 분. 멀어져 가는 숙자의 차가 작아져서 보이지 않을 때까지 정음이 그녀의 뒷모습을 좇고 있었다.

이사 후유증인지, 새벽까지 잠을 이루지 못한 정음이 겨우 잠이 들었을 때였다. 침대 옆 탁자 위의 휴대전화기가 부르르거리며 요란한 소음을 내더니 메시지가 왔음을 알리는 초록빛 불이 깜빡이기 시작했다.

―정음 씨.

이사 잘했어? 모처럼 쉬는 휴일 날 이런 문자 날려서 정말 미안하게 생각해.

다른 게 아니라, 오늘 나 대신 출근 좀 해주라. 나 지금 응급실와 있거든. 우리 아기가 밤새 아팠어. 저기, 그리고…… 나도 어제 갑자기 연락받았는데, 왜 우리 학회 후원 업체 있지? 오늘 거기 직원이 사무실 방문한다네. 가뜩이나 예산 삭감이다 뭐다 말들이 많아서 말이야. 직원 눈 밖에 나면 끝이니까, 알아서 잘 모시라고 소장님이 신신당부를 하시더라.

정음 씨, 이사하자마자 이렇게 염치없이 부탁하게 되네. 내가 진짜 이 은혜 안 잊을게.

긴 문자메시지를 확인하며 정음은 낮은 한숨을 내쉬었다. 직장과 가까운 곳으로 이사를 하면서 가장 염려했던 일이 이사 첫날부터 생기다니.

"어휴! 내 무덤 내가 팠지."

자조의 웃음을 지으며 정음은 억지로 몸을 일으켜 욕실로 향했다.

한 시간 뒤 교하 출판단지 안, 'ㄷ' 자 모양의 2층 건물 앞에 선 정음은 자신의 정겨운 직장을 물끄러미 바라보았다. '세종학회'라는 작은 입간판을 앞세운 건물은 나뭇결이 그대로 살아 있는 벽면과 커다란 통유리가 아래위로 반반씩 외벽을 이루고 있

어 보기에도 시원한 느낌을 주었다. 쏙 들어가 있는 입구 쪽 앞
에 서면 말 못 하는 건물이 크게 웃으며 정음을 반기는 것 같은
착각에 빠지기도 했다.

얼마나 들어오고 싶었던 곳인가?

고교 시절 알게 된 한글의 매력에 푹 빠진 정음은, 그 뛰어남
에 비해 잘 알려지지 않은 한글을 세계에 알리고 싶다는 소망을
가지게 되었다. 다행히 요즘에는 아이돌 가수나 음식, 드라마
등으로 한류가 많이 알려진 까닭에 한글도 함께 유명해지고 있
지만, 아시아에 비해 서양에서는 아직도 엉터리 번역본으로 된
한글 안내서가 많이 나돌고 있었다.

전 세계에 있는 한글 서적이나 홍보물의 오류를 바로잡고, 한
글의 우수성을 알리는 중요한 일을 하는 이 학회에 들어오기 위
해 한글 문법과 영어 문법을 입에서 쉰내가 나도록 공부했었다.
합격이라는 전화 연락을 받았을 때는 정말이지 사법고시 합격
이라도 한 듯 기뻤었다. 결국 그 환희는 한 달도 못 가 깨지고
말았지만, 아직도 그때만 생각하면 입가에 미소가 맴돌았다.

드르르르.

긴 상념에 빠져 있던 정음은 가방 안 휴대전화기의 진동 소리
에 얼른 정신을 차렸다. 액정을 보니 고우리 팀장이다.

"네에."

[정음 씨! 어디야? 학회야?]

전화기를 통해 고 팀장의 칼칼한 목소리가 들려왔다.

"네. 지금 바로 앞이요."

[휴우. 살았다. 자기가 파주로 이사 온 건 우리 협회를 위한 하늘의 뜻이었어. 진국 씨 아기는 하필 지금 아프고 그럴까?]

"아기가 분위기 봐가면서 아프진 않죠."

[그렇지? 그렇게 생각해서 다행이야. 아무튼, 자기 없었으면 어쩔 뻔했니? 오늘 잘 부탁해. 협회 직원 심기 거스르지 말고. 잘난 척해도 적당히 비위 맞춰주면서. 알지?]

"네에."

[그래, 그래. 우리 협회의 미래가 자기에게 달려 있다 생각하고 책임감 있게, 끝까지!]

"네에. 저 어서 들어가야 해요."

[그래, 그래. 미안! 어서 들어가서 자료 준비하고. 후원 끊어지지 않게, 잘 부탁해!]

깐깐하기 그지없는 고 팀장의 부드러운 목소리를 들으며 정음은 낮은 웃음을 흘렸다. 약간의 정부 보조금과 뜻있는 학교나 단체, 기업들의 후원으로 운영되는 협회의 입장에서는 가장 큰 후원사인 우주그룹 앞에서 영원한 약자일 수밖에 없었다. 더구나 우주그룹에서 후원을 끊을지도 모른다는 흉흉한 소문은 협회 직원들 모두를 두렵게 만들었다. 모처럼 쉬는 토요일이라도 우주그룹에서 보자면 버선발로 뛰어나와 맞아야 될 입장이었다.

삐삐삐삐.

비밀번호를 누르고 안으로 들어서려는 정음의 뒤로 '실례합니다.'라는 낮은 목소리가 들려왔다. 후원 업체 직원이 벌써 왔나?

"어서 오세……."

황급히 뒤돌아서던 정음의 몸이 석고상이라도 된 듯 그대로 굳어버렸다. 갑자기 온몸에 소름이 돋는 느낌과 함께 숨이 멎어버릴 듯한 충격이 온몸으로 몰려왔다.

"오정음?"

눈부신 햇살을 등지고 선 남자가 미간을 찌푸리며 그녀의 이름을 불렀다. 잊어버리려 노력해도 절대 잊히지 않던 음성. 가끔 꿈속에서까지 들려오던 목소리였다.

젠장! 정음은 나지막하게 욕설을 내뱉었다.

3년 전의 기억이 떠올랐다. 우연처럼 그를 다시 만났던 그날. 며칠 동안 내리던 비가 그치고 모처럼 화창한 햇빛이 내리쬐던 그날은 학회가 파주로 이사를 앞두고 있던 어느 날이었다.

"우와! 대박! 장난 아니에요."

"뭐가?"

"저기, 길 건너요."

일행 중 막내인 조소화의 외침에 지하철 홍대입구 2번 출구로 올라서던 정음은 길 건너편으로 무심코 고개를 돌렸다. 높게 뻗은 빌딩 숲 속, 길게 이어진 1층 상가들과 그 앞을 복작거리며 지나다니는 사람들, 우르르 몰려다니며 구경과 흥정을 하는 관광객들과 시간에 쫓기는 듯, 뒤도 보지 않고 바쁘게 걸어 다니는 사람들. 어제와 별반 다름없는 여전한 풍경이다.

"조소화! 너 까불지? 길 건너 뭐가 있어?"

고우리 팀장이 짜증 섞인 목소리로 투덜댔다. 그녀 역시 정음처럼 느꼈던 모양이다. 올해 서른둘이 되는 그녀는 키가 크고 옷맵시가 좋은 영화배우 최정화를 꼭 빼닮은 스타일로, 밤낮이 바뀌기 일쑤고 출장을 이웃 동네처럼 다녀야 하는 변화무쌍한 사무실 내에서 유일하게 애인이 있는, 부지런하고 능력 있는 여자였다.

"잠시만요. 방금 저기 편의점 안으로 들어갔어요."

포기하지 않고 건너편을 바라보는 소화를 보며 정음과 고 팀장이 어이없다는 듯 웃었다.

"쯧쯧. 우리 막내, 눈에서 아주 레이저 발사하고 계시네. 오매불망 칼립 님은 어쩌고 이러실까?"

"그러게 말이에요. 예사롭지 않은 저 눈빛이 웬 말이야."

고 팀장과 정음이 주거니 받거니 하며 소화를 놀렸지만, 발끈할 줄 알았던 소화는 미동도 없이 길 건너만 뚫어지게 바라보고 있었다.

"흐흐. 기다려 보세요. 두 분 다 깜짝 놀라지나 마시라고요."

"어휴, 그러셔요?"

세종학회의 막내 소화는 아이돌 멤버 칼립의 팬이자, 잘생긴 남자를 노골적으로 좋아하는 20대 중반의 소녀 감성 소유자였다. 충남의 깊은 산골 출신이라 그런지, 아직 순수하고 호기심 많은 그녀와 길을 걷다 보면 종종 이런 일이 생겼기에 고 팀장도 정음에게도 낯설지 않은 일이었다.

"완전 특A. 조인성급이에요."

"아니면 죽는다."

"옆에 사람들을 오징어로 만드는 초절정 아우라……. 아우. 완전 죽음이에요."

"쯧쯧. 초절정 아우라는 또 뭐야? 한글 연구한다는 사람이 쓰는 언어 봐라. 자알하는 짓이다."

호들갑을 떠는 소화에게 눈을 흘기면서도 고 팀장 역시 길 건너편을 주시했다.

"팀장님까지 왜 이래요? 그냥 가요."

재촉하는 정음에게 소화가 입을 비죽였다.

"정음 언닌 남친 없는 제 마음 몰라요. 앗! 나왔다! 나왔어요."

소화의 얼굴이 환하게 밝아졌고, 정음과 고 팀장의 시선도 자연스럽게 길 건너편으로 향했다.

"완전 근사하죠?"

소화가 동의를 구하듯 두 사람을 바라보았다.

"괜찮네."

남자의 동선을 좇는 고 팀장의 눈빛에도 흥미로운 빛이 가득했다.

"정음 언니는? 언니는 어때요?"

소화의 물음에 정음은 아무 생각 없는 사람처럼 천천히 고개를 끄덕였다.

"피. 언닌 별로구나? 하기야, 류하 선생님이 계시니까."

"자, 자, 조소화! 이제 그만하고 어서 가자. 소장님 기다리시겠다."

먼저 정신을 차린 고 팀장이 소화를 끌며 길을 재촉했다.

"정음 씨도 어서 가자."

"네."

무의식적으로 대답했지만, 정음은 자신의 대답과 달리 고 팀장과 소화가 앞서는 것도 깨닫지 못할 만큼 넋이 빠져 있었다. 그녀는 길 건너편을 뚫어지게 바라보며 혼잣말을 중얼거렸다.

"하나도 안 변했네."

왕복 4차선 너머의, 조인성급 남자는, 소화가 초절정 아우라를 뿜어낸다고 한 그 남자의 정체는 그녀가 아는 사람, 이훈민이었다.

편의점에서 들고 나온 생수를 옆의 여자에게 건네는 그는, 만나지 못한 7년이라는 세월이 무색할 만큼 변함없었다. 여전히 빛을 뿜어내는 환한 외모와 주위를 압도하는 강한 기운이 왕복 4차선 도로 건너편의 정음에게까지 고스란히 전해지고 있었다.

가끔 그를 생각했었다. 고모의 장례식이 끝나갈 무렵, 여기저기 멍이 들고 옷이 찢겨진 채로 나타났던 그……. 왜 이렇게 다쳤냐고……. 어디 갔다 이제 나타났냐고 물어볼걸. 그랬다면 우리의 미래는 달라졌었을까?

정음은 소리 없이 미소를 지었다. 이제 와서 시시비비를 따지기에는 너무도 오래된, 다 지난 일이었다. 아직도 훈민에게 연연해 있을 만큼 이제 자신은 어리지 않았다. 다시 만난다면, 아무렇지도 않게 쿨하게 인사도 나눌 수 있을 것 같았다.

"정음 씨, 뭐 해?"

만감이 교차하는 추억도 잠시, 고 팀장의 부름에 정음은 아무 말 없이 그녀들의 뒤를 따랐다.

20평 남짓한 사무실 안으로 적막한 침묵이 감돌았다.

정음은, 그를 만날 아무런 마음의 준비도 되어 있지 않은 상태였다. 하고많은 날 중에 대신 당직을 서는 토요일 오전에 좋지 않게 헤어진 첫사랑을 만나다니. 왜 하필, 후원 업체 직원이 훈민인지, 김진국 씨의 아기는 하고많은 날 중에 왜 하필 오늘 새벽에 아팠는지. 생각해 보면 모든 것이 조금씩 어그러진 느낌이었다.

커피를 내리느라 뒤돌아서 있는 정음의 뒤통수가 따끔거렸다. 부자연스럽게 뛰는 가슴을 진정시키기 위해 정음은 여러 번 호흡을 해야 했다.

3년 전 홍대에서 봤던 이후 가끔 그를 생각했었다. 우습게도 그에 대한 그리움으로 가슴 한쪽이 먹먹해질 때마다 그날 그의 옆에 서서 당연하다는 듯 생수를 받아 들던 우정을 기억해 내려 애썼다. 환하게 웃는 그녀를 보며 가슴 한쪽이 무너지는 상실감을 잊지 않으려 노력했다.

그날, 나오지 못한 이유가 우정이 때문이었을지도 몰라. 그랬다면, 처음부터 솔직하게 말하지 그랬니. 그랬다면 고모에게 더 빨리 돌아갈 수 있었을 텐데. 아니, 아예 고모 옆을 떠나지 않았을 수도 있었을 텐데. 비록 마음은 많이 아팠겠지만, 그래도 이렇게 원통하진 않았을 거야. 정음은 그에게 묻고 싶은 많은 말들을 가슴속에 묻은 채, 낮은 한숨을 내쉬었다.

이제는 상관없는 일이잖아. 정음은 입가에 떠오른 쓴웃음을 지우며 자연스럽게 뒤돌아섰다. 뒤통수가 따가웠던 것은 착각이었나 보다. 십 년이라는 긴 세월만큼 한층 더 근사해진 훈민은 그녀 대신 창밖을 바라보고 있었다.

"마셔."

정음은 훈민 앞에 커피잔을 내려놓으며 최대한 사무적인 목소리로 말했다.

"……좋아 보인다."

비웃는 걸까? 의도를 살피기 위해 훈민을 바라보자, 그가 무표정한 얼굴로 어깨를 으쓱거렸다.

"안 좋을 이유가 없잖아?"

차가운 그녀의 대답에 그가 싱긋, 미소를 지었다.

"그렇지."

짧은 대화를 끝으로 또다시 침묵이 감돌았다. 정음은 창가로 다가가 창문을 열어놓았다. 반쯤 열린 창문 너머로 진한 송진 냄새가 코끝을 파고들자, 먹먹했던 답답함이 그제야 사라지는 듯했다.

"자, 그럼."

커피잔을 내려놓은 훈민이 그녀를 바라보았다. 순간, 무엇을 해야 할지 잃어버린 정음이 멍한 눈으로 그를 마주 보았다.

"으응?"

"보통은 이럴 때 앞으로 해야 할 사업계획서나 이미 했던 사업성과보고서 같은 걸 보여주던데?"

"아!"

넋을 놓고 있던 자신이 부끄러워 정음은 얼굴이 화끈 달아올랐다.

"잠시만 기다려."

"그러든지."

어쩌면 저리도 여유로운지……. 초조해하는 자신과 달리 표정 변화 없이 천연덕스러운 그가 얄밉기까지 한 정음이었다.

십여 분 정도, 정음이 내민 자료들을 꼼꼼히 살핀 훈민은 이것저것 질문을 하고 메모를 했다.

"그럼 요즘 학회 주력 활동은, 첫째, 문자가 없는 나라에 문자를 보급하는 것과 둘째, 해외 교과서나 팸플릿 등에 잘못 기재

된 한글 정보를 수정하는 거야?"

"응."

정음의 대답에 훈민의 미간이 살짝 찌푸려졌다.

"음, 얼마 전 한 부족국가에 문자를 배포했다가 잠정적으로 실패라고 결정짓고 철수한 일이 있지 않았나?"

훈민의 말에 정음은 고개를 끄덕였다.

"많이 안타까운 일이었지. 접근 방법이나 문자 전수 방법에서는 아무런 문제도 없었어. 다만, 언론에서 너무 크게 홍보를 하고 떠드는 바람에 서울시가 개입을 하면서부터 일이 조금씩 어그러지기 시작했지."

안타까움에 정음의 목소리에 남아 있던 어색함이 사라지기 시작했다.

"서울시의 개입이 있었으면 물질적인 후원 면에서도 아무런 문제가 없었을 텐데? 도리어 좋은 거 아냐?"

"서면 보고서를 보면 알겠지만, 시에서 그쪽 부족과 자매결연을 하고 문화관을 세워주겠다고 홍보를 크게 하니까, 여기저기 단체에서 숟가락을 얹고 나서기 시작한 거야. 너무 일을 크게 벌였어."

"문화관을 세워줘?"

"전임 시장이 자매결연을 하면서 그런 약속을 한 모양이야."

"음. 그러다 우리는 선거를 했고, 시장이 바뀌었고."

이미 사태 파악이 된 모양인지 훈민이 고개를 끄덕였다.

"그렇지. 이미 제보다 젯밥에 관심이 커진 족장님은 힘없는 우리 학회보다 문화관을 세우고 발전을 시켜주겠다는 시와 손을 잡는 것이 더 이익이 된다는 판단을 했고."

"족장으로서 문자보다는 눈앞의 이익이 더 커 보였겠지."

"그러니까. 단지 문자를 배워서 후손에 글을 남기고 싶었을 뿐인데, 서울처럼 큰 도시에서 관심을 가지고 자매결연이니, 문화관 건립이니 엄청난 발전을 시켜준다는데 나라도 그랬을 거야. 이게 왜 떡이냐…… 싶었겠지."

정음은 한숨을 내쉬었다. 생각할수록 화가 나는 일이었다.

"순수한 사람들일수록 더 빨리 물들게 마련이지. 처음에는 고맙기만 하던 호의가 어느 순간 당연한 권리처럼 되어버리지."

냄비처럼 들끓다 여론의 관심이 사라지니 언제 그랬냐 싶게 말을 바꾸는 윗선의 정책에 순수했던 학회의 열정과 호의마저 변질이 되어버렸다. 부족민들은 말을 바꾸는 시를 원망했고, 시는 끝까지 책임을 지지 않는다며 학회를 비난했다. 학회는 이미 발전으로 눈을 돌려 버린 부족을 보며 계획을 철회해야 했다.

"그러다 선거를 하고 시장이 바뀌고 모든 계획이 유야무야 스톱되게 되었어. 지금 생각해도 참 속상한 일이야. 단순히 언어 보급 차원에서 그쳤다면 더 좋았을 것을. 이미 학회인 우리의 손을 넘어선 일이지만, 그래도 단순히 실패라고 보긴 어려워. 이미 학교 아이들 대부분이 한글을 숙지한 상태이고, 문자가 자리를 잡기까지는 아주 오랜 시간이 걸리기도 하니까."

"음, 그렇군. 시간이 지나봐야 알 수 있다. 좋아! 그럼 두 번째 질문. 한글 오류를 바로잡는 일들은 반크 같은 사회단체에서 이미 하고 있지 않나?"

안타까움에 감정에 젖어 있던 정음과 달리 훈민은 다시 냉철한 음성으로 돌아와 있었다.

"물론 반크에서도 꾸준히 하는 일이야. 차이점을 들라면 전문성이겠지. 우리 학회는 일단 한글을 비롯해 세계의 여러 문자를 연구하는 전문 단체이고, 그중에 세계에 배포된 한글 관련 자료들의 오류를 바로잡고 새로운 자료를 만들어 배포하고 있어. 반크는 개개인이 외교관이라는 생각하에 모인, 한국을 알리는 일반인들의 단체이니까 엄밀히 말하면 본질부터 달라."

한글에 대한 열정으로 넘쳐 나는 정음이 차분히 설명을 하는 사이, 그녀를 괴롭히던 흥분과 긴장은 어느새 사라지고 없었다.

"사실 나도 반크의 회원이기도 해. 그들의 나라 사랑은 정말…… 우리 정치하는 사람들이 보고 배워야 해."

"흠. 전문성이라……."

정음의 말을 경청해서 듣고 있던 훈민이 짧은 한숨을 내쉬었다. 자세히 알지 못하지만, 소장님께 전해 듣기로는 회사 차원에서 무엇인가 복잡한 일이 있는 듯했다. 정음은 숨을 죽이며 그의 의견을 기다렸다.

"요즘 회사 내에 사회복지 정책에 대해 이의를 제기하는 사람들이 좀 있어. 경영 악화로 사원복지가 축소된 마당에 사회복지는 변함이 없다는 게 이치에 맞지 않다는 의견이 많거든."

훈민이 차분히 말했다. 후원 축소에 관해서는 이미 학회에서도 걱정하고 있던 일이었다. 후원 업체 중 가장 큰 비중을 차지하는 우주그룹에서의 후원이 막힌다면 협회의 존립 자체가 흔들릴 수도 있는 엄청난 일이었다.

"우주그룹 같은 큰 회사가 후원을 줄인다면 우리 단체는 많이 힘들어질 거야."

"내가 결정할 수 있는 건 아무것도 없어. 오늘 내가 방문한 건, 우리가 후원하는 복지단체의 상황을 파악해 있는 그대로 보고하기 위해서야."

겸손하게 말을 하고 있지만, 오늘 훈민이 보는 시각에 따라 학회에 큰 영향을 끼치게 될 것이라는 걸 정음은 잘 알고 있었다. 김진국 씨라면 이럴 때 점심이라도 함께하면서 우호적인 분위기를 만들겠지만, 정음으로서는 그와 함께 식사를 하는 것이 영 내키지 않는 일이었다.

"음. 회사 분위기는 어느 정도 알고 있었어. 괜찮다면…… 앞으로도 지속적인 후원을 부탁할게."

"난 있는 그대로 보고를 해야 해."

알았다는 말 대신 훈민은 냉정한 목소리로 말했다.

그는 여전히 차갑고 인정머리 없는 인간이었다. 생각 같아서는 너 같은 놈의 도움 따윈 필요 없으니 당장 나가라고 소리치고 싶었지만, 그건 어디까지나 개인적인 일이다. 지금은 협회의 직원으로 만났으니 개인적인 의견은 젖혀둬야 했다. 정음은 크게 숨을 들이마시며 부드러운 목소리로 부탁했다.

"……그래도 선처를 부탁해."

"나가자."

그가 자리에서 일어섰다.

"응? 어딜?"

"점심 먹으러."

당연히 그래야 했다. 멀리 서울에서 후원 업체 직원님이 오셨는데, 당연히 나가서 모셔야 했다. 그런데 나가기가 싫다. 죽기보다 싫다. 정음은 치밀어 오르는 짜증을 억누르며 그를 바라보았다.

"아유……. 당연히 모셔야지. 뭐 좋아해?"

억지로 만들어낸 미소 덕분에 입가가 당길 지경이었지만, 정음은 어색한 미소를 유지하며 그와 함께 사무실을 벗어났다.

학회가 파주로 이사를 한 뒤로 가장 마음에 들었던 것이 바로 운정 호수공원 옆에 맛집이 많다는 것이었다. 맛있는 밥을 먹고 호수공원을 한 바퀴 돌다 보면 소화도 잘 되고 기분도 상쾌한, 아주 바람직한 공간이 바로 호수공원과 그 옆에 자리한 맛집들이었다. 하지만 언제나 예외는 있는 법. 어디로 가야 할까? 도대체 어떤 음식을 선택해야 체하지 않고 이훈민과 편히 밥을 먹을 수 있을까? 주위 식당을 바라보며 망설이는 정음에게 훈민이 물었다.

"청국장 먹어?"

정음이 고개를 끄덕이자, 훈민이 앞장서서 식당으로 들어갔다.

아직 이른 시각인데도 북적이는 식당 안, 창가에 자리 잡은 두 사람은 마주 보고 앉아 청국장을 기다렸다. 종업원이 놓고 간 차가운 물을 한 모금 삼킨 정음의 시선이 훈민의 것과 마주쳤다. 그의 눈빛은…… 여전히 깊고 진했다.

"고모님 일은…… 정말 안됐다."

정음은 고개를 숙였다.

제발…… 그 말만은 꺼내지 말지.

훈민과의 약속 때문에 죽어가는 고모의 곁을 지키지 못했었다. 죽음을 앞에 둔 두려움과 고통 속에서 고모는 혼자 얼마나 무서웠을까? 그 중요한 순간을 함께하지 못했었다, 훈민과의 약속 때문에. 고모를 버린 나쁜 남자의 아들이라는…… 그런 악연따위는 생각지도 못할 만큼 그가 좋았었다. 그런데 그는…… 나오지도 않았다.

정음은 소용돌이치는 분노를 가슴에 품고 그를 마주 보았다. 심장이 터져 버릴 듯 화가 치밀어 올랐지만, 이제 와 왈가왈부하기도 싫었다. 따지고 보면 사람을 잘못 본 자신의 탓이었다. 정음은 두 손을 꼭 움켜쥐었다.

"교수님은…… 건강하시지?"

말을 돌리는 정음을 보며 훈민은 아무런 대답도 하지 않았고, 답답한 침묵을 견딜 수 없었던 정음이 다시 물었다.

"아직도 그 집에 사셔?"

"작년에 하와이로 옮기셨어."

"아."

아픈 기억이 떠오르는 고모 얘기 대신 교수님의 근황을 나누는 일이 그나마 나았다.

"교수님 댁, 그 집 거실이 참 좋았는데. 커다란 벽 한 면이 다 책장이었잖아. 그때 교수님 배려로 한글 책, 엄청 많이 읽었었는데."

"시도."

"맞아. 우리 알바, 평생 읽을 시는 그때 다 읽은 것 같아. 난 그때 윤동주 님 시랑 김소월 님 시 참 좋아했었는데. 넌 기억나는 시 있어?"

"난…… 서정주 님."

훈민이 낮은 목소리로 말했다.

"맞아! 서정주 님도 진짜 좋아했는데. 국화 옆에서, 푸르른 날, 귀촉도…… 또 뭐가 있었지?"

"내리는 눈발 속에서……."

"맞아! 내리는 눈발 속에서. 괜찮타. 괜찮타……."

입가에 미소까지 띄어가며 괜찮타를 외던 정음이 갑자기 입을 다물어 버렸다. 그도 기억하고 있을까? 정음을 꼭 껴안고 괜찬타를 외던 그때를.

"식사 나왔습니다."

고맙게도 청국장을 실은 서빙카트가 그들의 옆으로 다가왔다. 얼굴이 불그스레하게 달아오른 아주머니가 빠른 손놀림으로 음식을 테이블에 옮겨놓았고, 두 사람은 말없이 수저를 들었다.

자리가 불편해 음식을 끼적거리는 정음과 달리 훈민은 맛있게 밥그릇을 비웠다.

"별로 맛이 없나 봐?"

밥을 반도 비우지 않은 정음을 보며 훈민이 물었다.

"다 먹었니?"

"보시다시피."

"그럼 이만 일어나자."

정음의 손에서 계산서를 빼앗은 훈민이 먼저 계산을 했다. 이만 원이 채 안 되는 밥값으로 실랑이를 벌이는 것도 우스운 일인 것 같아 정음은 잘 먹었다는 뜻으로 고개를 끄덕였고, 훈민역시 별 의미 없이 '응'이라는 단답형 대답으로 응수했다.

이제는 어떻게 하지? 식당을 벗어난 정음이 어색하게 훈민을 바라봤다. 설마 차까지 마시자고 하는 건 아니겠지? 걱정이 스멀스멀 올라왔다.

"집이 어디야?"

"아니, 난 사무실 다시 들어가 봐야 해."

"사무실? 타. 태워줄게."

"아냐, 소화도 시킬 겸 걸어가면 돼."

"그래? 그럼."

순순히 사라지는 훈민을 보며 정음은 깊은 숨을 토해냈다. 이렇게 불편하고 어색할 수가 있을까? 조금 전 먹은 밥이 체했는지, 가슴이 답답할 정도로 편치 않은 시간이었다. 정말이지, 어쩌다 이렇게 만나게 되어버렸을까?

3. 진달래꽃

"이상으로 2014년 1분기 경영실적보고를 마치겠습니다."

우주그룹의 2014년 1분기 영업이익을 발표하는 자리였다. 스크린 앞에 서 있던 CFO 재무회계팀 김현철 상무가 준비해 온 서류를 닫으며 회의 참석자들을 향해 가볍게 목례를 했다.

"이건…… 뭐, 아무리 경기가 어렵다고 해도 실망을 금할 수가 없군요."

"허허, 그러게 말입니다."

박수 대신 들리는 낮은 탄식. 1분기 성장률이 기대에 한참이나 미치지 못한 까닭이다.

모든 순서를 마치고 회의는 끝이 났지만, 삼삼오오 모여 얘기들을 나누느라 자리를 뜨지 못하는 주주들의 얼굴은 흐린 하늘처럼 어두웠다. 회의에 참석한 훈민의 표정 또한 어둡기는 마찬가지였다. 이미 예상했던 일이지만, 분위기가 너무 좋지 않았다. 이대로라면 사회공헌활동사업의 예산을 현재 수준으로 유지하기가 힘들었다. 학회의 후원을 계속 부탁한다던 정음의 목소리가 귓가를 맴도는 것 같아 훈민은 내내 마음이 무거웠다.

"어쩌냐?"

그의 옆에서 눈치를 살피던 동진이 조심스레 물었다.

"뭐가?"

"네 제안, 그거 안 먹히겠는걸. 높은 데 계신 양반들이 '그래, 그래, 좋은 일 하는데 우리가 빠질 순 없지. 이 실장, 네 계획대로 해라.' 이러겠냐? 이런 영업실적으로는 사회공헌활동사업은커녕 그나마 있던 사원복지 예산마저 없애자고 할 것이 뻔해."

오랜 친구이자 입사 동기인 동진이 안됐다는 듯 훈민의 어깨를 두드렸다.

"네가 봐도 그렇지?"

"당연하지. 에잇, 답답한데 커피라도 한잔할래?"

"아니, 가봐야 할 데가 있어."

"어딜 가려고? 너 설마……?"

"응. 다시 한 번 말해봐야지."

고집스러운 훈민의 성격을 익히 알고 있는 동진이지만, 사원복지 혜택도 거의 없어진 마당에 굳이 사회공헌활동사업을 현

상태로 유지하려는 그의 의도를 알 수가 없었다.

"이 실장, 이건 우리 회사 사원복지와 비교해도 형평성에 어긋난다고 봐."

"차원이 달라. 학회는 우리 회사의 후원이 없으면 존폐 위기에 놓이게 된다고."

"물론 그렇지만, 그쪽도 자력갱생해야지, 우리 회사만 바랄 것이 아니라. 근데…… 너 진짜 이상하다? 왜 그렇게까지 열심인 거야? 그 학회가 그렇게 중요한 거냐? 처음엔 할머니 때문에 그러는 줄 알았는데, 뭔가 냄새가 나. 너 할머니 때문에 그러는 거 아니지?"

심각하게 묻는 동진에게 피식, 작은 웃음을 흘린 훈민이 관자놀이를 지그시 누르며 자리에서 일어서는데, 뒤에서 작은 여자 목소리가 들려왔다.

"이 실장님, 김 이사님께서 잠시 뵙자고 하시네요."

그렇잖아도 찾아가려 했는데 먼저 부르다니 수고를 던 셈이다. 훈민은 예쁘장하게 생긴 여비서를 향해 고개를 끄덕였다.

"그럽시다. 동진이 너 먼저 사무실 들어가 있어라."

훈민은 심호흡을 하며 발걸음을 옮겼다.

머리가 하얗게 센 김 이사는 검정색 가죽 소파에 앉은 훈민에게 향이 진한 보이차를 권했다.

"차 맛이 좋구만. 이 실장, 자네도 좀 들지."

"감사합니다."

"최상급 녹차를 발효시켜 말린 제품이야. 어떤가?"

느릿하게 말하며 차향을 깊숙이 들이마시는 김 이사를 따라 훈민도 진한 향기를 내는 차를 한 모금 마셔보았다.

"향이 아주 좋습니다."

"그렇지? 우리 이 실장은 나랑 취향이 비슷해서 좋아. 하하하."

반듯하니 잘생긴 훈민을 바라보며 김차수는 고개를 끄덕였다. 친척만 아니면 당장에라도 딸과 혼인시키고 싶을 만큼 탐나는 놈이었다.

"어허. 우리 이 실장이 어떻게 김 이사와 취향이 같은가? 굳이 따진다면 나랑 비슷하다고 해야 맞지. 생김새나 이미지가 내 젊었을 때 판박이야."

김차수 이사의 옆에 앉아 있던 박 이사가 농담을 하며 차를 홀짝였다.

"쯧쯧. 예끼, 이 사람. 이 실장 키는 얼핏 봐도 180을 훌쩍 넘겠구만, 반 토막밖에 안 되는 자네 키를 어디다 갖다 붙여."

"내가 언제 키 말했나? 생김새를 말한 거지. 나도 젊었을 적엔 브래드 피트를 닮았단 소릴 자주 들었지. 허허허."

"어허. 브래드 피트가 아니라 그냥 브래드 아닌가?"

"뭐야? 이 사람이. 어떤가, 이 실장? 자네가 보기에도 내가 그냥 브래드 같은가?"

박 이사가 물었다. 막강한 현금 동원력을 가진 우주그룹의 대

주주 김차수 이사와 박철민 이사는 아버지의 먼 친척이기도 했다. 이런 이사진의 힘이 없었다면 오늘의 우주그룹이 있기 힘들었을 것이고, 그런 만큼 회사 내에서 이들의 입김은 절대 무시할 수 없었다.

"이사님을 닮았다니 저로서는 영광입니다."

몸을 낮추며 그들의 의견을 잘 담아두라는 아버지의 지시가 아니더라도, 이제 그룹 일을 막 시작한 훈민으로서는 그들의 눈 밖에 날 필요는 없었다.

"뭐? 허허. 우리 이 실장이 듣기 좋은 말도 할 줄 아는군."

박 이사가 기분 좋은 웃음을 터뜨렸다. 김 이사 또한 웃음기 가득한 얼굴이었다.

"바쁜 사람 붙들고 우리가 실없는 소릴 했구만. 자, 이제 본론으로 들어가 보지."

화기애애한 분위기는 금세 끝이 났고, 훈민은 마음을 다지며 자세를 바로잡았다.

"내 본론만 말 함세."

업계 별명이 '오천 년 묵은 능구렁이'인 박 이사가 조금 전과 달리, 웃음기를 뺀 진지한 목소리로 말했다.

"네."

"저번 4/4분기와 이번 1분기에 영업이익이 났다고는 하지만, 차 떼고 포 떼고 나면 실질적인 순이익은 거의 없다고 봐야 하네. 그건 누구보다 자네가 잘 알 테고."

"네."

"이런 상황이라면 허리띠를 바짝 졸라매야 하는 게 정상 아닌가. 감사하게도 회장님께서도 개인 자산의 일부분을 회사의 경영 정상화를 위해 내놓으시겠다고 하시지 않았는가."

"회장님께서 먼저 솔선수범을 보이신 셈이지."

박 이사의 말에 이어 김 이사도 거들고 나섰다.

"이런 마당에 자네가 사회공헌활동비를 더 늘려달라고 했다는데, 그게 사실인가?"

"네, 그렇습니다."

보통 사람이라면 주눅이 들었을 두 이사의 협공에 훈민은 여전히 흔들림 없는 눈빛으로 대답했다.

"젊은 사람이니 여러 생각이 있겠지. 하지만 허리띠를 졸라매자는 건, 회장님 뜻뿐만이 아니라 우리 경영진들의 뜻이기도 해."

"잘 알고 있습니다. 하지만 한 번만 더 고려해 주십시오. 사회공헌이 직접적인 기업이익을 보장해 주지는 못하지만, 기업이익에 영향을 주는 정당성 측면에서 도움을 줄 수 있다는 건 잘 알려진 사실이 아닙니까? 두 분 이사님께서 저보다 더 잘 아시겠지만, 소비자와 공급업체, 협력업체, 규제기관에 의존하며 생존해야 기업이 길게 갈 수 있습니다."

"허허, 이 사람, 그걸 누가 모르나? 하지만 우리는 장사꾼들이야."

"두 분 이사님, 저희 기업이 이런 사회공헌활동에 활발히 참여하는 것이야말로 큰 광고 효과를 누릴 뿐 아니라, 대외적으로 드러나는 이런 후원사업들을 통해 자원 획득 과정에서 유리한 위치를 점유하게 될 수 있지 않겠습니까? 그런 차원에서 한 번만 더 재고해 주십시오."

"자네 말이 다 맞네. 사회공헌활동? 좋지, 좋아. 하지만 현실을 직시해야지. 아닌 말로 돈이 없는데 어떻게 그런 쪽으로 힘을 쏟아? 내 새끼는 허리띠 바짝 졸라매고 배곯는 마당에 남의 집에 밥상 차려다 주는 꼴 아닌가?"

"김 이사 말이 맞네. 이번 일은 자네가 한 번 양보를 해주는 게 좋겠네. 회장님께도 그렇게 보고 올릴 거고. 자자, 우리가 바쁜 사람 너무 오래 붙들고 있었네. 할 일도 많을 텐데 그만 나가보게."

우호적인 인사를 가장한, 더 이상 말을 듣지 않겠다는 단호한 뜻에 훈민은 더 이상 말을 잇지 못했다. 결국은 안 된단 말이군. 인사를 하고 이사실을 나서는 순간, 실망하는 정음의 표정이 그려졌다.

하늘이 지나치리만큼 맑았다. 그래서인지 자꾸 현기증이 나려 한다. 인쇄소를 나서던 정음은 맑은 하늘을 보며 낮은 한숨

을 내쉬었다. 주말 동안 푹 쉬었는데도 왜 이렇게 피곤하고 가
슴이 답답한 걸까? 가까운 편의점에 들러 커피라도 한 잔 마시
려는데 휴대전화기가 요란하게 울어댔다. 학회다. 급한 일이 생
긴 걸까?

"네."

[정음 씨, 어디야?]

"지금 인쇄 작업 마치고 나서는 길이에요."

[잘됐네. 빨리 들어와!]

고우리 팀장의 목소리가 좋지 않았다. 후원 일이…… 잘 안
된 모양이다. 정음은 돌아서던 훈민의 모습을 생각하며 또다시
한숨을 내뱉었다.

사무실로 들어서자 쪼르르 달려온 소화가 고 팀장을 턱짓으
로 가리키며 양쪽 검지를 머리 옆에 올렸다 내렸다.

"지금 장난 아니에요."

"왜?"

속삭이는 정음에게 '전화'라고 말한 소화가 다시 입을 열려
는데, '소화 씬 무지 한가한가 봐?'라는 고 팀장의 핀잔이 들려
왔다.

"아니에요."

소화가 팀장의 눈치를 보며 얼른 자리를 비켰다.

"정음 씨, 볼일은 다 보고 왔어?"

"네. 새로운 수정안에, 저희가 원하는 문구로 바꾸고 왔어요."

"그래? 잘했네. 그럼 회의실로 좀 오지."

"네."

회의실로 들어간 정음은 싸늘한 표정의 고우리 팀장과 마주 봐야 했다.

"정음 씨."

"네."

"지난번 후원 업체에서 담당자가 왔을 때 대접을 어떻게 했어? 법인카드 쓴 기록도 없던데. 개인 돈으로 했나?"

고 팀장의 말에 정음은 눈살을 찌푸렸다.

"후원 업체라면? 우주그룹 말인가요?"

"정음 씨가 만난 후원 업체가 우주그룹 말고 또 있어?"

고 팀장이 짜증 가득한 목소리로 되물었다.

"같이…… 아니, 모시고 가서 점심 먹고 헤어졌습니다."

"점심? 뭐? 회? 고기?"

"아뇨, 청국장……."

고 팀장의 두 눈이 튀어나올 듯 커졌다.

"후원 업체 직원과 청국장을 먹었어? 왜? 설마, 자기가 먹자 그런 건 아니지?"

"아뇨, 그분이 먹자고 하셔서……."

정음의 말에 당장에라도 폭발할 것 같은 고 팀장의 기세가 조금 수그러들었다.

"그래? 그쪽에서 먼저 그랬단 말이지? 그런데 왜 그럴까? 새로 온 실장이 엄청 깐깐하다 그러던데, 뭔가 마음에 안 들었나?"

"글쎄요. 그런 내색은 없으셨고요, 팀장님 말씀대로 꼭 후원을 해주십사, 거듭 부탁드렸습니다."

"절실함을 담아서 했어? 간절하게 왜 후원이 계속 이루어져야 하는지 잘 어필했냐고?"

"네? 네, 뭐……."

"봐, 봐, 대답이 미지근한 걸 보니 뭔가 부족함이 있었어."

"아니에요. 꼭 부탁한다고 얘기 드렸어요."

"밥값은 얼마 나왔어?"

고 팀장의 말에 정음은 잠시 머뭇거렸다. 이럴 줄 알았어. 내가 계산을 했어야 했는데.

"그쪽에서 계산을 하셔서…… 추가 메뉴도 좀 시키고, 음료수랑 해서 정확히 얼마나 나왔는지 모르겠어요."

정음의 말에 고 팀장이 두 눈을 질끈 감았다.

"아이구, 머리야! 정음 씨. 왜 그랬어? 후원을 끊을지도 모르는 업체 직원한테 밥값을 내게 하면 어떡해? 휴우, 미치겠다, 정말. 어쩜 좋아. 여기서 후원이 끊겨봐. 우린 다 나앉아야 하잖아. 알잖아, 자기도?"

고작 청국장값으로 후원을 끊을 리가 없다는 것을 잘 알면서도 당장 닥친 막막한 상황에 고 팀장의 원망은 고스란히 정음에게로 향하고 있었다.

"자기가 적극적으로 설득을 했어야지. 그날 자기 말과 행동에 우리 학회 목숨줄이 왔다 갔다 하는 거 알아, 몰라?"

"……."

그날 온 담당 직원이 훈민만 아니었다면 어쩌면 더 적극적으로 매달렸을지도 몰랐다. 이제 와 후회한들 무슨 소용이겠냐만, 정음은 훈민의 냉정한 결정에, 번번이 되풀이되는 그와의 악연에 또 한 번 실망해야 했다.

"정주영 회장 일화 몰라? 조선소 지을 돈 빌리러 영국 은행 가서는, '너희처럼 후진국에서 어떻게 배를 만드냐?' 라고 묻는 직원 앞에 오백 원짜리 지폐를 떡하니 내놓으면서, '우린 벌써 500년 전에 이런 철갑선을 만든 나라다. 너희보다 적어도 300년은 앞선 조선 기술을 가지고 있지만, 산업화가 늦어져서 그런 거다.' 이럼서 설득시키고 자금을 땡겨왔다잖아. 왜 자기는 그런 스킬이 없는 거야. 휴, 이미 물 건너간 거 자꾸 얘기하면 내 입만 아프지. 나가봐."

허리에 양손을 얹은 채 창밖을 바라보는 고 팀장의 목소리에는 쌀쌀함이 묻어났다.

"죄송합니다."

정음은 풀 죽은 목소리로 사과를 하고 문을 나섰다.

후원 결렬 소식은 하루 종일 협회 분위기를 가라앉게 만들었다. 새로운 투자처를 찾지 못하면 얼마 가지 않아 협회 문을 닫을지도 모르는 심각한 재정 위기에 모두들 기운이 빠져 있는 듯 보였다.

그날 저녁 저조해진 분위기 탓에 평소보다 일찍 퇴근한 정음을 위로라도 하듯, 멀리 있는 친구 샘에게서 화상전화가 왔다.

[네가 너무 그리워, 정음.]

「나도. 나도 네가 그리워, 샘.」

정음은 모니터 속의 친구를 바라보며 깊은 한숨을 토해냈다. 일주일에 한 번 화상 통화를 하며 그리움을 삭이고는 있었지만, 오늘처럼 심경이 복잡한 날은 직접 만나 꼭 껴안긴 채 따뜻한 위로를 받고 싶었다.

[미국엔 영영 안 들어올 거야?]

「한 번쯤 가고 싶기는 한데, 학회 일이 워낙 바빠서 통 시간이 안 나.」

[얼굴이 많이 상했어. 일이 너무 힘든 거 아냐?]

모니터 속의 오랜 친구가 걱정스러운 음성으로 물었다.

「아냐, 그런 거. 그냥 계절이 바뀌어서 그런가 봐.」

[그렇구나. 정말 보고 싶다. 우리가 못 본 지도 꽤 됐지? 내가 패트릭이랑 한국 들어갔다 온 지가 벌써 4년이 다 됐네.]

「응, 그러게. 패트릭은 여전히 잘해주지?」

[그렇지, 뭐.]

모니터 속, 샘의 얼굴이 발그스레하게 달아올랐다. 한국 드라마 마니아였던 두 사람이 급격히 친해진 것은 정음이 한국으로 떠난 뒤였다. 홈커밍 파티 중, 샘은 자신의 남자친구인 마크가 다른 여학생과 바람을 피우고 있었다는 사실을 알게 되었고, 깊은 상심에 빠지게 되었다. 게다가 친한 친구인 정음마저 한국으로 떠나 버렸으니 샘의 슬픔은 이루 말할 수 없었을 터. 깊은 실의에 빠져 있던 샘의 유일한 탈출구는 한국 드라마였고, 비디오 가게를 자주 들락거리던 패트릭과 번번이 만나게 되었다. 그렇게 인연을 이어가던 두 사람은 정음과 한국 드라마라는 인연을 통해 연인 사이로 발전하게 되었다.

「패트릭 컨디션은 어때? 저번 시합 보니까 몸이 많이 무거워 보이던데.」

[응. 그렇지 않아도 이젠 은퇴를 해야 하나, 둘이서 머리 맞대고 고민하고 있어. 워낙 격렬한 스포츠잖아. 선수 생명도 짧고. 패트릭은 이제 그만두면 뭘 해야 하나? 이럼서 한숨만 내쉰다.]

여전히 풋볼 선수로 활약하고 있는 패트릭은 대학 졸업 후 San Francisco 49ers(샌프란시스코 포티 나이너스)의 주 공격수로 활동하고 있었다.

「그래도 선수 연금이 끝내주잖아. 뭐가 걱정이야. 둘이서 여행도 좀 다니고, 앞으로 해야 할 일들 계획해 보면 되지.」

[그렇지?]

환하게 웃는 샘을 보니 정음의 마음도 밝아지는 것 같았다.

[우리 문젠 됐고, 이제 네 얘기 해봐. 류하 오빠랑은 어때? 여전해?]

샘이 분위기를 바꾸며 능청스럽게 물었다.

「그렇지 뭐. 지금 영국 가 있어.」

[오홀, 보고 싶겠다. 너 혹시 류하 오빠 보고 싶어서 얼굴이 그렇게 안 좋은 건 아니지?]

정음은 낮은 한숨을 내쉬며 모니터를 바라보았다. 말해도 될까? 잠시 망설였지만, 자신과 훈민의 과거를 모두 알고 있는 샘이었기에 그녀의 의견을 듣고 싶기도 했다.

「사실은…… 훈민일…… 다시 만났어.」

[누구?]

「이훈민.」

[OH! MY GOD!]

스피커를 통해 경악에 가까운 외침이 들려왔다.

한동안 말을 잇지 못하던 모니터 속의 샘이 겨우 다시 입을 열었다.

[그래서…… 그 인간은 잘 지낸대?]

「아직…… 개인적인 얘긴 못 해봤어. 아주 우연히, 그것도 일 때문에 만났거든.」

[일?]

「응. 일이 조금 우습게 됐어. 훈민이가 우릴 후원하는 우주그룹의 새로운 실장이었더라고.」

[헐! 그건 또 무슨 일이라니? 그럼 전 담당은 회사를 그만둔 거야?]

샘의 두 눈이 튀어나올 듯 커졌다.

「응. 개인적인 사정으로 사표를 냈어. 몸이 많이 안 좋아졌다나 봐. 우린 그 사람 통해서 새로운 실장이 아주 깐깐하다는 얘기만 전해 들었거든.」

[정말…… 이게 무슨 악연이라니. 그래서 어떻게 됐어?]

「어떻게 되긴, 그냥 일 얘기만 하다 헤어졌어.」

모니터를 통해서라도 친구의 표정을 놓치지 않고 보고 싶었던 걸까? 쓸쓸하게 이야기를 하는 정음을 물끄러미 바라보던 샘의 얼굴이 모니터 속에서 점점 커지기 시작했다.

[어떻게 변했어?]

한층 더 낮아진 은근한 목소리. 샘은 대체 무엇을 알고 싶은 걸까? 정음은 힘없이 대답했다.

「키는 원래 컸고 얼굴은…… 음…… 얼굴도 여전하더라.」

그때도 그랬었다. 열여덟 훈민은 모두의 이목을 집중시키는 훤칠한 외모에 강렬한 분위기를 가지고 있었다. 10년이라는 세월의 무게만큼 더 남자답고 늠름해진 훈민을 떠올리며 정음이 허탈하게 말했다.

[그렇겠지. 걔가 평범하게 늙는다는 건 도무지 상상이 안 돼. 휴우. 사랑하는 정음, 넌 괜찮은 거지?]

「그럼. 안 괜찮을 게 뭐 있어.」

훈민이 떠나고 미국을 떠나기 전까지 정음이 얼마나 힘들어했는지 옆에서 지켜본 샘이었다. 류하가 언제나 정음을 지키고 있었지만, 훈민과 있을 때처럼 행복해 보이지 않았다. 그런 정음을 보며 샘은 생각했었다. 자신의 소중한 친구가 아직도 훈민을 잊지 못하는 것은 아닐까 하고. 샘이 볼 때 정음과 류하, 두 사람의 관계는 남녀 사이라기보다는 사이좋은 오누이에 가까웠다. 그 모든 원인이 정음의 탓이라는 걸 잘 알고 있었다. 정음은 쉽게 마음의 문을 열지 못하는 아주 고약한 병에 걸린 것 같았다.

[그래, 그냥 그렇게 편하게 생각해. 과거는 과거일 뿐이니까. 십대 때 잠시 흔들렸던 만남 가지고 이제 와서 이야기한다는 것도 우스운 일이니까. 그치?]

샘이 다정하게 말했다.

「응, 그래야지.」

[난 너 따윈 벌써 다 잊었다! 쿨하게. 알지?]

「그럼.」

[역시 내 친구 정음이가 짱이야! 참, 지난달 끝난 M채널 미니시리즈, 다운받아서 보내주는 거 잊지 말고.]

「알았어.」

[사랑해, 친구!]

「나도!」

[훈민이 따윈 잊고 잘 자! 걘 네가 신경 쓸 만큼의 가치가 없어. 너에겐 류하 오빠가 있잖아. 알겠지?]

샘이 위로하듯 씩씩하게 말했다.

「알았어. 굿 나잇! 패트릭에게 안부 전해줘.」

화상전화를 끊고도 정음은 한동안 검은 모니터를 멍하니 바라보았다. 지난 십 년의 세월이, 힘들고 서러웠던 그 세월들이 고스란히 묻혀 버린 것만 같았다.

왜…… 거절했을까? 그렇게 큰 회사에서 학회처럼 규모가 작은 곳에 후원할 돈이 없을 리가 없었다. 혹시 나와 얽히기 싫어서 그런 건 아닐까? 말도 되지 않는 착각이라는 것을 잘 안다. 하지만 이상하게도 회사의 방침이 꼭 훈민의 결정인 것 같아 가슴 깊은 곳이 쓰렸다.

"후우."

정음은 짧은 한숨을 내쉬며 침대에 누웠다. 오늘 밤도 편히 자긴 글렀다. 머리맡을 뒤척이다 손에 잡히는 책을 집어 들었다. 책장을 펼치자 아주 익숙한 시가 눈에 들어왔다.

──나보기가 역겨워
가실 때에는
말없이 고이 보내 드리오리다.
영변(寧邊)에 약산(藥山)
진달래꽃.
아름 따다 가실 길에 뿌리오리다.
가시는 걸음 걸음
놓인 그 꽃을
사뿐히 즈려 밟고 가시옵소서.

나 보기가 역겨워

가실 때에는

죽어도 아니 눈물 흘리오리다.

"죽어도 아니 눈물 흘린다고 하는데 이건 안 보내고 싶다는 뜻일까?"

"아마도……."

"엄청 사랑했나 보다."

"……."

"이렇게 사랑한다는 건 정말 어렵겠지?"

"글쎄……."

뭘 이런 걸 다 물어보냐는 듯, 느릿하게 대답하던 열여덟 살의 훈민이 다시 생각났다.

젠장, 정음은 베개에 얼굴을 묻으며 책을 덮어버렸다.

"자자. 자는 게 남는 거야."

낮은 한숨을 내쉬며 억지로 잠을 청하려는데, 띠리리. 메시지 도착 알림음이 울렸다. 정음은 얼른 전화기를 열었다. 영국에 있는 류하의 포토 메시지다. 가끔 영국의 풍경을 알려주는 류하의 메시지를 보며 감탄을 했다. 오늘은 얼마나 아름다운 풍경을 찍어 보냈을까? 흥미롭게 포토 메시지를 열던 정음이 깜짝 놀라 멈칫했다.

"헉! 이게 뭐야?"

한글로 반듯하게 쓴 글자. 카드전표에 쓴 글자는 분명 외국인의 이름이었다.

—파라 빠빠타오.

궁금함을 참을 수 없었던 정음은 벌떡 일어나 류하에게 전화를 걸었다. 신호음이 몇 번 울리지 않아 류하가 전화를 받았다.

"하이! 류하, 방금 보낸 사진 뭐야?"

[후후, 성격 급한 건 여전하구나?]

"아이 참, 뭐냐니까?"

[보면 몰라? 사인이잖아.]

"그니까, 누구 사인이야?"

[서점 손님.]

"정말? 한국 이름은 아닌데?"

[응, 외국인 맞아. 인도네시아 섬 중에 카오라는 곳이 있는데, 거기 소수부족 중에 그런 문자를 쓰는 사람들이 있대. 어때? 신기하지?]

"우와! 대박! 진짜 대박! 정말 멋지다."

[네가 좋아할 줄 알았어.]

류하의 기분 좋은 웃음소리가 전화기 너머에서 들려왔다.

"신기해. 그 사람 연락처 좀 알아놓지 그랬어? 한글을 알게 된 경위와 어떻게 사용하는지 알고 싶은데."

[아주 예전에 부족에서 함께 살았던 선교사님께 배운 문자래. 연락처는 모르고, 다른 책 주문한 게 있으니까 다시 오면 알아둘게.]

"정말 고마워. 인도네시아 사람이 우리 문자를 쓰다니, 학회에서 알면 깜짝 놀라겠다. 아! 그러고 보니 나도 예전에 아빠랑 거기서 산 적이 있네."

정확한 기억은 아니지만, 인도네시아에 있는 작은 섬이었다. 만화영화에서나 나올 법한 나무 집들, 허기가 질 때까지 실컷 놀다 곧바로 뛰어들었던 잔잔한 바닷가, 눈이 부시게 반짝이는 금빛 모래, 알록달록 여러 빛깔의 물고기들까지. 해 지는 저녁놀을 배경 삼아 아빠의 무릎을 베고 있노라면, 자장가 같은 부드러운 파도 소리가 끊임없이 들려오던 순박하고 아름다웠던 바닷가 마을이 어렴풋이 떠올랐다.

[흐음. 어쩌면 그곳에 한글을 전파한 사람이 돌아가신 정음이 아버님일 수도 있겠네.]

"아무리. 인도네시아에 파견된 선교사님들이 얼마나 많은데."

[그러니까. 그중 한 분이 정음이 아버님이시잖아.]

진지한 류하의 말에 정음은 숨을 삼켰다. 정말…… 아버지일 수도 있는 일이었다. 갑자기 가슴이 벅차올랐다.

"기분이…… 이상해. 얼굴도 흐릿한 아빠가…… 갑자기 막 그리워진다."

[어라? 너 지금 우는 거야? 목소리가 수상하다.]

장난기 가득한 류하의 목소리에 정음은 얼른 마음을 안정시켰다.

"울긴. 근데 류하, 언제 들어와? 보고 싶어."

[조만간 들어갈 거야. 학회 일도 이제 거의 마무리가 됐고, 서점 일도 다 끝났으니까.]

"다행이다. 어서 들어와."

언제나 든든한 큰오빠 같은 류하를 떠올리며 정음은 안도의 한숨을 내쉬었다.

누리식당 내.

"어디 아프냐?"

따끈따끈한 야식을 앞에 두고도 꼼짝도 않는 친구 훈민의 얼굴을 이리저리 살펴보던 동진이 의아한 얼굴로 물었다.

"아니."

"집에 우환이라도 있어?"

"없어."

"아버님이 집에 들어와서 살래?"

"아니."

"그럼, 결혼하래?"

"시끄럽다. 밥이나 먹자."

동진은 고개를 갸웃거렸다. 아무리 생각해도 훈민이 이상했다. 어제 오전 회의를 마치고부터 딱딱하게 굳은 얼굴로 사무실 분위기를 급 냉각시키더니 하루가 지난 지금까지 그 온도를 유지하고 있었다.

"너, 진짜 괜찮은 거 맞지?"

"그렇다니까."

동진은 지나치게 잘생긴 자신의 오래된 친구를 바라보았다. 깊은 생각에 잠겨 있는 듯, 자꾸만 실수를 하는 훈민의 모습이 많이 낯설었다. 꼭 십 년 전에 유학을 다녀와서 한동안 방황하던 훈민을 보는 것 같았다.

"근데 왜 그래?"

"뭐가?"

훈민이 짜증 섞인 음성으로 대답했다.

"너, 아까부터 계속 밥만 먹고 있다. 반찬이랑 국은 손도 안 대고 있어."

훈민이 멍한 표정으로 손도 대지 않은 자신의 국그릇, 반찬 그릇과 반대로 거의 바닥을 드러내는 밥그릇을 번갈아 보았다.

"밥이 그렇게 맛있더냐?"

"시끄러!"

훈민이 자신을 뚫어지게 바라보는 동진과 시선이 마주치자 고개를 돌려 버렸다.

"너, 설마 아직도 사회공헌활동사업 결과 때문에 그러는 거냐?"

"······."

대답을 하지 않는 훈민을 보며 동진은 혀를 끌끌거렸다.

"너답지 않게 왜 그렇게 집착하냐? 그렇게 마음이 안 좋아?"

연거푸 이어진 질문에 훈민이 들고 있던 숟가락을 놓으며 물컵을 들어 올렸다.

꿀꺽, 꿀꺽. 컵에 가득 차 있던 물을 끝까지 마신 훈민이 후우, 짧은 한숨을 토해냈다.

"거기서 아는 사람을 만났어."

"어? 진짜? 누구?"

"있어, 네가 모르는 사람."

"미친놈. 야! 우린 유치원 때부터 대학까지 동창이었어. 하물며 직장까지 같아. 내 동창이 네 동창이고, 내 거래처 사람이 네 거래처 사람이고, 심지어 우린 같은 오피스텔에 산다고. 그러니 내 이웃이 네 이웃이고, 내가 만나는 사람이 네가 만나는 사람이라고."

동진의 말이 맞았다. 두 사람의 주변인들은 대부분 서로가 아는 사람이었다. 그와 함께하지 않았던 유학 시절이 유일하게 서로 만나지 못한 시간들이었다.

"유학 시절."

"아! 맞다, 유학 시절. 그땐 내가 모르네. 그럼, 유학 시절 만났던 사람이야?"

대답 없던 훈민이 천천히 고개를 끄덕였고, 친구의 수상한 기운을 눈치챈 동진이 고개를 갸웃거리며 생각을 되짚더니 한참 만에야 눈살을 찌푸리며 물었다.

"너 혹시 그 여자는 아니지?"

"아냐."

1초의 망설임도 없이 바로 돌아오는 대답을 들으며 동진은 숟가락을 내려놓았다.

"내가 누굴 말하려는 줄 알고 바로 아니냐?"

"누구든. 아무튼 아니야."

짧게 대답하는 친구를 보며 동진은 한숨을 내쉬었다.

"맞구나, 그 여자. 우정이가 술에 취해서 말하던 그 여자…….
곰 같은 경호원들에게 제압당해서 억지로 공항까지 끌려갔던 네놈이 2층 화장실 창문으로 도망을 치면서까지 만나려 했던 그 여자 맞지?"

술에 취한 우정이 말했었다.

달리는 차에서 뛰어내린 훈민이를 억지로 잡아 다시 차에 태우니, 얼마나 심하게 반항을 하는지 아예 기절을 시켜야 했다고. 결국 다시 도망친 훈민이 그 여자아이를 만나고 온 뒤로 영혼이 빠져나간 사람처럼 굴었다고. 평소에는 바늘로 찔러도 피한 방울 안 나올 것같이 냉정하던 이훈민이 넋이 나간 사람처럼 보였다고. 천하의 이훈민을 그렇게 만든 여자아이가 있었다고. 어깨를 들썩이며 토해내던 우정의 넋두리를 기억하며 동진은 분노에 찬 눈으로 친구를 바라보았다.

"이훈민, 왜 대답이 없어? 내 소중한 친구를 달리는 차에서 뛰어내리게 만들었던 그 여자애, 공항 2층 화장실 창문에서 뛰어내리게 한 애. 그 애 맞지?"

"……."

거짓말 대신 침묵을 택한 훈민을 보며 동진은 허, 하고 헛웃음을 내뱉었다.

"그 여자가 서울 바닥에 나타났다고?"

얼마나 잘난 여자이기에 친구 훈민을 그렇게 맥 빠지게 만들었는지 꼭 한 번 만나고 싶던 여자였다. 만나서 묻고 싶었다.

'내 친구에게 대체 무슨 짓을 한 거냐고.'

가뜩이나 메말라 있던 친구의 인생사에 여자라고는 씨를 말려 버린 그 여자에게 따져 묻고 싶었다.

'불쌍한 내 친구에게 왜 그런 상처를 준 것이냐고.'

"허! 그래서 이제 어쩔 건데?"

"뭘 어째. 그랬단 거지."

"정말이냐? 정말 그걸로 끝이야?"

"……."

"너, 이참에 솔직히 말해봐. 너, 그 여자 사랑한 건 아니지? 응? 그냥 한때 흔들린 거지? 맞지?"

대답 없는 훈민을 보며 동진은 혀를 찼다. 훈민의 성격을 본인인 훈민보다 더 잘 안다고 자부하는 동진이었다. 그가 장담하건대 훈민은 쉽게 사랑하고, 쉽게 잊고, 쉽게 변하는 성격이 아니었다. 훈민이에게 사랑이란 것은 어쩌면 평생 하나밖에 없는 것인지도 모를 일이었다. 멍청한 놈! 미련한 놈! 갑자기 3년 전 끊은 담배 생각이 간절했다.

　"우정인? 우정인 아냐? 그 여자가 서울 와 있는 거."

　"글쎄."

　"부탁이다. 우정인 모르게 하자."

　동진이 진심으로 부탁했다. 그는 한때 사랑했던 여자에 대한 의리를 지키고 싶었다.

　"우와! 내가 사랑하는 두 남자가 여기 다 있네."

　그때 가라앉은 분위기와 어울리지 않는 맑은 음성이 들려왔다. 동진은 고개를 돌려 오랜 시간 자신의 가슴에 머물렀던, 한때 자신의 모든 것을 바쳐 숭배했던 여신 같은 우정을 바라보았다. 십대 때도 예뻤지만, 한국으로 돌아와서는 여신급 미모가 되어버린 우정. 한 해 한 해 지날수록 그 미모는 빛을 발해, 지금은 최고 절정에 이른, 눈이 부실 정도로 아름다운 여인이 되었다.

　"우리 예쁜 우정이 왔어?"

　"동진인 오늘 완전 멋지다."

　"하하하. 그렇지?"

얼음처럼 차가운 표정으로 앉아 있는 친구 대신 동진이 환하게 웃으며 대답했다.

"훈민아, 나 왔어."

우정이 부드럽게 웃으며 동진의 옆에 앉아 있던 훈민에게 인사를 했다.

"왔어?"

짧게 인사하는 훈민과,

"우리 우정이 밥은? 밥 먹어야지? 새로 시켜야겠다. 뭐 먹을래? 좀 잘 먹고 다녀라. 그러다 쓰러지겠다."

길게 말하는 동진.

두 사람의 대화가, 두 사람의 눈빛이 바뀌었으면 얼마나 좋을까? 우정은 가슴 쓰린 한숨을 삼키며 애써 미소를 지었다.

처음 한국으로 들어왔을 때, 아버지 이 회장을 움직인 것이 우정의 눈물이라는 사실을 알고 난 뒤로 전에 없이 차갑고 냉정하던 훈민이었다. 훈민의 외면이 얼마나 아프던지, 얼마나 서럽고 쓰리던지 숨을 쉴 수가 없을 정도로 힘이 들었었다. 동진의 중재로 함께한 자리에서 술에 취해 울며불며 사과를 하고 난 뒤 그나마 좀 풀어진 것이 위안이라면 위안이랄까.

"우린 곰탕 먹었는데. 넌 뭐 시켜줄까?"

동진의 물음에 우정은 고개를 저었다.

"아니, 난 점심 늦게 먹어서 생각 없어. 다 먹었으면 나가자. 2차는 내가 살게."

"그래, 그러자."

동진이 훈민의 팔을 잡아끌며 자리에서 일어났다.

"후우우."

"휴."

동진은 깊은 한숨을, 훈민은 얕은 한숨을 내뱉으며 앞서 가는 우정을 따랐다.

야식을 포기하고 간 포장마차는 더 무겁고 우울한 분위기였다. 아무 말 없이 술만 들이켜는 훈민과 그런 훈민의 보조를 맞추느라 과음을 한 우정을 위해 자신도 몸을 가누지 못할 만큼 마셔 버린 동진이 헤헤거리며 훈민의 앞에 섰다.

"우리 우정이 잘 데려다줘라."

술에 취한 동진이 어눌하게 말했다.

"역시 나 챙겨주는 사람은 우리 동진이밖에 없어. 동진아, 잘 자!"

배시시 웃으며 인사하는 우정을 바라보다 동진이 씨익, 웃었다.

"이우정! 내 사랑하는 친구! 훈민이 자식이 속 썩이면 내게 다 일러. 알았지? 내가 아주 혼구녕을 내줄 테니까. 나만 믿어. 응?"

동진이 자신의 가슴을 탁탁, 소리 나도록 치며 말했다.

"가슴 안 아프냐? 그만하고 들어가라."

훈민은 동진의 오피스텔 현관 비밀번호를 누르고 동진을 억지로 밀어 넣었다. 대학을 들어가고 학교 근처 오피스텔로 옮긴 동진을 따라 훈민도 같은 층에 방을 구했었다. 1609호와 1606호. 같은 오피스텔, 같은 층에 살며 지겹게도 봐왔던 친구의 무너지는 모습을 보는 것은 가히 즐겁지 않은 일이었다.

"하하하! 징글징글하게 예쁜 놈. 내 사랑하는 친구 훈민아! 조심해서 잘 들어가라. 문단속 꼭꼭 잘하고."

술기운에 비틀거리면서도 할 말은 다 하고 열린 현관으로 들어가는 동진을 보며 훈민과 우정은 웃음을 터뜨렸다.

"동진이 내일 아침에 해장국 끓여 먹자고 조르겠다. 그치?"

훈민은 해맑게 웃는 우정을 보며 작게 미소를 지었다.

"너흰 정말 부러워. 같은 오피스텔, 같은 층에서 이렇게 사이좋게 살다니. 나도 아빠에게 말해서 이리로 이사 올까?"

"이 박사님이 절대로 허락 안 하실 거야. 그러지 말고 어서 가자. 데려다줄게."

"있지, 나 술 깨게 차 한 잔만 마시고 가면 안 돼?"

엘리베이터 버튼을 누르는 훈민의 소매 깃을 잡으며 우정이 말했다.

"너무 늦었어."

"이제 겨우 12시야."

"피곤해. 차는 다음에 마시자."

훈민은 서글프게 쳐다보는 우정의 눈빛을 못 본 척, 엘리베이

터에 올랐다. 조금이라도 우정이 오해할 만한 일은 하고 싶지 않았다. 그의 차가움에 상처를 받더라도 마음에도 없는 희망고 문을 하고 싶지는 않았다. 그건 너무 비겁한 짓이니까.

"나 내일 일찍 출근해야 해."

"……응."

지나치리만큼 냉정한 훈민의 말에 우정은 고개를 떨구며 엘리베이터에 몸을 실었다.

4. 달달한 카페모카

　우주그룹의 후원이 끊어진다는 소식 이후로 학회는 살얼음을 걷는 분위기였다. 진국 대신 당직을 서야 했던 정음으로서는 남들보다 더 무거운 책임감을 느껴야 했다. 아무도 대놓고 뭐라고 하는 사람은 없었지만, 스스로 마음이 편치 않은 상황이었다.

　"소화 씨, 신 소장님이랑 A팀, 다음 주 화요일 날 들어오는 거 맞지?"

　"네."

　"신 소장 들어오기 전에 얼른 이번 후원 건 마무리 지어야 하는데."

　고 팀장이 초조한 듯 말했다.

여러 언어학자들의 자발적인 참여로 이루어진 한글 연구 단체인 세종학회는 국어학자인 신숙주 박사의 책임 아래, 설국 팀장이 이끄는 A팀과 고우리 팀장이 이끄는 B팀으로 나뉘어 일을 맡고 있었다. 현재 신 소장과 A팀은 유럽 지역 도서관에 배포된 우리나라 관련 자료들의 오류 점검차 장기 출장 중이었는데, 복잡한 일들을 잘 처리하고 다음 주에 들어올 예정이었다.

"소장님 일은 잘 처리됐죠?"

"그쪽 팀원들이야 워낙 빠릿빠릿하니까. 어휴, 설 팀장은 복도 많지. 우리 팀은…… 나 혼자 이렇게 애달아봐야 뭐 해."

복사를 하고 있던 진국 씨의 물음에 고 팀장이 한숨을 내쉬며 중얼거렸다. 유달리 일 욕심이 많은 고 팀장은 설 팀장에게 지는 것을 죽기보다 싫어했다. 설 팀장 팀이 한 가지 일을 해결하면 자신은 두 가지 일을 해내야 했다. 그런데 신 소장과 설 팀장이 없는 사이 후원 건이 날아가게 생겼으니, 그녀가 얼마나 속이 상할지 불을 보듯 뻔한 일이었다.

"얄밉게스리, 괜히 우리 때문에 일이 틀어진 것같이 몰고 가는 것 봐요."

소화가 정음의 귀에 속삭이듯 종알거렸다. 그렇지 않아도 마음이 좋지 않던 정음 역시 고 팀장의 말에 기분이 언짢아졌다. 자신이 응대를 잘못해 후원이 끊어진 것이라면 정말 막중한 책임감을 느껴야 할 만한 일이었다. 하지만 아무리 생각해도 우주그룹처럼 큰 회사에서 후원 단체의 일개 직원이 섭섭하게 굴었다고 해서 후원을 끊어버리는 경솔한 짓을 할 리가 없었다.

"와! 대박!"

컴퓨터 모니터를 바라보던 진국이, 가라앉은 사무실 분위기를 바꾸기 위해 과장되게 소리를 질렀다.

"왜요? 무슨 일인데요?"

소화가 궁금증 가득한 목소리로 묻자 진국이 모니터를 가리키며 대답했다.

"이것 좀 봐! 정말 웃기지 않아? 인터넷이 이렇게나 발전됐는데 어떻게 우리나라 사진이 6·25전쟁으로 인한 폐허 사진밖에 없는 건지."

"맞아요! 알고 보면 유럽이 인터넷 후진국이에요. 지방이나 시골은 컴퓨터가 없는 곳도 허다하구요. 인터넷도 우리보다 훨씬 더 꾸지다니까요."

소화도 맞장구를 쳤다.

"소화 씨, 자기 언어학 공부하는 사람 맞아? 꾸지다가 뭐야, 꾸지다가. 바른말 고운 말 몰라? 어쩜 그러니."

진국 씨와 소화가 애써 분위기를 바꾸려고 했지만, 고 팀장은 그럴 마음이 없는 것 같았다. 따끔하게 지적하는 고 팀장의 시선을 피해 소화가 고개를 숙였다.

"정음 씨, 오늘 스케줄 없지? 있어도 취소해야 돼. 나랑 서울 가서 저녁 먹고 들어가야 하거든."

저기압인 고 팀장이 명령조로 말했다.

"서울이오?"

"그래, 서울. 오늘 저녁에 우주그룹 실장님 두 분이랑 저녁 먹을 거야."

"저녁이라뇨? 갑자기……."

고 팀장의 말에 정음의 안색이 흐려졌다.

"못 간다 그러면 절대 안 돼. 내가 어떻게 만든 자린데. 어제 저녁에 내가 실장이랑 통화하려고 얼마나 전화기를 붙들고 있었는지 알아? 용케 연결이 됐는데 운이 좋게도 살짝 취해 있더라고. 회식했나 봐. 그래서 내가 살살 구슬렸지. 어떻게 하면 우리에게 후원을 계속하게 할 수 있냐고."

우주그룹 직원라면 훈민이? 정음의 심장이 뜨끔거렸다.

"그래서요?"

소화의 물음에 고 팀장이 비장한 시선으로 주위를 둘러보았다.

"우주그룹 차원에서 동남아 부족 국가 개발프로젝트에 참여할 거라는 기사는 봤지?"

"네. 거기 엄청나게 많은 석유가 매장돼 있고, 그 사업의 독점 개발권을 따내기 위해 우주그룹이 나서기로 했다는 거 아니에요?"

"그러니까 얼마나 많은 돈이 들어가겠어. 그래서 우리 지원도 끊으려고 하나 봐."

고 팀장이 곱게 그려진 눈썹을 찌푸려 가며 진지하게 설명을 했다.

"그룹 쪽 방침이 그렇다니까 우리가 어떻게 해볼 수도 없고."

진국 씨가 머리를 긁적이며 말했다.

"내 말은, 여기서 포기하지 말고 인간적으로 한 번 더 호소해 보자, 그거지. '안 되면 되게 하라!' 는 말도 있잖아. 우리가 다시 가서 매달려 보자고. 애국심이나 공명심, 정의감을 어필하면서 설득해야지. 다른 나라 개발도 중요하지만, 우리 한글을 보호하고 아껴야 하지 않겠어? 애먼 나라에 돈 갖다 퍼부으면 뭐 해? 안 그래?"

이윤 추구가 최고의 목적인 기업에 애국심을 들먹이며 매달려 본들 변할 리가 있겠냐마는 기대에 들뜬 고우리 팀장의 바람을 모른 체할 수는 없었다.

'제발! 오늘은 다른 사람이 나오게 해주세요.'

정음은 마음속으로 기도를 드리며 앞장서서 사무실을 벗어나는 고 팀장을 따르기 위해 가방을 챙겨 들었다.

어둑어둑한 저녁 무렵, 고 팀장과 정음은 우주그룹에서 나온 두 명의 실장과 마주 앉은 채 고기를 굽고 있었다.

"홍동진이라고 합니다."

"만나뵙게 돼서 반갑습니다. 오정음입니다."

고 팀장이 오늘의 만남을 위해 엄청나게 공을 쏟았다는 홍동진은 정음을 마음에 들어 하지 않는 눈치였다.

"호호호. 두 분 실장님들, 이렇게 뵈니 정말 잘생기셨네요. 회사 모델 하셔도 되겠어요. 잘생긴 두 분을 위해 오늘은 제가 쏘는 거니까, 부담 갖지 마시고 많이 드셔야 해요."

"감사합니다. 고 팀장님도 어서 드시죠."

홍 실장은 고 팀장과 죽이 잘 맞는 것 같았다. 서로 스치듯 교환하는 눈빛이며 서로의 앞접시에 고기를 놓아주는 폼이, 어째 심상치 않았다. 고 팀장이 사귄다는 연하의 남자가 눈앞의 홍 실장은 아닐까 의심이 드는 정음이었다.

"잘생기신 우리 이 실장님, 많이 드셔야 해요. 이렇게 잘생긴 훈남 실장님이 저희 담당이 되셔서 얼마나 좋은지 모르시죠?"

고 팀장이 어울리지 않게 애교를 떨며 앞자리에 앉은 훈민과 홍 실장 앞에 노릇노릇 잘 구워진 고기를 놓아주었다.

"고 팀장님도 많이 드세요."

"아이 참, 우리 홍 실장님은 정말 친절도 하시지. 저희 걱정 마시고 두 분이나 많이 드세요. 우리 정음 씨도 이사하느라 고생했을 텐데 어서 먹어."

평소 새침하고 잔정 없던 고 팀장이 이렇게나 살갑게 굴다니. 고 팀장은 오늘 그녀와는 전혀 어울리지 않는, 정 많고 다정한 언니처럼 굴고 있었다.

또래들이 모인 자리라 그런지 분위기는 더없이 화기애애했지만, 정음은 불편하기만 했다. 의미 있는 눈빛을 교환하며 이야기를 나누는 고 팀장과 홍 실장의 대화에 끼어들기도, 그렇다고 앞에 앉아 있는 훈민과 처음 보는 사람처럼 예의 갖춰가며 대화를 나누는 것도 부담스러웠다. 그저 이 자리를 벗어나고 싶다는 일념에 앞에 놓인 고기를 묵묵히 씹어 삼킬 뿐이었다. 불편한 분위기 때문일까. 생각 없이 넘긴 고기 덩어리가 가슴에 콕 걸린 것처럼 답답해졌다.

툭툭. 가슴을 치는 정음의 앞으로 불쑥 콜라 잔이 다가왔다.

"괜찮아?"

훈민이다. 식당에서 만난 뒤로 지금까지 내내 말이 없던 그가 처음으로 입을 열었다. 신이 나 있던 고 팀장과 홍 실장의 대화 소리가 갑자가 멈춰졌다. 두 사람은 놀란 듯 훈민과 정음을 번갈아 쳐다보았다.

"괜찮냐고 묻잖아."

"괜찮아."

작은 목소리로 대답하는 정음이 마음에 들지 않는지 훈민이 눈썹을 찡그린 채, 자리에서 일어났다.

"야, 이 실장. 너 왜 일어나? 어디 가려고?"

"약국."

옆에 있던 동진이 당황해하며 묻자, 훈민이 짧게 대답했다.

"약국? 약국은 왜?"

"소화제가 필요할 것 같아서."

훈민이 앞에 앉은 정음에게로 눈길을 주며 말하자, 동진의 눈썹이 획을 그리며 하늘로 치솟았다.

"야, 이 실장!"

놀란 동진이 훈민을 불렀지만, 정작 이 소란의 주인공인 훈민은 정음에게서 눈을 떼지 않은 채, 시선을 고정시키고 있었다.

"소화도 시킬 겸 같이 나갈래?"

"아니. 약 안 먹어도 돼. 이제 괜찮아."

괜찮다는 정음의 대답을 듣고도 훈민은 기어코 밖으로 나갔고, 금세 소화제와 드링크를 들고 나타났다. 뛰어왔는지, 숨을 몰아쉬며 정음의 앞에 약을 내미는 훈민을 보며 정음은 마지못해 손을 내밀었다.

"이럴 필요까지는 없는데. 아무튼 고마워."

"약부터 먹어."

훈민은 옆에서 지켜보던 동진이 너무 놀라 입을 쩍 벌리고 있는 것도, 호기심 어린 시선으로 두 사람을 바라보는 고 팀장도 의식하지 않은 채 정음의 잔에 물을 따라주었다.

'이럴 수가.'

훈민의 오랜 친구 홍동진은 놀랍고 낯설기만 한 광경을 보며 자신의 눈을 의심했다. 평균보다 예쁜 여자이기는 했다, 오정음은. 하지만 우정이에게는 한참이나 미치지 못하는 미모였다. 게다가 자신을 바라보는 훈민을 외면하는 저 차가움이라니. 물론 그녀의 눈빛이 아주 매력적이라는 것을 인정하기는 한다. 게다가 맑고 깨끗한 목소리는…… 아무리 점수를 깎으려 해도 무척이나 인상적인 편이었다. 하지만 동진은 자신의 친구를 아프게 한 그녀가 마음에 들지 않았다. 그래서 일부러 고 팀장과만 대화를 이어나갔었다. 그런데 옆에 있는 훈민이 녀석이 아주 가관이다. 훈민이, 자신의 친구 이훈민이 저 차가운 여자에게서 눈을 떼지 못하고 있다. 그가 아는 한, 그는 여자들과 언제나 일정한 거리를 두며 예의를 지켜왔었다. 자신에게로 다가오던 수없이 많은 여자들을 돌처럼 보던 녀석이 한 여자를 이렇게 노골적으로 쳐다보며 약을 사오고 먹이는 광경은 훈민을 알고 난 후처음 있는 쇼킹한 일이었다.

"두 분, 아는 사이예요?"

고 팀장도 놀랍기는 마찬가지인가 보다.

"고등학교를 잠깐 같이 다녔어요."

곤란한 듯, 미소 짓는 정음을 보며 훈민의 표정이 미세하게 흔들렸다. 처음부터 느낌이 이상했다. 학회 직원들과 밥을 먹자는 말에 전에 없이 따라 나온 훈민의 행동도, 그녀들이 들어왔을 때부터 유난히 긴장하고 있는 것도 전에는 없던 일이었다. 특히, 호리호리하고 귀엽게 생긴 오정음이 그의 앞에 앉자마자 물컵으로 손을 뻗어 그녀의 앞으로 밀어주는 훈민의 행동이 수상스러웠다.

"어머나, 세상에! 그럼 두 분이 고등학교 동창? 어머, 정음 씨, 마포에서 고등학교 다녔다고 그러지 않았어?"

"네."

"그럼 이 실장님도?"

훈민에게 눈웃음을 치며 친근함을 표하는 고 팀장을 보며 정음이 불편한 듯 어색하게 몸을 일으켰다.

"잠시 실례하겠습니다."

자리에서 일어선 정음의 뒤를 드러내 놓고 좇는 훈민의 시선도 동진의 마음에 들지 않았다.

"저도 잠시 실례하겠습니다."

기어코 훈민이 따라 일어났고, 두 사람을 바라보는 고 팀장의 눈빛에는 호기심이 가득했다.

"어머! 세상에. 어쩜 이런 일이 있지? 우리 정음 씨랑 이 실장님이 고등학교 동창이라니. 정말 세상이 좁긴 좁네. 자긴 알고 있었어?"

"아니, 나도 오늘 처음 알았어."

2주 전 나이트에서 만난 고 팀장이 세종학회 직원이라는 말에 뜨악한 동진이었지만, 별일 없을 거라 생각했었다. 하지만 아무래도 그가 잘못 생각한 모양이다. 되도록 그쪽 여자들과는 상종하지 않는 것이 현명한 일일 것 같았다. 동진은 억지미소를 지으며 눈앞의 여자를 바라보았다. 싱글거리는 여자의 말처럼, 정말 좁은 세상인 모양이다.

마음을 진정시키고 화장실을 나서는 정음의 앞을 훈민이 막아섰다.

"괜찮아?"

걱정 가득한 그의 눈빛을 보며 정음은 괜히 화가 나려 했다.
네가 무슨 상관이야?

"괜찮아."

"안색이 안 좋아."

"잠을 잘 못 자서 그래."

"잠은…… 왜 못 잔 거야?"

미간을 좁히며 물어보는 훈민을 보며 정음은 실소를 했다.

"너 참 웃긴다."

"무슨 말이야?"

"지금 무슨 말인지 몰라서 물어? 내가 잠을 못 잔 이유가 왜 궁금한데? 너희 회사 때문이잖아. 너희 회사에서 우리 학회 후원을 끊겠다는데, 내가 잠을 편히 잘 리가 있겠니?"

스스로 생각해도 억지스러운 태도였다. 이성은 분명 그의 탓이 아닌 줄 알고 있었지만, 정음은 모든 것이 그의 탓인 것처럼 화를 냈고, 훈민은 별달리 불쾌한 기색 없이 평온한 시선으로 정음을 바라보았다.

"내 선에서 할 수 없는 일이었어."

"물론 그러시겠지. 넌 단지 보고 느낀 그대로를 보고했을 뿐이었겠지. 결정을 내리는 건 높은 자리에 앉은 분들이니까."

"알면서 왜 이렇게 화를 내?"

"내 맘이야!"

발끈하는 정음을 보며 훈민은 한숨을 토해냈고, 정음은 그런 훈민을 못 본 척 지나쳐 갔다. 뒤통수가 따끔거리는 것을 무시하고 자리로 돌아오자, 여전히 멍해 있는 홍 실장과 고 팀장이 정음을 맞았다.

"이 실장은요?"

"글쎄요, 제가 먼저 나와서."

"알겠습니다. 잠시 실례하겠습니다."

홍 실장이 차가운 눈길로 정음을 지나쳤다. 처음부터 홍 실장이 자신을 싫어한다고 느꼈었는데, 아무래도 기분 탓이 아닌 모양이다. 홍 실장은 분명 감정이 섞여 있는 사람처럼 보였다. 그래서 뭐 어쩌라고. 정음은 자포자기의 심정으로 고 팀장에게 속삭였다.

"아무래도 후원 건은 물 건너간 모양인데요."

"무슨 소리야. 이 실장이랑 자기, 두 사람이 동창이라며? 내가 보니까 그냥 단순한 동창 사이가 아닌 것 같은데……. 이런 좋은 기회를 놓칠 수야 있나. 내가 다 알아서 할 테니까 정음 씬 암말도 하지 말고 내가 하자는 대로 따라와. 비협조적으로 나오면 이번 후원 중단 책임은 다 정음 씨 탓으로 돌려 버릴 거야. 우리 학회의 존폐가 달린 일이니까 알아서 하라고."

단둘이 남아서일까? 친절한 언니 코스프레를 하던 고 팀장의 태도가 원래대로 돌아와 있었다. 커다란 두 눈동자에 참을 수 없는 호기심이 가득했지만, 야심이 가득한 고 팀장은 역시 개인적인 호기심보다 협회의 안위가 먼저였다. 차라리 다행이야. 정음은 낮은 한숨을 내쉬며 작게 고개를 끄덕였다.

"어머, 두 분 실장님. 대체 어디를 다녀오셨어요? 저희 한참 기다렸어요. 우리 2차 갈까요? 노래방 어때요?"

때마침 들어서는 훈민과 홍 실장을 향해 고 팀장이 애교스럽게 물었다.

"죄송한데 저희가 좀 바빠서……."

"노래방 말고, 정음 씨 속도 안 좋고 하니 어디 가서 차라도 한잔하죠."

홍동진 실장이 거절의 뜻을 내비치기가 무섭게 훈민이 말했다.

"어머! 저희는 좋아요. 홍 실장님도 괜찮으시죠?"

"그럽시다!"

고 팀장은 마지못해 대답하는 홍 실장에게 의미심장한 미소를 날리며 그의 팔을 잡아끌었고, 훈민과 정음은 말없이 그들의 뒤를 따라 카페로 들어섰다.

"차는 제가 사겠습니다."

홍 실장, 아니, 동진이 예의 바르게 자리에서 일어났다. 고깃집에서는 연신 싱글벙글거리며 고 팀장과 장단을 맞추더니 정음과 훈민이 고교 동창생이라는 사실을 안 뒤로는 내내 표정이 굳어 있었다.

"아이, 아니에요. 저희가 대접해야죠."

고 팀장이 동진의 손을 잡으며 만류했지만, 역부족이었다.

"그럼, 잘 마시겠습니다. 감사합니다."

고 팀장이 카운터로 향하는 동진을 보며 손을 흔들었고, 동진은 고개를 끄덕이며 커피를 주문했다.

"아메리카노 네 잔이요."

"아뇨. 아메리카노 세 잔, 카페모카 한 잔이요."

동진의 뒤로 훈민의 목소리가 들려왔다.

"뭐야? 갑자기 단게 땡기냐?"

못마땅한 눈빛으로 쳐다보는 동진을 향해 훈민이 고개를 내저었다.

"내가 마실 거 아냐."

훈민의 시선이 뒤쪽에 앉은 여자들에게로 향했다.

"헉! 그녀의 커피 취향까지 기억하는 거야?"

"아기 입맛이야. 단거 좋아해."

동진의 입이 떡 벌어졌다.

"너…… 이훈민 맞아? 정말 이훈민이냐?"

"뭐라는 거야?"

생소했다, 훈민의 이런 모습이라니. 자신도 놀라운데 옆에서 목격했던 우정은 얼마나 놀랐을까? 해바라기처럼 훈민만 바라보던 우정이었는데 정음을 향한 훈민의 마음에 얼마나 상처를 받았을까? 그동안 힘들었을 우정을 생각하니 가슴이 아파오는 동진이었다.

"나쁜 놈. 치사한 놈. 의리 없는 놈."

"뭘 그렇게씩이나. 하나씩만 해라."

"이훈민! 너 내가 뭐 좋아하는지 알아?"

"아메리카노랑 우정이."

"헉! 치사하게."

투덜거리는 동진을 뒤로하고 훈민은 자리로 돌아왔다.

카페 안은 한적했고, 자신의 계획대로 일이 술술 풀린 고 팀장의 기분은 더할 나위 없이 들떠 있었다.

"우리 이 실장님은 사귀는 사람 있어요?"

자리에 앉는 훈민을 향해 고 팀장이 매력적인 눈웃음을 지으며 물었다.

"네, 있습니다!"

훈민의 뒤를 따라온 동진이 필요 이상으로 크게 소리치자, 고 팀장이 아쉬운 듯 한숨을 내뱉었다.

"아이, 아쉬워라. 하기야 이렇게 멋진데 여자친구가 없을 리가 없죠."

"아주 예쁘고 근사한 애인이 있죠."

과장된 동진의 말에 훈민이 못마땅한 듯 미간을 찌푸렸다.

"휴. 그러시구나. 아쉽지만 이 실장님은 포기할게요."

"하하하. 아주 잘 생각하셨습니다."

오늘 여러모로 죽이 잘 맞는 고 팀장과 홍 실장이었다.

"좋아요. 그럼 이제 본론으로 들어가죠."

"이거 긴장되는데요."

"잘 아시면서. 염치없지만 저희 학회 후원, 다시 한 번만 더 생각해 주세요."

내내 실실거리며 비위를 맞추던 고 팀장의 눈빛이 돌변하더니 허리를 꼿꼿이 세우며 자세를 바로 했다.

"잘 아시겠지만, 오래된 경기 악화로 인해 저희 학회가 많이 힘든 상황이에요. 정부 보조금이라고 해봐야 건물유지비밖에 안 되는 실정이고요, 후원 기업들도 하나둘씩 후원을 끊고 있고…… . 정말이지 이럴 때 우주그룹같이 큰 기업에서 앞장서서 도와주시면 큰 도움이 될 거예요. 우주그룹이야말로 사회 환원에 누구보다 앞장서는 기업이기도 하잖아요."

고 팀장은 일에 대해서만은 누구에게도 지기 싫어하는 그녀의 성격이 고스란히 드러나는 목소리로 진지하게 말을 이어나갔다.

"그게…… 저희도 어찌할 수 없는 부분이라."

여태 허허거리던 동진의 얼굴이 어둡게 변해 버렸다.

"어휴, 알죠. 두 분 마음이야 저희가 왜 모르겠어요. 하지만 저희 입장은 정말 절박해요. 가뜩이나 소장님도 안 계신 마당에 이번 일이 틀어지면 저희 학회로서도 큰 타격을 입거든요. 우리 한글을 지키는 일…… . 누군가는 해야 하는 일이잖아요."

"물론이죠. 휴우. 그런데 언론을 통해 보셔서 잘 아시겠지만, 저희도 사정이 어렵기는 마찬가지입니다. 처음부터 공개입찰을 한 데다 그쪽에서 도리어 경쟁을 유도하고 있으니까요. 막대한 자본을 가진 중국이나 미국, 일본 등지에서 뛰어드는 바람에 저희도 정신을 바짝 차리고 있습니다."

목이 타는지 동진이 커피를 한 모금 쭉 들이켰다.

"회사로서는 반드시 개발권을 따내야 하는 입장인데, 막대한 물량 공세를 펼치는 다른 나라에 비해 저희 자금력이 턱없이 부족합니다. 그래서 고민입니다, 뭘 제시해야 할지. 그러니 저희 사정 좀 봐주십시오."

걱정 가득한 동진의 말에 고 팀장과 정음이 고개를 끄덕였다.

"우주그룹도 그들과 경쟁하려면 엄청나게 많은 투자가 필요하겠네요. 아니면 그들 마음에 쏙 들 만한 참신한 프로젝트를 개발하던가."

"그렇지 않아도 회사 내에선 매일 고민 중입니다. 그러다 보니 본의 아니게 학회에까지 피해가 간 것이고요. 현재 저희 사정이 이렇습니다."

동진의 말처럼 그룹 차원에서 허리띠를 졸라매야 할 처지인 것 같았다. 이대로라면 정말 후원이 끊어질지도 몰랐다. 뭔가 좋은 방법이 없을까, 고민하던 정음의 머릿속에 얼마 전 류하가 보내준 사진이 떠올랐다.

"잠깐! 동남아 쪽이라면…… 혹시 거기가 어디예요?"

"인도네시아 카오 섬이요."

동진의 말에 정신이 번쩍 드는 정음이었다.

"어? 혹시 거기 문자가 없는 부족 맞아요?"

"그걸 어떻게 알아?"

놀라 되묻는 훈민을 보며 정음이 급히 가방을 뒤지기 시작했다.

"이거 봐."

정음이 휴대전화기 속의 사진을 내밀었다.

─파라 빠빠타오.

"이게……."

"거기 부족민이 남기고 간 영수증이에요."

"와아. 이걸 어떻게?"

동진이 신기한 듯 중얼거렸다.

"친구가 보내줬어요, 신기하다고."

정음이 기대에 찬 목소리로 설명을 이어갔다.

"그래서 말인데, 다른 곳과는 다른 참신한 선물이 생각났어요. 그들에게 선물로 문자를 전해주는 건 어때요?"

"말도 안 돼! 다른 나라에서는 엄청난 물량 공세를 펼 거라고요. 고작 문자로 어떻게 그들과 경쟁을 해요?"

동진이 고개를 내저으며 반대했다.

"전통을 고집하는 소수민족들은 대대로 내려오는 문화에 대한 자부심이 엄청나게 높아요. 그들이라고 왜 편리한 현대 문명들을 받아들이고 싶지 않겠어요? 하지만 대부분 옛것을 잃을까

봐 불편함을 감수하고서라도 전통을 고집하는 거예요. 문화에 대한 자긍심이 높은 그들에게, 그들 고유의 문화를 후손 대대로 남겨줄 수 있는 특별한 선물을 주는 거잖아요."

"맞아요. 제 생각도 그래요. 충분히 승산이 있는 것 같은데요."

정음의 말에 고 팀장도 거들고 나섰다.

"문자 선물이라……. 나쁘지 않네요."

훈민도 고개를 끄덕였다.

"이 실장, 도대체가 말이 안 되는 싸움이잖아. 문자로 어떻게 개발권을 따내?"

세 사람과는 달리 동진은 어이가 없다는 듯 고개를 흔들었다.

"문자로가 아니라, 우리 계획에 문자 선물도 포함시키자는 거지. 이것 봐. 이 섬에서는 벌써 한글이 번져 있는 상태라고. 익숙함까지 더해서 생각보다 좋은 결과가 나올 거야. 자! 이렇게 합시다. 이번 개발 프로젝트 따내는 걸 학회에서 도와줘요."

"네에?"

"당신들 말대로, 그들에게 한글을 전파시켜 보세요. 그럼 우리 회사도 아주 유리한 위치에 서게 될 테니까. 우리가 개발권을 따내게 되면 학회에 영구 후원을 약속하겠습니다."

훈민의 말에 고 팀장과 정음이 마주 보았다.

정음 씨, 어쩌지?

어쩌긴요. 해봐야죠.

무언의 대화를 나눈 두 사람은 씨익, 웃으며 고개를 끄덕였다.

"잘 부탁합니다."

고 팀장과 정음이 협업의 시작을 알리는 손을 내밀었다.

카페 입구로 훈민이 들어섰다.

자로 잰 듯 반듯한 이목구비에 딱 맞아떨어지는 세미정장, 실용적이고 편안해 보이지만 평범한 직장인들은 꿈도 못 꿀 엄청난 고가의 남성용 구두. 게다가 주변을 압도하는 형형한 눈빛까지. 모든 것을 풀세트로 갖춘 훈민의 등장과 함께 카페 안의 소음이 갑자기 줄어들었다. 카페 손님 대부분이 여자인 까닭도 있지만, 몇 안 되는 남자들마저도 훈민의 외모와 그의 분위기를 동경의 눈으로 쳐다보고 있었다.

"어서 와."

우정이 손을 살짝 들어 올리자, 훈민은 주변을 압도하는 강한 존재감을 내뿜으며 우정에게로 다가갔다.

"미안하다. 내가 좀 늦었지?"

"아니, 겨우 10분 늦었는데 뭘. 사실 나도 좀 전에 왔어."

우정은 약속 시각보다 30분 일찍 도착해 기다리고 있었지만, 내색하지 않았다.

"차 마셔야지? 아이스아메리카노?"

"응."

주문한 아이스아메리카노는 곧바로 나왔다. 얼음이 가득한 커피를 시원하게 한 모금 마시는 훈민을 보며 우정은 조심스레 물었다.

"인도네시아로 가야 한다며?"

어제저녁, 우정은 동진의 연락을 받았다. 훈민이 우주그룹에서 후원하고 있는 한글학회 직원과 함께 인도네시아로 가야 한다고 했다. 할 수 있으면 함께 가서 도움을 주고 이참에 완전히 '내 것'이라는 도장까지 찍고 오라며 너스레를 떠는 동진에게 고맙다며 인사를 하고 전화를 끊었다.

"동진이 녀석이 가르쳐 줬구나?"

"응. 어제 통화하다가 우연히 알게 됐어. 언제 출국이야?"

"다음 주 화요일."

훈민이 선선히 대답했다.

"잘됐다. 나도 다음 주쯤 싱가폴 갈 거야. 전에 말했었지? 아시아 빈곤 퇴치 패션쇼에 초청받았다고. 우리 잘하면 만날 수 있겠다."

우정이 들뜬 목소리로 말했다. 훈민은 우주그룹에서, 우정은 패션 디자이너로서 각자의 분야가 다르다 보니 이렇게 일터에서 마주치는 일이 흔치 않았다. 우정은 자신이 속한 곳에서 얼마나 인정받고 있는지, 얼마나 잘해 나가고 있는지 훈민에게 보여주고 싶었다. 그에게 인정받고 싶었다. 그럼…… 훈민도 나를 다시 봐주지 않을까? 우정은 일말의 희망을 가지고 그에게 물었다.

"인도네시아랑 싱가폴이랑 가까우니까. 그래서 말인데…… 혹시 시간 되면 패션쇼 보러 오지 않을래?"

"우정이 네가 메인이야?"

"아니, 그렇진 않아. 난 초청받은 것만으로도 영광인걸. 쟁쟁한 디자이너들이 많이 올 거야. 그래서 볼거리는 더 풍성할 거고."

우정의 말에 훈민이 작게 미소를 지었다. 언제부터인지 모르지만, 입가에 생겨난 작은 보조개가 남성적인 그의 얼굴과 묘하게 대조를 이루며 선 굵은 그의 얼굴을 한층 더 돋보이게 만들고 있었다.

"볼거리야 뭐, 내가 패션에 관심이 있는 것도 아니고. 나야 네 패션쇼나 보러 다닌 게 다잖아. 한데 미안하지만, 이번 패션쇼는 보러 가기 힘들겠다. 우리가 가는 곳은 교통편이 열악한 아주 작은 섬이거든. 게다가 가자마자 다른 나라 회사들과 경쟁에 참여해야 하니까 개인적인 시간도 없을 거야. 미안해."

훈민이 덤덤한 목소리로 말했다.

"그런가? 시간 내기에 너무 무리인가?"

우정이 기죽은 목소리로 동정심을 유발하려 했지만, 훈민은 다시 생각해 보겠다는 말을 하지 않은 채 무덤덤한 표정으로 고개만 끄덕였다. 우정은 자신의 앞에 놓인 커피잔을 들어 올렸다. 에스프레소의 진한 향기가 입안 가득 퍼지더니 가슴속 깊은 곳까지 쓴 맛이 번져 나가기 시작했다.

―17,500여 개의 섬으로 된 인도네시아는 매우 복잡한 인종·언어 구성 때문에 공통어에의 지향은 있으면서도 그 형성은 곤란했다. 항상 외래문화의 영향을 입어왔기 때문에······.

"휴우! 그래서 요지는, 엄청난 종류의 방언이 있다는 말이지."

정음은 인터넷에서 출력한 인도네시아어의 특징을 살펴보며 낮은 한숨을 내쉬었다. 도대체 17,500여 개의 섬 중 어느 곳이 카오 부족이 사는 섬인지, 그들이 현재 쓰고 있는 언어는 어떤 것인지, 어떤 자료들을 가져가야 할지 아무것도 알지 못하는 마당에 무작정 떠날 수는 없는 노릇이었다. 할 수 있는 한 최대한의 자료를 준비하고 여러 가지 상황 등을 알아가는 수밖에 없었다.

"정음 씨, 얼굴이 왜 그래? 그렇게 자신이 없어? 우리 밥줄은 순전히 자기에게 달렸다는 걸 잊지 마."

"아이고! 우리 언니 얼굴색 봐라. 팀장님! 그렇게 부담을 주시면 정음 언니 부담돼서 어떻게 일해요."

정음의 옆에 있던 소화가 편을 들어주었다.

"부담을 가지라고 하는 소리야. 생각해 봐! 한때는 50명에 달하던 우리 학회 인원이 이렇게 축소된 건 다 정부 지원이 끊긴 탓이라고. 거기다 제일 큰 후원 업체인 우주그룹까지 후원을 끊어버리면 우린 끝장이야! 그러니까, 정말 최선을 다해야 해. 죽을힘을 다하라고!"

고 팀장이 부리부리한 눈알을 굴리며 정음에게 엄포를 놓았다.

"어휴, 국어사전 편찬 일만 잘됐어도 우리 학회가 이렇게까지 힘들진 않았을 텐데. 정말이지, 우리 국민들은 우리글의 소중함을 왜 이렇게나 모를까요? 우리말과 글을 지키겠다고 만든 사전인데, 어쩜 그렇게들 안 사갈 수가 있어요. 우리 친구들만 해도 그래요. 명품백은 다들 하나씩 있는데, 우리가 만든 사전을 가지고 있는 애들은 하나도 없어요."

"내 말이. 여자들도 진짜 웃겨. 비싼 선물은 입술이 헤벌쭉 벌어지면서 우리 학회가 피땀 흘려 만든 한글사전을 선물하면 똥씹은 얼굴이 된단 말이야."

소화의 말에 진국이 맞장구를 쳤다.

"빨간 티 입고 광화문 나가서 '대한민국!' 외치는 것도 좋지만, 우리글과 우리말을 바로 알고 지키는 것도 정말 소중한데. 휴우."

"그만해, 소화 씨. 그러다 땅 꺼지겠다. 그게 어디 하루 이틀 일이야? 마음을 비우라고. 그래서 우리 같은 사람들이 있는 거 아니겠어? 그러니까, 이번 일을 꼭 성공시켜서 우리 한글의 위대함을 널리 퍼뜨리자고. 그럴 거지, 정음 씨?"

"네에, 노력하겠습니다."

"노력만 하면 안 된다니까. 죽을힘을 다하라고!"

"네, 그럴게요."

마지못한 대답이 아니었다. 정음은 정말 이번 일을 잘 해내고 싶었다. 그래서 한글에 대해 무지했던 자신이 한글의 위대함을 알게 되고 느꼈던 그 희열을 다른 사람들에게도 전해주고 싶었다. 더불어 우주그룹의 영구 후원도.

"아휴, 정음 씨가 아니라 내가 갔어야 하는데."

"에이! 팀장님은 인도네시아 방언 하나도 못 하시잖아요. 정음 언닌 어릴 때 조금 살아봤으니까, 우리보다 훨씬 나을 거예요."

"기억도 못 하는 어린 시절이라잖아."

"그래도 우리보다는 훨씬 빨리 적응할걸요."

"아휴, 소화 씬 정음 씨 대변인이야? 어쩜 그렇게 따박따박 대답을 잘하니."

소화는 고 팀장의 핀잔에도 아랑곳하지 않고 정음을 향해 배시시 웃으며 두 눈을 찡긋거리며 윙크를 했다.

"그나저나 정음 씨 내일 출국이네. 오늘은 일찍 들어가서 준비해야지."

고 팀장의 말에 정음이 고개를 끄덕였다.

"네, 감사합니다."

"우리가 갈 때까지 고생 좀 해줘. 나 정음 씨 믿는다."

고 팀장의 당부에 정음은 큰 숨을 들이마셨다. 훈민과 함께 인도네시아 섬에서 2주간이나 지내야 한다는 부담감은 있었지만, 지금 개인적인 연애 감정 따위가 중요한 것이 아니었다. 꼭 성공해서 학회에 도움이 되고 싶었다. 그러기 위해서는 훈민과 마주치는 불편함 따위 기꺼이 감수할 생각이다.

5. 한 걸음 더 가까이

발리행 비행기 안.

"그만 좀 두리번거리지? 비행기 처음 타는 것도 아니면서."

"일등석은 처음이거든."

"자랑이냐?"

옆에 앉은 훈민의 핀잔에 정음은 입술을 비죽거리면서도 자세를 고쳐 앉았다. 아주 많이 어색할 줄 알았던 그와의 비행은 의외로 편안했다. 그가 서류에서 눈을 떼지 않는 덕분일까?

"너랑 같이 일하니 좋은 점이 있긴 하다."

"좋은 점?"

한시도 놓지 않던 서류에서 눈을 뗀 훈민이 정음을 돌아보았다.

"여기 일등석 말이야. 우린 그렇게나 출장을 많이 다녀도 언제나 이코노미석이야."

"아. 난 또."

"근데, 너 혼자 일등석 타려니까 미안했어? 그래서 내 것까지 바꿔준 거야?"

"그럼 따로 가랴?"

"흐흠. 그것도 모양새는 안 좋겠군. 아무튼 고마워. 덕분에 말로만 듣던 일등석 기내식 먹게 생겼네."

"넌 하나도……."

"응? 하나도 뭐?"

두 눈을 크게 뜨고 물어보는 정음을 보며 훈민은 낮은 한숨을 내쉬었다. 끝이 없는 호기심과 왕성한 수다……. 하나도 변하지 않았다고.

"그만 떠들고 자. 밤새 가야 할 것 같은데."

"OK! 일하는 데 방해된다, 이거지?"

"알면 됐고."

훈민의 말에 정음은 고개를 끄덕이며 의자에 편안하게 몸을 기댔다.

처음 공항대기실에서 혼자 나온 훈민을 봤을 때는 몸을 돌려 다시 집으로 가고 싶은 생각뿐이었다. 훈민이 선발대일 거라 짐작은 했지만, 우주그룹처럼 큰 기업에서 선발대를 달랑 이훈민

혼자 보낼 줄은 꿈에도 생각하지 못했었다.

'이건 일이야. 우린 프로라고.'

스스로를 설득했지만, 막상 그와 둘이서만 먼 곳을 가야 한다고 생각하니 덜컥 겁이 났다. 게다가 주책없게 뛰는 심장의 두근거림이라니. 정신 차리자, 오정음! 며칠만 견디면 후발대가 도착할 거야. 신숙주 소장님과 고우리 팀장이 바로 따라온다고 했잖아. 그분들이 오시면 더 이상 훈민이 신경 쓰이지 않을 거야.

정음은 깊은 숨을 들이마시며 마음을 진정시키려 애썼지만, 비행기에 오른 뒤에는 우스우리만큼 편안해졌다. 지레 겁먹고 노심초사한 자신이 우스울 정도로. 이훈민은 나와의 만남이 아무렇지도 않은 모양이야. 그냥…… 고교 시절에 스쳐 간 풋사랑 정도로 생각하는 걸까? 자신도 샘의 말을 들었어야 했다. 그것이 정신 건강에 훨씬 이로울 테니.

"다른 직원은 언제 오는 거야? 설마 선발대가 너 혼잔 아니지?"

"안 자냐?"

정음이 눈을 감은 채 묻자 그가 느릿한 음성으로 대답했다.

"잠이 안 와."

"땅콩 줄까?"

"아니."

"와인이라도 한잔할래?"

조금 전보다 더 낮은 목소리…….

한때는 그가 내는 이런 톤의 목소리에 마냥 들떴었다. 낮은 음성으로 장난치듯 말하는 그를 생각만 해도 가슴이 미친 듯이 뛰었었다.

"……생각 없어. 우주그룹에서 몇 명이 참여하는데? 다 너희 팀이야?"

"선발대는 나 혼자. 후발대는 삼 일 뒤에 두 명이 더 합류할 거야."

"엄청나게 큰 프로젝트라면서 세 명으로 돼?"

정음의 말에 훈민이 피식, 웃었다.

"대기업 월급이 왜 많은 줄 알아?"

"응?"

"네다섯 명이 할 일을 혼자 하거든."

"아하……. 그렇구나."

"어서 자. 아, 그리고 카오 섬까지 한 번에 가는 비행기가 없어서 가까운 섬에서 하루 묵고 갈 예정이니까, 그렇게 알고 있어."

"헉! 왜? 작은 보트나 그런 것도 없어?"

"없어. 수영해서 가는 방법밖에는. 수영 잘해? 잘하면 한번 건너가 보든지."

훈민이 말했다.

'여전히 제멋대로야.'

정음은 투덜거리며 무릎담요를 목까지 끌어 올렸다.

시간을 어떻게 보내지? 생각했던 것도 잠시, 넓어진 앞좌석과의 간격이며 편안한 의자와 질이 다른 기내식, 승무원들의 친절한 서비스에 내심 기분까지 한 단계 업 되는 건 어쩔 수 없었다.

꽤나 많은 시간이 흐르고, 비행기 안과 밖으로 온통 어둠이 내려앉았다. 일을 하는 훈민에게 방해가 되지 않기 위해 창밖으로 빠르게 갈라지는 검은 대기를 물끄러미 바라보고 있던 정음의 귓가에 나지막한 훈민의 음성이 들려왔다.

"자냐?"

"……."

"왜 연락 한 번 없었냐? 많이 기다렸는데……."

그녀가 잔다고 생각했는지 훈민이 혼잣말처럼 중얼거렸다.

기다렸다니. 지금 뭐 하자는 거야?

약속을 어긴 사람은 그였다. 고모의 마지막을 지키지 못하게 한 사람도 훈민이었다. 연락을 하려면 그가 하는 게 맞았다. 그가 변명해야 했다.

이미 다 지난 일이라고, 다 잊어버린 일이라고 생각했지만, 울컥, 화가 치솟는 것을 막을 순 없었다. 정음은 미간을 찌푸리며 몸을 돌려 누웠다.

훅…….

일곱 시간의 비행을 마치고 공항 건물을 빠져나오자 동남아 특유의 후덥지근한 아침 공기가 정음을 맞았다.

"발리네."

"응."

남들에게는 신혼여행지나 휴양지로 기대감이 큰 곳일 테지만, 그들은 입장이 달랐다. 이곳은 밥줄이 왔다 갔다 하는 운명의 시작을 알리는 중요한 곳이었다.

"날씨 죽인다. 가만히 서 있으면 살이 익겠어."

아무리 일등석이라고는 하지만 기내에서의 잠은 그리 편치 않았다. 꼭 이번 일을 해내야 한다는 책임감과 함께 깊이 잠들지 못한 피곤함에 몸이 축축 처지고 있었다. 게다가 무슨 일이 있어도 이번 일을 성사시켜야 한다는 고우리 팀장의 앵앵거리던 소리가 선잠 속에서도 계속 들려와 그녀를 괴롭힌 참이었다.

"괜찮아? 잠 안 자고 내내 일하는 것 같던데?"

'친근하고 상냥하게. 그러나 일은 끈질기게.'

고 팀장의 주문을 되뇌며 다시 한 번 마음을 다잡은 정음이 공항에서 막 빠져나온 훈민을 보며 말했다.

"괜찮아."

어색한 분위기를 풀어볼 겸 말을 건 자신에게 건네는 쌀쌀맞은 대답. 쳇, 일등석 표의 고마움이 없어지려는 찰나였다.

"오셨습니까, 실장님."

단정한 옷차림의 한 남성이 훈민에게로 다가와 공손히 고개를 숙였다.

엄청나게 더운 날씨임에도 정장을 차려입은 남성을 향해 훈민은 고개를 가볍게 숙여 보이며 가방을 건넸다.

"반갑습니다. 이훈민 실장입니다. 여긴, 저희를 도와줄 오정음 씨."

"박광호 팀장이라고 합니다. 계시는 동안 잘 부탁드립니다."

"오정음입니다. 저도 잘 부탁드립니다."

정중하게 고개를 숙여 인사하는 남자를 향해 정음도 같이 인사를 건넸고, 박 팀장은 두 사람의 짐을 차 트렁크에 싣고는 뒷좌석의 문을 열었다.

"오시느라 고생 많으셨습니다."

앞좌석에 앉은 박 팀장이 몸을 돌려 환하게 웃었다. 30대쯤 되어 보이는 박 팀장은 현지인들처럼 까만 피부와 눈에 띄게 건장한 체격을 갖고 있었는데, 웃을 때마다 보이는 하얀 이가 유달리 시선을 끄는 남자였다.

"제가 부탁한 일은 어떻게 됐습니까?"

"네, 실장님 지시하신 대로 준비해 놨습니다."

"고생 많았습니다."

"아닙니다. 당연히 제가 해야 할 일입니다. 목적지까지 가려면 30분 정도 걸립니다. 그럼 출발하겠습니다."

훈민을 향해 공손하게 대답한 박 팀장이 옆에 앉은 기사를 향해 인도네시아어로 뭐라 말하자, 오케이를 외치며 기사가 차를 출발시켰다.

차는 정확하게 30분 후 2층으로 된 고급 리조트 주차장에서 멈춰 섰다.

"이 실장님은 201호, 정음 씨는 202호입니다."

박 팀장이 훈민과 정음에게 각각 키를 건네주었다.

"고맙습니다. 죄송한데, 저는 먼저 올라가 볼게요."

정음은 엄청난 습기와 숨이 막히는 더위로 주위의 경치를 만끽할 엄두도 내지 못하고 곧바로 자신의 2층 숙소로 향했다.

"잠시만."

훈민이 방으로 들어서려는 그녀를 불러 세웠다.

"왜?"

"여기 봉투 안에 있는 수영복으로 갈아입고 30분 뒤에 여기 문 앞에서 봐."

"수영복? 이걸 왜? 헉!"

안에 들어 있는 내용물을 확인한 정음의 두 눈이 왕방울만 하게 커졌다.

"이, 이걸 입으라고?"

"한국말 몰라? 영어로 말해줘?"

훈민이 내민 하얀색 봉투에는 프릴이 달린 손바닥만 한 노란색 비키니가 들어 있었다. 살짝 힘만 줘도 가슴 한쪽이 쑥 하고 탈출할 것 같은…… 디자인이었다.

'저 싸가지. 누가 몰라서 묻니? 이런 민망한 수영복은 왜 입어야 하는지 묻고 있는 거잖아.'

놀란 눈으로 쳐다보는 정음을 보며 훈민이 피식, 조소를 날렸다.

"걱정 마. 볼품없는 네 몸매 감상하려는 거 아니니까. 쓸데없는 걱정 붙들어매. 아, 그리고 방에 들어가면 가운 걸려 있을 거야. 그거 위에 걸치고 나와도 되고. 뭐, 몸매에 자신 있음 그냥 와도 좋고. 그럼 이따 봐."

입술 한쪽을 씨익 올려붙이며 웃던 훈민이 그 말을 남긴 채 옆방으로 사라져 버렸다.

"기분 나빠! 기분 나쁜 웃음이야!"

돌아서는 훈민을 노려보던 정음은 피부를 공격하는 강력한 햇살에 화들짝 놀라며 급히 현관문에 카드키를 갖다 댔다. 가뜩이나 자신 없는 피부가 이번 출장으로 인해 엉망이 될 것 같은 불길한 예감이 들었다. 자외선차단제를 아무리 두껍게 발라도 이런 햇살이라면 감당하지 못할 것이다. 더 강력한 차단제를 가져올걸 그랬나? 심각하게 고민하던 정음은 자신이 지나치게 외모에 신경을 쓰고 있다는 것을 깨달았다.

"이건 훈민이에게 잘 보이기 위한 것이 아니라, 걔 피부와 비교되지 않기 위해서야. 아무리 그래도 남자보다 거친 피부는 좀 그렇잖아."

혼잣말을 중얼거리면서도 찔리는 마음은 가시지 않았다. 대체 내가 왜 이훈민을 신경 써야 하는 거야? 민망함에 얼른 방문을 열고 전원장치에 카드키를 꽂자 어둑하던 방 안이 환해진다.

"와우! 대박!"

정음은 낯선 방 안을 천천히 둘러보며 저도 모르게 감탄사를 뱉어냈다.

화이트와 브라운의 조화로 이루어진 방은 혼자 쓰기에는 부담스러울 정도로 넓고 고급스러웠다. 우아하게 드리워진 커튼과 침구류는 화이트로, 앤틱풍의 침대와 옷장, 화장대와 의자 등의 가구는 짙은 브라운으로 꾸며놓아 정음은 자신이 마치 유럽의 귀족이라도 된 듯한 착각에 빠질 것만 같았다. 게다가 더위가 한 방에 가시는 빵빵한 에어컨 시설이라니.

"아, 좋다!"

짐을 대충 풀어놓은 정음은 널찍한 침대에 드러누워 멍한 눈빛으로 천장을 바라보았다. 이대로 푹 잤으면 좋으련만, 30분 뒤에 나오라는 그의 말이 마음에 걸려 차마 잠들 수가 없었다.

"도대체 무슨 속셈이지?"

벌떡 일어난 정음은 훈민이 건네준 봉투를 뚫어지게 노려보았다.

"이걸 어떻게 입으라는 거야?"

정음은 지금 자신이 입고 있는 속옷보다 면적이 더 작은 천쪼가리를 이리저리 돌려보다 옆방과 붙어 있는 벽을 노려보았다. 설마 나랑 물장난하면서 한가롭게 놀자는 건 아니겠지? 그

한 걸음 더 가까이 125

의 속셈이 궁금했지만, 지금 자신은 훈민의 말이라면 죽는시늉이라도 해야 되는 처지였다.

"아휴, 내 신세야!"

마지못해 옷을 벗고 민망스러운 천 쪼가리를 몸에 걸쳐 보았다.

어라! 이게 웬일? 노란색 비키니는 생각보다 정음의 몸에 잘 맞았다.

"뭐야? 내 사이즈를 정확히 아는 거야? 이거 완전 선순가 본데."

거울 앞에 서서 이리저리 비춰보던 정음이 미간을 찌푸렸다. 예쁜 수영복에 비해 깡마른 몸매가 마음에 걸린다. 가슴도 빈약, 엉덩이도 빈약.

"휴, 내 몸은 도대체 왜 이렇게 가난한 거야?"

정음은 룸 한쪽에 걸려 있는 하얀색 가운을 걸치고 허리를 꽉 묶었다. 도대체 지금 뭐 하는 짓일까? 하는 의문이 들었지만, 나오라는데 안 나갈 수도 없는 노릇이었다. 정음은 스스로를 위로하며 욕실로 향했다. 땀에 전 얼굴을 깨끗이 씻어내고 양치도 꼼꼼히 한 후, 흐트러진 머리를 매만지고 새로 산 립스틱까지 정성껏 바르자 피곤에 찌든 오정음 대신 생기 있고 매력적인 오정음이 거울 속에서 씨익 웃고 있었다.

"됐어! 이만하면 아주 훌륭해!"

자신감이 붙은 정음은 당당하게 룸을 벗어나 복도에 있는 엘리베이터로 향했다. 사각형의 네모난 기계가 웅웅거리며 1층으로 안내하자, 그들을 안내했던 박 팀장이 환한 미소로 정음을 반겼다.

"어서 오세요. 기다리고 있었습니다. 이쪽으로 오시죠."

박 팀장을 따라 1층 복도 끝에 있는 유리문으로 들어서자, 먼저 와서 기다리고 있던 훈민의 모습이 보였다. 다행스럽게도 그 역시 가운을 걸치고 있었다.

"그럼 편안한 시간 되십시오."

박 팀장이 정중하게 인사를 하고 유리문 밖으로 사라지자, 예쁘게 머리를 말아 올린 젊은 여자 두 명과 건장한 체구의 남자 두 명이 정음과 훈민을 향해 손을 모아 인사를 건넨다.

"어서 오세요. 이쪽으로 오세요."

서툰 한국어로 말하는 그들을 따라 룸으로 들어서자, 잔잔한 음악 소리와 함께 은은한 꽃향기가 밀려왔다. 정음의 방처럼 깔끔하고 고상한 인테리어가 돋보이는 실내는 한쪽 벽면이 온통 유리로 되어 있었다. 그들을 안내한 남자 중 하나가 유리문을 접어 밀자 탁 트인 바다가 바로 눈앞에 펼쳐졌다.

"근사하다."

장엄한 바다 경치에 감탄하는 정음과 달리, 훈민은 이미 와본 사람처럼 익숙하게 룸의 한쪽에 있는 대나무 소파로 가서 앉았다.

"마담은 이쪽으로."

직원이 정음을 향해 서툰 한국말로 말했다.

"네? 어디로?"

"걱정하지 말고 따라가 봐, 후회하지 않을 테니."

직원이 내민 허브차를 천천히 음미하던 훈민이 들고 있던 서류에 시선을 고정한 채 말했고, 정음은 할 수 없이 안내하는 직원을 따라 옆으로 길게 이어져 있는 복도로 향했다.

"이쪽으로."

나란히 있는 세 개의 문 중 가장 첫 번째 문을 열자, 조금 전처럼 바다가 한눈에 들어오는 통유리와 마사지용 침대 두 개가 나란히 놓여 있는 실내가 한눈에 들어왔다.

"가운 이리 주시고 편안하게 누우세요."

"네? 네."

패키지관광 여행을 온 것도 아니건만, 이렇게 호사를 누려도 되는 건가? 도무지 훈민의 속셈을 알 수가 없었지만, 그가 자신에게 해를 입히지는 않을 것이라는 믿음이 더 컸던 정음은 고개를 갸웃거리면서도 기대 반, 호기심 반으로 침대에 누웠다.

정음이 침대에 엎드리자, 직원이 향기로운 아로마 오일을 온몸에 발라주기 시작했다. 코끝을 감도는 은은한 향기와 뭉쳐 있는 근육을 찾아 풀어주는 야무진 손놀림에 여행으로 쌓인 긴장이 풀리는 느낌이 들었다.

'오길 잘했어.'

흐뭇한 미소를 짓던 정음은 직원의 성실하고 경쾌한 손놀림에 저도 모르게 잠들어 버렸고, 두 시간이 넘는 마사지를 받은 후, 다시 옆방으로 안내되었다. 고객을 위해 미리 준비되어 있는 바닷물 스파 욕조에 몸을 담그며, 정음은 그제야 훈민이 수영복을 준비해 준 이유를 알 수 있었다. 함께 몸을 담근 두 명의 손님과 비교해도 빠지지 않는 예쁜 수영복을 보며 훈민을 오해했던 것이 괜히 미안해졌다.

마사지에 이어 스파까지 마치자 온몸의 기운이 다 빠진 것처럼 힘이 없었지만, 무거웠던 몸이 한결 가벼워진 느낌이 들었다. 여행의 피로가 말끔히 가신, 개운해진 기분으로 훈민과 헤어졌던 방으로 다시 돌아가자 대기하고 있던 직원이 '레스토랑으로 오라'는 훈민의 전갈을 건네주었다. 그렇지 않아도 배가 고프던 차에 잘됐다 싶어 황급히 옷을 갈아입고 달려갔건만 뜻밖의 난관이 그녀를 가로막고 있었다.

「죄송합니다, 손님. 이곳은 정장을 입으신 분만 출입이 가능한 곳입니다.」

티셔츠와 반바지 차림의 정음을 보며 레스토랑의 매니저가 난색을 표했다.

"아, 네."

정음은 할 수 없이 발길을 돌려야 했다. 그나저나, 내 옷 중에 정장이 있었나? 캐리어 속의 옷을 떠올리다, 혹시나 싶어 가져온 하얀색 원피스를 기억해 내고 황급히 룸으로 향하는데 누군가가 '정음 씨!'라며 자신을 부르는 소리가 들렸다. 몸을 돌려보니 박 팀장이었다.

"아! 박 팀장님."

"마사지는 잘 받으셨어요?"

"네, 덕분에요."

"제가 한 일이 뭐 있나요. 전 실장님의 지시에 의해 움직이는 것뿐입니다."

"실전에서 뛰시는 분이 갑이죠!"

"하하하! 감사합니다. 그리고 이것 받으세요."

박 팀장이 활짝 웃으며 명품 로고가 박힌 쇼핑백을 건넸다.

"이게 뭐예요?"

"이 실장님이 주셨습니다. 정음 씨 전해 드리라고."

박 팀장이 건넨 쇼핑백을 얼결에 받아 든 정음은 안에 든 값비싼 내용물을 확인하고 외마디 비명을 토해냈다.

"헐! 이걸 입으라고요?"

"네."

"하지만 이걸 어떻게……."

아무 생각 없이 받아 입기에는 너무나 값비싼 옷이었다.

"죄송하지만, 이런 선물은 받을 수가 없다고 전해……."

"아! 뭔가 오해하시는 모양인데 이 옷은 이 실장님 개인적인 선물이 아니라, 회사 차원의 격려 선물입니다. 제가 직접 준비한 거고요."

후원을 받는 쪽도 아니고 후원을 하는 회사에서 고작 일개 연구원에게 이렇게 비싼 선물을 사줄 리가 있겠어요? 라고 묻고 싶었지만, 사람 좋게 웃는 그의 면전에 대고 그럴 수는 없는 노릇이었다.

"참! 그리고 이 실장님께서 배고파서 쓰러지기 일보 직전이니 빨리 입고 오시라고 했습니다."

환하게 웃는 박 팀장을 보며 정음은 하는 수 없이 고개를 끄덕였다.

박 팀장이 건네준 샤넬 민소매 원피스는 노란색 비키니처럼 정음의 몸에 딱 들어맞았다. 블랙 시폰 소재로 단순함과 우아함을 강조한 디자인은 허리 아래로 물결치듯 퍼져 있는 여성스러운 옷이었고, 함께 건네받은 지미추의 레오파트 웨지힐은 드레스와 한 세트처럼 잘 어울렸다.

마사지를 받은 뒤라 그런지 보기 좋게 달아오른 볼과 탄력이 느껴지는 건강한 피부, 선물 받은 원피스와 구두는 정음을 잘나가는 패션 셀러브리티처럼 만들어놓았다.

"예쁘네!"

정음은 크게 심호흡을 한 뒤, 훈민이 기다리는 레스토랑으로 향했다.

"진짜 맛있다."

정음은 큰 바다가재의 꼬리 살을 발라 크림소스에 찍어 또다시 입에 넣었다.

"넌 여기 자주 왔나 봐?"

"자주는 아니고 가끔."

레스토랑은 색색깔의 과일과 신선한 해산물, 갓 구운 빵과 얼음이 둥둥 떠다니는 음료들이 가득했다. 영화에서 본 장면처럼, 멋진 드레스를 입고 고급 레스토랑에 앉아 흐뭇한 외모를 가진 남자와 함께 와인을 곁들여 먹는 늦은 점심은 말 그대로 꿀맛이었다.

"발리 올 때마다 여기 묵어?"

"아무래도 회사 리조트니까."

"여기 진짜 좋다. 특급 호텔 같아."

"그만 둘러보고 어서 먹어. 내일부터는 이런 음식들 못 볼 테니까."

주위를 두리번거리며 신기해하는 정음을 보며 훈민이 말했다.

"잘난 척은."

한껏 예쁘게 차려입고 레스토랑으로 들어서자, 창가에 앉아 있는 훈민의 모습이 단번에 눈에 들어왔다. 입구와 창가까지는 꽤 먼 거리였지만, 그의 존재는 거리의 영향 따위는 전혀 받지 않는 것 같았다.

그에게로 걸어가는 한 걸음 한 걸음이 얼마나 긴장되던

지……. 후들거리는 다리에 잔뜩 힘을 주고 당당한 표정을 유지하며 그에게로 다가갔다.

이훈민은 그냥 단순한 파트너일 뿐이야. 아주 오래전 잠시 흔들렸던 풋사랑에 지나지 않아.

"옷…… 고맙다고 전해줘."

그가 오른쪽 눈썹을 치켜들며 정음을 뚫어지게 바라보았고, 정음은 한껏 긴장한 채 그의 뜨거운 시선을 마주했다.

예쁘다.

아름답다.

혹은…… 근사하네.

라는 말 따위를 기대하면서.

하지만 훈민은 '박 팀장에게 말했으면 됐어.' 라는 심심한 한마디를 건넬 뿐이었다. 그러고는 시작된 식사 시간 내내 그는 그녀의 외모에 대한 칭찬은 일언반구도 하지 않았다. 오늘 그녀가 얼마나 매력적인지 얼마나 근사한지…… 입에 발린 인사치레조차 하지 않았다. 맞아. 이훈민은 이런 식이었지. 예전 그가 얼마나 까칠하고 무심하고 차가웠던지……. 잊고 있다고 생각했는데 기억이 고스란히 되살아났다. 그렇게 거리를 두던 그가, 자신의 마음을 고백한 뒤로는 얼마나 다정하고 친절했었는지까지.

오정음! 정신 차려! 아무짝에도 쓸모없는 과거 따위 생각하지 마! 마음을 다잡은 정음은 바다가재 요리로 손을 뻗었다. 달짝

지근한 맛과 탱탱한 육질이 입안 가득 느껴졌다. 맛있네. 그래, 그냥 이렇게 맛있는 음식 먹으면서 일이나 열심히 하자. 지금은 이 꿀맛 같은 밥에만 집중하는 거야.

정음은 복잡해지려는 머릿속을 정리하며 가재와 함께 놓인 아스파라거스 한쪽을 컷팅해 입안으로 넣었다.

"그 사람은 잘 있냐?"

신선한 아스파라거스의 식감을 즐기던 정음에게 훈민이 물었다.

"그 사람?"

"류하."

"아, 오빠? 그럼, 잘 있지. 근데 네가 류하 오빠를……."

어떻게 아냐고 물으려던 정음은 갑자기 더 차가워지는 훈민의 얼굴을 보며 입을 다물었다. 갑자기 저기압이 되어버린 훈민을 보니 왠지 레스토랑 안의 온도가 급속도로 낮아지는 기분이었다. 분위기가 왜 이래? 설마 질투하는 건 아니지? 오정음! 정신 차리자! 너무 멀리 갔어. 정음은 자신의 망상을 차단하며 현실로 돌아왔다.

"오빠 아주 잘 있지. 요즘은 대학 강단에 서. 아주 잘나가는 교수님이야."

"오빠? 너 외동 아냐? 네가 오빠가 어딨어? 그리고 잘나간다는 근거는 뭐야? 교수면 다 잘나가는 거야?"

그가 비웃듯 말했다. 그럼 그렇지. 질투는 무슨. 아주 잘나가는 교수님이라는 말에 심통이 난 모양이다.

"왜, 부러워? 류하 오빠 겁나게 잘나가는 거 맞거든. 그리고 오빠를 오빠라고 부르지 뭐라고 불러. 대체 네가 류하 오빠 근황이 왜 궁금한데?"

순간, 오기가 발동한 정음이 맞받아쳤다.

"잘 있다니 다행이네."

순식간에 차가워졌던 것처럼, 순식간에 원상 복귀한 훈민이 무덤덤하게 말했다.

정말 그가 질투라도 하는 줄 알고 가슴이 두근거렸었다. 얄미운 인간. 정음은 훈민 대신 애꿎은 아스파라거스를 꼭꼭 씹어 삼키며 그를 노려보았다.

"넌? 결혼하실 그 여자분…… 이름이 뭐더라? 우정 씨? 맞다! 우정 씨. 우정 씨는 잘 있는 거지? 혼자 인도네시아로 오면서 괜찮았어? 엄청나게 예쁜 애인을 혼자 놔두고 오려면 많이 불안했을 텐데. 다른 남자들이 그렇게 예쁜 여자를 가만 놔두려나 몰라."

너무도 멀쩡해 보이는 그의 속을 박박 긁어놓고 싶었다. 그가 다른 여자 때문에 질투하는 모습을…… 기꺼이 봐줄 수 있을 만큼, 그의 평정심을 흔들고 싶었지만, 막상 자신의 물음에 미간을 좁히는 훈민을 보는 것은 그다지 유쾌한 일은 아니었다.

쳇! 약혼녀 얘기에 기분이 나쁘다, 이거지?

"불안하지 않아. 우리 결혼할 사이 아니야."

"그렇지. 결혼할 사이가 아니니까 더 불안…….."

뭐야? 결혼할 사이가 아니라고? 놀란 정음이 할 말을 잃은 채 멍하니 그를 바라보았다.

"네가 말한 우정 씨와 나는 결혼할 사이가 아니야. 그래서 불안하지 않다고. 됐어? 다 먹었으면 일어나자."

그가 냅킨으로 입을 닦으며 말했다.

"어? 어, 그러자."

분명 우정은 말했었다, 한국으로 돌아가면 그와 결혼할 거라고. 리에 역시 말하지 않았던가. 훈민이 약혼녀를 따라 한국으로 돌아갔다고. 그 후로 10년이라는 세월이 흘렀다. 결혼은 아니더라도 결혼 날짜쯤은 잡아놓은 줄 알았지만, 아닌가 보다. 대체 둘 사이에 무슨 일이 있었던 거야? 놀라움이 가시지 않은 정음은 허둥지둥 그의 뒤를 따랐다.

레스토랑을 나온 두 사람은 소화도 시킬 겸 천천히 리조트 정원을 걸었다. 바닷가와 연결된 리조트는 길게 이어진 해변과 나란히 걸을 수 있는 산책길을 만들어놓았는데, 길가로 굵은 야자수와 함께 은은한 등불도 달아놓아 더없이 좋은 산책 코스였다.

늦은 점심을 먹는 동안 뜨거웠던 햇살은 한풀 꺾여 있었고, 바람도 좋고 경치도 좋았다.

"저기 봐."

훈민의 손끝을 보니 길가에 서서 몸을 맞대고 춤을 추는 연인들이 눈에 들어왔다. 야자수에 달아놓은 스피커에서 흘러나오는 블루스 음악에 흥이 난 모양이었다.

"참 자유롭네."

느긋한 여유를 즐기는 그들을 부러워하며 정음이 중얼거리자, 말없이 걷기만 하던 훈민이 갑자기 걸음을 멈추었다.

"부러워?"

"응. 자유로워 보이잖아."

"그럼 너도 자유를 즐겨."

훈민이 손을 내밀었다.

"뭐야?"

"Shall we dance?"

"지금…… 춤을 추자고? 여기서?"

"응."

그가, 그녀를 버린 이훈민이 빙그레 웃으며 그녀의 손을 잡았다.

커다란 야자수 나무에 달린 스피커에서는 감미로운 재즈 음악이 쉬지 않고 흘러나오고 있었다.

"Shall we dance?"

정음의 손을 잡은 훈민이 다시 물었다. 사물을 꿰뚫을 것만 같은 그의 눈빛을 고스란히 받기란 쉽지 않은 일이었다. 속마음을 훤히 들킬 것처럼 겁이 나 눈길을 돌리고 싶었지만, 마음뿐이었다.

정음은 최면에 걸린 사람처럼 꼼짝도 하지 못한 채, 속절없이 그의 앞에 섰다. 10년 전으로 다시 돌아간 것처럼 두근거리고 설레는 마음. 그에게 받은 상처는 수없이 밀려왔다 흔적도 없이 사라져 버리는 파도와 함께 자취를 감춰 버린 것 같았다.

"여긴 발리잖아. 친구끼리 춤 정도는 춰도 되지 않나?"

"……좋아."

일탈이 주는 담대함에 정음이 천천히 고개를 끄덕이며 그에게로 다가서자, 기다렸다는 듯이 뜨겁고 강한 손이 허리 위로 조심스럽게 와 닿았다.

"무도회……."

자신의 품에 안긴 정음을 리드하며 몸을 움직이던 훈민이 낮게 중얼거렸다.

"응?"

"예전 생각이 나. 그때 함께 춤추고 싶었는데."

"아……."

홈커밍 파티. 그때 훈민이 한국으로 떠나지 않았다면 지금쯤 우리 두 사람은 어떻게 되었을까? 여느 연인들처럼 실컷 싸우고 실컷 사랑했겠지. 누려보지 못한 지나간 시간들이 아쉬워진 정음이 장난스럽게 투덜거렸다.

"기회를 놓친 건 너야."

"벌써 잊었냐? 약속을 어기고 다른 놈을 경매 받은 건 너라고."

"아니…… 그 일 말고. 우리 약속 장소에 나타나지 않은 건 너라고."

우뚝. 부드럽게 리드를 하던 훈민이 갑자기 움직임을 멈추는 바람에 정음이 그의 가슴에 이마를 찧고 말았다.

"아야! 왜 멈췄어?"

"그날…… 많이 기다렸었어?"

단추에 부딪친 이마를 쓰다듬으며 그를 쳐다보자, 미간을 살짝 찌푸린 훈민이 다시 물었다.

"……글쎄."

"그날……. 아니다."

"너…… 미안해서 그러는 거지? 괜찮아. 이미 오래전 일이니까."

"나중에 얘기하자."

얼굴을 굳힌 채 한숨을 토해내는 훈민을 보며 정음은 고개를 갸웃거렸지만, 또다시 이끄는 그를 따라 천천히 몸을 움직였다.

"우와!"

부드러운 발라드 곡이 몇 곡 이어지더니, 갑자기 흥겨운 댄스 음악으로 바뀌자 곳곳에서 환호성이 터져 나왔다. 부드러운 곡에 맞춰 천천히 몸을 흔들던 사람들이 언제 그랬냐는 듯, 격렬한 움직임을 토해내기 시작했다.

사람들의 반응이 재밌어진 정음이 빙그레 웃었다.

"자, 오랜 친구와의 댄스는 이제 그만 끝내야 할 것 같은데. 앗!"

훈민에게서 벗어나려던 정음은, 여전히 놓지 않는 그의 손을
의식하며 몸을 뒤로 빼다 발을 헛디디고 말았다.

"조심!"

그가 놀라울 정도로 빠르게 비틀거리는 정음을 당겨 안았다.
얼떨결에 그의 품에 푹 안기게 된 정음은 미친 듯이 뛰고 있는
심장을 의식하며 어색하게 그를 올려다보았다.

"고, 고마워."

천천히, 아주 천천히 그가 고개를 끄덕인다고 생각했다. 정음
은 점점 다가오는 그의 입술을 멍하니 바라보며 천천히 눈을 감
았다. 부드럽게 와 닿는 그의 입술이 점점 더 뜨거워지기 시작
했다. 이래도 되는 걸까? 이성이 그녀를 일깨웠지만, 열정적으
로 움직이는 그의 입술에 정음은 아무런 생각을 할 수가 없었
다.

"휴우, 이러다 큰일 나겠다."

먼저 정신을 차리고 한 걸음 뒤로 물러난 것은 훈민이었다.

"응. 이만, 드…… 들어가야겠어."

정음이 귀 끝까지 빨개진 얼굴로 중얼거리자, 그가 가만히 고
개를 끄덕이며 그녀의 손을 잡아주었다. 그녀의 룸 앞까지 오는
내내 그는 손을 놓지 않았고, 정음 역시 그에게 잡힌 손을 빼지
않았다.

"그, 그럼 잘 자!"

"잠시만!"

손을 흔들고 돌아서려 했지만, 헤어지기 아쉬워하던 훈민에 의해 다시 그의 품에 안겨 뜨거운 입맞춤을 나눴다. 그만두게 해야 해. 이런 짓은 옳지 않아. 머릿속에서 끊임없이 비상벨이 울리고 있었지만, 행동으로 옮길 수가 없었다. 급기야 등 뒤로 와 닿는 문의 차가운 감촉을 느끼며 뜨거운 키스를 나누는 중, 갑자기 그의 전화가 시끄럽게 울어대기 시작했다.

"전화 왔어."

잠깐 입술을 뗀 사이 그녀가 중얼거렸지만, 훈민은 '괜찮아.'라며 다시 다가왔다.

"받아! 급한 전화일지도 모르잖아."

겨우 정신을 차린 정음이 그의 주머니에 있는 전화기를 꺼내 그에게 건넸다. 그리고 들려오는 애교 가득한 여자의 목소리.

[훈민아! 잘 도착했어? 너무너무 보고 싶어!]

우정이다. 뜨겁기만 했던 온몸의 피가 갑자기 식어버리는 느낌. 맞아! 그에게는 약혼녀는 아니지만, 그에 버금가는 위치를 차지하는 우정이 있었다.

"미안한데 나 지금 바빠. 끊어."

전화를 끊고 다시 다가오려는 그를 보며 정음은 고개를 흔들었다. 그리고 그를 밀어냈다.

"내가 잠시 미쳤었나 봐. 피곤해. 들어가서 잘래."

차갑게 말하는 정음을 보며 훈민은 아무런 말도 하지 않았다. 못마땅한 기색이 역력한 얼굴이었지만, 그는 한 걸음 뒤로 물러서며 그녀가 빠져나갈 구멍을 만들어주었고, 정음은 말없이 뒤돌아서서 그와 차단되는 길을 선택했다.

다음 날, 훈민은 아무렇지 않은 얼굴로 그녀를 맞았다. 평상시처럼 인사를 나누고, 함께 길을 떠날 준비를 서둘렀다. 그의 얼굴을 어떻게 봐야 하나, 밤새 고민했던 정음은 안도의 한숨을 내쉬었고, 불행인지 다행인지 생각지도 못했던 또 다른 난관이 나타나 그녀를 괴롭히는 바람에 간밤의 고뇌는 씻은 듯이 사라져 버렸다.

"괜찮아?"

"응…… 윽……. 아니!"

예상은 했지만, 이 정도로 힘든 길일 줄은 몰랐다. 발리에서 배를 타고 50분, 다시 차를 타고 두 시간여를 달리는 동안 정음의 몰골은 초토화가, 기력은 바닥이 나고 있었다. 엄청나게 울렁거리는 속 때문에 어제 밤새 했던, '훈민의 얼굴을 어떻게 보지?' 따위의 고민은 기억조차 나지 않았다.

"70킬로만 달리면 된다며. 아직 멀었어? 도대체 그 누사 뗑가라(Nusa Tenggara) 제도는 얼마나 더 가야 하는 거야?"

거대한 열대 우림 속을 달리는 지프차 안에서 정음이 신음처럼 물었다.

"길이 험해서 속력을 낼 수가 없어. 조금만 더 참아."

훈민이 무심하게 말했고, 정음은 그런 훈민에게 섭섭함을 느겼다.

어제의 달콤함은 착각이었구나. 바다가 보이는 야자수 길에서 나눈 키스는 아무런 효력을 발휘하지 못하는구나. 만약 그 때, 훈민의 휴대전화기가 울리지 않았다면. 성능 좋은 전화기 너머로 '훈민아! 잘 도착했어? 너무너무 보고 싶어!' 라는 혀 짧은 목소리가 들려오지 않았다면 어떻게 됐을까? 젠장! 이 판국에 그의 혀 짧은 여자친구가 무슨 소용이야! 지금 당장 필요한 건, 평평한 육지를 밟는 것라고. 정음은 쓰게 느껴지는 입안을 미지근한 물로 중화시켰다.

쿠왕! 차가 또다시 롤러코스터를 타듯 덜컹거렸다. 덩달아 요동치는 속 때문에 정음은 모든 생각을 내려놓고 두 눈을 감았다.

얼마나 더 가야 하는 걸까? 어린 시절 오지 경험이 있긴 했지만, 기억도 나지 않는 오래전 이야기였다. 찌는 듯한 더위와 왠지 무시무시하게 느껴지는 날짐승들의 울음소리, 거기다 창문만 열면 끊임없이 날아드는 벌레들까지. 벌써부터 이렇게 힘이 드는데 끝까지 잘 견뎌낼 수 있을까? 정음은 덜컥 겁이 났다.

시속 20도 되지 않는 속력이었지만, 차는 쉬지 않고 계속해서 달렸다. 조금만 실수를 해도 천 길 낭떠러지로 떨어질 것 같은 아슬아슬 비탈길과 고불고불 산길, 위험한 내리막길과 다행이다 싶게 평평한 길도 무사히 지나쳤다. 그렇게 두 시간여를 더 달린 끝에 드디어 그들의 목적지인 카오 부족의 마을에 도착할 수가 있었다.

"설라맡다땅(Selamat Datang, 반갑습니다)!"

길게 늘어진 전통 옷을 입은 젊은 남자가 사람 좋은 웃음으로 그들을 맞았다. 훈민과 맞먹을 정도의 큰 키에 친숙한 눈매를 가진 젊은 남자의 영어는 놀랍게도 현지인처럼 훌륭했다.

「어서 오세요. 고생 많으셨죠? 이 마을의 부족장 부도요 바수끼라고 합니다.」

「이렇게 환영해 주셔서 감사합니다. 한국에서 온 이훈민이라고 합니다. 이쪽은 저희를 도와주실 오정음 양입니다.」

「반갑습니다. 오정음입니다.」

「반갑습니다, 정음 양.」

간단하게 인사를 마치고 두 사람은 부족장이 안내하는 숙소로 안내되었다. 숙소라고 해봐야 임시 천막이 전부였지만, 그래도 두 발을 뻗고 쉴 수 있는 아늑한 공간이었다.

「몸을 씻으실 우물은 조금 걸어가셔야 합니다. 대신 몸을 닦을 수 있는 수건을 준비해 드리겠습니다. 간단한 요기라도 하시면서 잠시 기다리시면 족장님과 원로회원들과 미팅을 하실 수 있을 겁니다.」

두 사람은 친절하게 설명하고 사라지는 부족장에게 감사 인사를 하고 서둘러 짐을 풀었다. 씻었다고 하기에도 민망할 정도로 급하게 옷매무새를 정리하고, 완벽한 만남을 위한 자료를 준비하기 시작했다.

일본팀 숙소.

외부와 단절된 삶을 살아온 인구 10만의 폐쇄된 부족. 미처 파악하지 못한 엄청난 원유와 천연에너지, 거기다 수없이 많은 고무나무로 둘러싸인 카오 섬의 독점개발권을 놓칠 수는 없었다.

'실패하면 돌아오지 마라!' 는 아버지의 말씀이 아니더라도, 기울어져 가는 회사에 엄청난 이익을 안겨줄 섬 개발권을 포기할 수는 없었다.

「족장님, 여러 원로회 여러분, 이렇게 만나뵙게 돼서 영광입니다.」

카네다 리에의 약혼자이자 일본팀의 팀장 마쯔다 상이 간이라도 빼줄 듯 사근거리며 족장과 원로위원들에게 몸을 숙였다.

「통역 잘 부탁드려요.」

일본의 유서 깊은 가문 중 하나인 카네다의 무남독녀이자 이번 프로젝트의 핵심 멤버인 카네다 리에는 통역을 맡은 부족장에게 정중하게 고개를 숙였다. 그들의 통역을 맡은 부족장은 리에 또래로 보였는데, 어디선가 본 적이 있는 것처럼 익숙한 것이 꽤나 매력적으로 잘생긴 남자였다.

「최선을 다하겠습니다.」

자신의 느낌일까? 리에는 부족장의 눈빛이 꽤나 차갑고 날카롭다고 생각했지만, 지금은 부족장 따위에 신경 쓸 입장이 아니었다.

「허허허. 이렇게 응해주시니 도리어 저희가 감사할 따름이죠. 자, 자, 목마르실 텐데 목이라도 좀 축이십시오.」

두 손을 꼭 잡고 인사를 건네는 마쯔다와 리에, 일본팀을 향해 인자한 미소를 짓던 족장이 코코넛 음료를 권했다. 어제, 미국과 중국에 이어 세 번째 팀인 일본과의 만남이었다.

「감사합니다.」

족장이 권한 코코넛 음료를 한 모금 마신 후 마쯔다는 본론으로 들어갔다.

「다른 나라에서는 공공기관 건설 부분에 중점을 두었다고 전해 들었습니다.」

「그랬지요.」

「저희는 조금 색다른 선물을 준비해 봤습니다. 카오 부족에서 저희 일본 카네다에 원유의 독점개발권을 허락해 주신다면 마을에 전기 시설을 다 마련해 드리도록 하겠습니다.」

「잠시만요, 지금 뭐라고 하셨습니까? 전기 시설이요?」

통역을 하는 부족장이 되물을 정도로 파격적인 제안이었다.

「네, 그렇습니다. 아시다시피 작은 발전소 하나만 해도 대략 1억 달러 이상이 드는 큰 공사지요.」

「1억 달러라고요?」

부족장조차 놀라 입을 벌리는 엄청난 비용이 드는 공사였다. 하지만 흰머리의 족장은 별다른 반응 없이 고개를 끄덕이며 일본팀의 말을 경청할 뿐이었다.

「네, 그럼 마을에서는 언제든 환한 불빛 아래서 생활하실 수 있습니다. 원하시는 가전제품 또한 사용하실 수 있고요.」

「전기라……..」

「계약서에도 명시가 되겠지만, 향후 5년간의 전기료는 저희가 부담을 하겠습니다. 그 후로는 부족에서 관리하시면 되고요.」

리에가 다소 흥분한 음성으로 설명을 이어갔지만, 깜짝 놀라 웅성거리는 다른 이들과 달리 늙은 족장은 여전히 아무런 반응이 없었다.

좋다는 거야? 싫다는 거야? 사람이 감정 표현이 없어. 리에는 생각에 잠긴 채 아무 말도 없는 족장의 눈치를 살폈고, 고군분투 하는 약혼녀를 위해 이번에는 마쯔다가 한 발 앞으로 나서며 발언을 계속 이어갔다.

「그리고.」

족장과 대표 원로회의 시선이 일제히 마쯔다에게 향했다.

「고무나무의 벌목권도 저희에게 일임해 주신다면 고무나무 사업을 통한 일자리 창출 등의 더 큰 혜택이 마을에 돌아가도록 약속드리겠습니다.」

족장이 고개를 끄덕거리며 원로의원들을 한 번 둘러보았다.

이때를 놓칠세라 리에도 얼른 한마디를 거들었다.

「족장님, 아무쪼록 좋은 결과 기다리겠습니다. 저희 기업을 선택하신다면 절대 후회하지 않는 탁월한 선택이 되실 겁니다.」

「좋습니다. 매력적인 제안이군요. 하지만 이 일은 여기 모인 몇몇이 결정할 수는 없습니다. 들으신 대로 부족들의 대표들인 백부장들이 투표로 결정할 겁니다. 그때 좋은 소식 가지고 다시 뵙도록 하지요.」

「네, 감사합니다.」

「좋은 소식 기대하겠습니다.」

일본팀이 기대에 찬 시선으로 인사를 하며 부족회관을 나섰다. 발전소 하나만으로도 엄청난 비용이 드는, 그 누구도 선뜻 제안하지 못하는 어마어마한 선물이었다. 물론 원유와 천연에너지 독점권만 얻게 된다면 만회할 수 있는 금액이긴 했지만, 만만치 않은 개발비를 생각하면 아무도 나서지 못할 제의였다.

〈잘되겠죠? 그렇게 어마어마한 제안을 했는데.〉

리에가 약혼자인 마쯔다 상에게 일본어로 소곤거렸다.

〈그럼. 그렇게 돼야지요. 리에 상은 고무나무 묘목이나 차질 없도록 준비해 주세요.〉

〈걱정 말아요. 계약이 체결되자마자 바로 심을 수 있도록 준비해 놓았으니까. 이 넓은 섬 전체에…… 아마 어마어마한 규모일걸요.〉

자신이 내놓은 기막힌 아이디어를 생각만 해도 기분이 좋아지는 리에였다.

〈좋아요. 고무나무가 자라고 베어낼 때쯤이면 이 큰 섬은 우리의 합법적인 자원 창고가 되어 있을 겁니다. 생각해 보세요. 이 섬 전체에 빼곡하게 들어찰 고무나무들을.〉

만족해하는 마쯔다의 뒤를 따르며 리에도 환하게 미소를 지었다. 계약만 체결되면 아이디어를 낸 자신은 회사에서 확고한 지지를 얻을 수 있게 될 것이다. 뿐만 아니라 위태로워진 회사도 단숨에 일으킬 수 있는 탁월한 계획이었다. 눈앞에 펼쳐질 황금빛 미래를 꿈꾸며 회관 마당을 지나던 리에는, 자신의 옆을 스쳐 가는 낯익은 남녀를 발견하고 두 눈을 크게 떴다.

「혹시, 정음?」

자신을 지나치려던 남녀가 걸음을 멈추었다. 리에의 한 톤 올라간 목소리가 그들의 발걸음을 붙든 모양이었다.

「리에?」

일본팀의 미팅이 끝나기를 기다리던 한국팀의 여자 직원은 분명 정음이었다.

「정말 리에 맞아?」

놀란 정음이 믿어지지 않는 듯 되물었고, 그 뒤로 아주 익숙한 무표정의 훈민이 서 있었다.

「세상에! 그래, 나야, 리에. 이게 얼마만이니? 넌 훈민, 맞지? 정음과 훈민. 너희도 여기 원유개발권에 참여한 거야?」

「으…… 응.」

「한국 우주그룹?」

「그렇지.」

믿어지지 않는 일이었다. 리에는 깜짝 놀라며 두 사람을 번갈아 쳐다보았다. 10년 전보다 훨씬 더 멋있어진 훈민과 여전히 귀엽고 매력적인 미소를 가지고 있는 정음. 가진 것도 없이 해맑기만 한 그녀가 참 재수 없게 느껴졌었는데, 10년 만에 봐도 여전히 떨떠름한 것이 그 감정이 별로 변하지 않은 모양이다. 그래도 중요한 사업의 라이벌이니 예전처럼 대놓고 무시할 수도 없는 노릇이었다. 이런 것이 삶의 연륜이라면 연륜이랄까? 리에는 정말 반가운 친구를 만난 사람처럼 호들갑을 떨며 정음을 껴안았다.

「참 세상이 넓고도 좁다더니만. 이런 인연도 있구나. 이 오지에서 이렇게 각 나라 대표로 너희들을 다시 만나다니.」

「그러네. 정말 오랜만이다.」

걸음을 멈추고 리에와 정음, 훈민을 관찰하던 마쯔다도 흥미로운 표정으로 그들에게 다가왔다.

「리에 상, 아는 분들이에요?」

「아, 네, 고등학교 때 친구들이에요. 이번 개발권 경쟁에 참여한 한국의 우주그룹 대표로 왔다고 하네요. 훈민, 정음, 내 약혼자이자 이번 일본팀 팀장인 마쯔다 상이에요.」

「처음 뵙겠습니다. 이훈민입니다.」

「오정음입니다.」

「마쯔다입니다. 리에 양의 고교 동창들을 이곳에서 만나게 되다니 이런 기막힌 우연이 다 있군요. 정말 반갑습니다.」

이번 경쟁에서 이길 것이라 확신하고 있는 마쯔다는 패자를 향한 너그러운 미소로 그들을 바라보았다.

「중요한 발표를 앞두고 계신 분들인데 우리가 너무 오래 잡고 있으면 안 되죠. 얼른 들어가 보세요. 그럼 건투를 빕니다.」

패배로 일그러진 훈민과 정음의 얼굴을 상상하며, 마쯔다와 리에는 자신에 찬 목소리로 인사를 건넨 뒤, 자신들의 숙소로 향했다.

"약혼자라고? 왠지 남자 리에를 보는 것 같지 않아?"

"잘 어울리는 한 쌍이네."

유들유들한 미소를 건네며 사라지는 리에와 마쯔다를 바라보던 정음이 혼잣말처럼 중얼거리자 훈민이 피식, 웃으며 말했다.

"미팅을 아주 잘 끝낸 것 같은 분위기지?"

"응."

"우리도 잘하자!"

"당연히 그래야지."

고교 시절에는 자신만만하던 훈민이 얄미웠던 적이 한두 번이 아니었지만, 오늘만큼은 그의 자신감이 정음에게 큰 힘이 되었다.

"자, 들어가 볼까?"

"좋아!"

훈민이 정음을 바라보며 물었고, 흔들림 없이 평온한 그의 눈동자를 보며 정음은 고개를 끄덕였다.

잠시 후, 부족장의 안내로 천막으로 들어선 두 사람은 동그랗게 둘러앉아 있는 족장과 원로들을 향해 공손하게 인사를 건넸다.

「반갑습니다. 한국에서 온 이훈민이라고 합니다.」

「오정음입니다.」

훈민이 그들과 일일이 악수를 나눈 다음, 손을 가슴에 얹는 인도네시아식 인사를 건넸다.

악수를 건넨 다음, 손을 가슴에 얹는 인도네시아식 인사를 건넸다.

「이곳까지 오시느라 고생이 많았습니다.」

「아닙니다. 아름다운 카오 섬에 오게 돼서 오히려 영광입니다.」

훈민이 웃으며 대답했다.

「자자, 서서 이럴 게 아니라 우리 앉아서 차나 한잔하며 천천히 얘기를 나누도록 하지요.」

카오 부족의 족장인 이만 뚜기만이 정음과 훈민의 인사에 답하며 자리를 권했고, 영어가 가능한 부도요 바수끼 부족장이 일본팀 때와 마찬가지로 족장과 몇몇 원로들, 그리고 천부장과 관리들을 훈민과 정음에게 소개했다.

처음에는 간단한 안부 인사와 날씨, 한국과 카오 섬에 대한 궁금증을 물어보고 답하는 편안한 시간이었다. 차를 마시고 대화가 한창 무르익어 갈 즈음, 족장이 천천히 좌중을 둘러보며 고개를 끄덕이자, 모두 약속이라도 한 듯 입가에 미소를 지으며 족장을 바라보았다.

「그럼, 본론으로 들어가겠습니다. 한국의 우주그룹에서는 우리에게 무슨 약속을 해줄 수 있습니까?」

족장의 물음에 훈민이 웃으며 말했다.

「존경하는 족장님과 대표 여러분들은 여러 나라에서 매력적인 제의를 받으셨을 줄 알고 있습니다.」

훈민의 말에 부족대표들이 고개를 가볍게 끄덕였다.

「우리 우주그룹에서는 다른 나라 그룹들과 달리 눈에 보이지 않는 선물과 눈에 보이는 선물, 두 가지를 준비했습니다.」

「눈에 보이는 선물과 보이지 않는 선물이라. 그것참 재미있네요. 그래, 그 선물이 뭡니까?」

「네. 저희는 여러분들께 눈에 보이지 않는 선물인 문자와 눈에 보이는 선물인 학교를 지어 드리도록 하겠습니다.」

「문자와 학교를요?」

족장이 다시 물었다.

「네.」

「학교야 건물을 지으면 그만이지만, 문자라면 이야기가 달라지는데요? 어디 하루아침에 되는 것도 아니고.」

족장의 물음에 이번에는 정음이 나섰다.

「네, 아쉽게도 카오 부족에겐 쓸 수 있는 문자가 아직 없다고 들었습니다.」

「그렇지요.」

「그래서 정말 배우기도 쉽고 소리 나는 대로 쓸 수 있는, 저희가 쓰는 한글이라는 문자를 보급해 드리려고 합니다. 학교를 같이 만들게 되면 체계적이고 다양한 교육도 가능하리라 봅니다.」

「문자라…….」

생각지도 못한, 뜻밖의 제의에 재밌어진 족장이 빙그레 웃으며 중얼거렸다.

「아, 그리고 아시는지 모르겠지만, 실제로 카오 부족 중 이미 한글 문자를 쓰는 부족도 있다고 알고 있습니다.」

「음. 저희는 수없이 많은 부족들이 모여 이룬 부족국가입니다. 그들이 각각 어떤 언어와 문자를 쓰는지 다 파악할 수는 없습니다. 보통은 선교사들이나 외부 선생님들에게 문자를 배우곤 하지요.」

「후손들에게 카오 부족의 오랜 역사와 문화 같은 아름다운 유산을 물려주려면 문자가 꼭 필요할 겁니다. 아울러 고무나무 벌목 독점권도 저희에게 주신다면 어린 나무를 같이 심어가겠습니다.」

진지한 표정을 한 정음의 설명이 끝나자, 족장이 고개를 끄덕였다.

「흠, 좋은 제안이군요. 알겠습니다. 그럼, 대표들의 회의를 거쳐 내일 답변을 드리도록 하지요.」

「네, 감사합니다.」

「좋은 소식 기다리겠습니다.」

서로의 희망을 담은 악수를 건네며 정음과 훈민이 돌아섰다.

각 나라별 제의가 끝나고, 부족회관에 모인 여러 천부장들이 진지한 회의 시간을 가졌다.

「그럼, 오늘 이 자리에 모인 천부장들께서 투표해 주셔야 할 사항에 대해서 설명해 드리겠습니다.」

카오 부족의 대표인 천부장들이 모인 자리였다. 대략 80여 명이 넘는 천부장들은 족장의 대표인 이만 뚜기만의 말에 귀를 기울이고 있었다.

「먼저, 우리 마을과 섬 주변 해저 밑에 엄청난 원유가 발견됐다는 것은 다들 잘 알고 계실 겁니다. 이번 모임은 그 원유의 개발권을 누구에게 주느냐 하는 문제로 가지게 된 겁니다.」

족장의 말에 천부장들이 고개를 끄덕였다. 80명이 넘는 인원이었지만, 별다른 소음 없이 조용하고 차분한 분위기였다.

「그럼, 4개국에서 제안한 사항에 대해 설명하도록 하지요. 먼저, 미국입니다. 미국은 병원을 지어주겠다고 했습니다. 그리고 의료 인력을 파견해 주기로 했고요. 우리 섬에서 꼭 필요한 것 중 하나지요. 두 번째로 중국에서는 체육관과 영화관 같은 공공

시설을 마련해 주겠다고 했습니다. 폭염이 계속되는 날씨에 선선하게 지낼 수 있는 공공시설과 오락이 별로 없는 우리 섬에서는 좋은 시설을 갖게 되는 일입니다. 그리고 세 번째는 일본입니다. 일본에서는 우리 섬에 전기 시설을 만들어준다고 합니다. 엄청난 돈이 들어가는 공사지요. 그런데 그들이 해주겠다고 합니다. 다들 아시겠지만, 전기가 들어오면 우리 섬으로서는 큰 숙제를 하나 해결하는 거나 다름없다고 봅니다. 그리고 고무나무의 독점권을 보장해 준다면 향후 고무나무 사업에 종사할 일자리를 만들어주겠다고 약속했습니다.」

족장의 말이 끝나자 작은 웅성거림이 회관 안을 뒤덮었다. 일본 측의 제의는 누가 생각해도 큰 이익이 되는 엄청난 제안임이 틀림없었다.

「마지막으로 한국에서는 문자를 보급해 주고 학교를 지어주겠다고 합니다. 아시다시피 우리 섬에는 글자가 없지 않습니까? 후손들에게 문자를 남길 수 있도록 해주고 학교를 통해 교육할 수 있는 여건을 만들어주겠다고 합니다. 그들도 고무나무의 독점권을 원하고 있습니다. 한국에서는 고무나무를 베어가면서 어린 나무들도 함께 심겠다고 하는군요. 그럼 지금까지 저의 설명을 잘 들으셨을 줄 압니다. 잠시 시간을 줄 테니 신중하게 생각해서 어느 나라에다 독점권을 줄지 투표에 임해주기 바랍니다.」

이만 뚜기만 족장의 설명이 끝나고 천부장들의 웅성거림이 한동안 계속되었다. 의견을 나누는 그들의 표정이 사뭇 진지했다.

「일본의 제안은 정말 놀라운데요. 과연 그들이 아무런 이익도 없이 그런 일을 해줄까요?」

「어허, 이익이 왜 없어요. 우리의 원유개발권을 독점으로 가지는데.」

「제 말은, 원유의 양이 얼마나 되는지도 모르는데 그렇게 큰 돈을 들여 개발을 해준다니 이상해서 하는 말이지요.」

「제 말이 바로 그겁니다. 도대체 얼마나 묻혀 있는지 모르니까 그렇게 큰 모험을 하는 것이 아니겠습니까?」

한동안 계속되던 논의 끝에 천부장들의 웅성거림이 잦아들었다. 의자에 앉아 시간을 기다리던 이만 뚜기만 족장의 낮고 근엄한 목소리가 회관 안을 울리며 퍼져 나갔다.

「그럼, 지금부터 의견을 알아보도록 하겠습니다. 먼저 미국에게 독점권을 주면 좋겠다고 생각하시는 천부장들은 여기 금이 그어진 곳에 줄을 서주세요. 두 번째, 중국이 개발권을 가지면 좋겠다고 여기는 천부장들은 미국 옆에 그어진 금 뒤로 줄을 서주세요. 세 번째는 일본, 다음은 한국순입니다.」

이만 뚜기만 족장의 외침에 천부장들이 천천히 일어나 자신이 원하는 나라에 가서 섰다.

「그럼, 부족장이 수를 세어보도록 하겠습니다.」

이만의 주문에 부도요 바수끼 부족장이 나라 뒤에 선 천부장의 수를 세어 나가기 시작했다.

「미국 스물, 중국이 열여덟, 일본 스물다섯, 한국이 열다섯. 나머지 분들은 기권이십니까?」

족장이 아직도 자리에서 일어나지 않은 천부장들을 보며 물었다.

「우린 개발 자체를 반대합니다.」

못마땅한 듯, 고개를 돌리는 천부장들에게 너그러운 미소를 보인 족장이 고개를 끄덕이며 계속 회의를 진행해 나갔다.

「일본을 지지하는 표가 제일 많군요. 그럼 원유의 개발독점권은 일본에게 주도록 하겠습니다!」

족장 이만 뚜기만이 모든 천부장을 향해 큰 소리로 선포했다.

6. 다시 두근거리는 마음

어디선가 향긋한 커피 향기가 나더니, 훈민이 투박한 컵을 내밀었다.

"마셔."

"고마워."

정음은 감사의 인사를 건네며 한국에서 가져온 믹스커피를 한 모금 마셨다. 달고 진한, 일회용 포장 커피 특유의 강렬한 맛이 입안으로 펴져 나갔다.

"음, 좋다. 넌 믹스 잘 안 마시지?"

"즐기진 않지."

정음의 옆에 자리를 잡으며 훈민이 말했다.

해가 지자 골짜기에서부터 선선한 바람이 불어왔다. 청량한 나무 향기를 가득 품은 바람을 맞으며 정음은 크게 심호흡을 했다.

"바람이 정말 좋아. 섬인데도 끈적거리지도 않고."

"나무가 많잖아. 가전제품도 기계도 없고."

훈민의 말에 정음은 고개를 끄덕였다. 건물이나 집, 버스, 자동차도 없다. 전봇대도 없었고 흔한 스마트 폰도 없는 적막함은 생각보다 평화로웠다. 왠지 모든 것을 다 내려놓은 듯 홀가분하기도 했다. 부족이 준비해 준 코코넛 게와 물고기, 찰진 밥으로 식사를 마치고 훈민이 타온 커피와 함께 밤하늘을 감상하는 평화로움이 낯설지만, 무척이나 의미 깊게 느껴지는 특별한 밤이었다.

"별 봐. 정말 많다."

정음이 고개를 들어 하늘을 바라보며 말했다. 손을 뻗어 살짝 흔들기만 해도 우르르 쏟아질 것만 같은 수많은 별들은 처음이었다.

"이렇게 아름다운 곳을 개발이라는 이름으로 헤집어놔도 되는 건지 모르겠어."

"공존해야지. 개발과 보전. 어느 나라가 선정될진 모르겠지만, 우리가 된다면 최대한 노력할 거야."

"제발 그랬으면 좋겠다. 아마존 원주민들처럼 도시로 내몰려서 거지나 노예처럼 그렇게 살게 되는 피해를 당하지 않았으면 좋겠어."

정음은 정말 간절히 바랐다. 이렇게 아름다운 자연이 개발 때문에 황폐화되고 파괴된다면, 그래서 이곳의 착한 원주민들이 내몰리게 된다면 엄청난 죄책감을 느낄 것이다. 지금 이 순간은 협회의 후원보다 이곳의 자연이 더 걱정스러웠다.

"오정음표 오지랖, 또 발동이야?"

장난스러운 훈민의 목소리가 들려왔다.

"응? 오정음표 오지랖이라니?"

"우리 고등학교 때 공원에서 고슴도치 때문에 싸웠었잖아. 관리인 아저씨랑."

"고슴도치?"

"응. 네가 공원 관리인 아저씨랑 싸우다가 트럭 앞에 드러누웠지."

"내가? 공원 관리인 아저씨랑 내가 싸웠다고?"

훈민의 말을 따라 되뇌며 기억을 떠올리던 정음의 두 눈이 튀어나올 듯 커졌다. 정말! 정말 그런 적이 있었다.

"한데 네가 그걸 어떻게 알아?"

훈민은 대답 대신 옅은 미소만 지을 뿐이었다.

"어떻게 아냐니까? 내가 말해줬었어?"

"아니."

"아이 참, 답답하게스리."

이건 뭐, 스무고개 푸는 것도 아니고. 정음은 몸을 틀어 훈민을 바라보았지만, 그는 여전히 빙그레 웃기만 할 뿐이었다.

"야! 이훈민! 너 말 안 할 거야?"

정음은 손을 뻗어 얄밉게 웃기만 하는 그의 컵을 뺏었다.

"어? 어? 왜 이래? 컵 안 내놔?"

"말해주기 전까지 안 줄 거야. 빨리 말해봐."

티격태격, 컵을 뺏으려 실랑이를 벌이던 두 사람의 눈이 한순간 마주쳤다. 장난기 가득한 훈민의 눈동자와 궁금함을 가득 담은 채 반짝반짝 빛이 나는 정음의 눈동자. 한동안 아무런 움직임도, 어떤 소리도 들리지 않았다. 민망함에 고개를 돌리려던 정음의 얼굴이 그의 손에 갇혀 버렸다.

"네가 먼저 시작한 거야."

훈민이 낮게 중얼거리며 정음의 손에 들린 컵을 다시 뺏었다.

"무, 무슨 소리야."

두근두근, 심장은 터질 것만 같았다. 온몸이 부르르 떨리는 긴장감과 함께 그의 입술이 다가왔다. 저도 모르게 정음의 눈이 스르르 감기기 시작했다.

살짝 맞닿은 그의 입술에서는 진한 커피 향이 났다.

"오정음."

입술이 맞닿은 채 그가 정음의 이름을 불렀다.

"오정음."

누군가가 자신의 이름을 불러주는 것이 이렇게 좋은 느낌이었던가? 정음은 눈을 감은 채 낮은 신음을 흘렸다. 한숨처럼 터져 나온 가녀린 신음을 신호로, 부드럽게 스치기를 반복하며 나비처럼 가볍게 와 닿고 떨어지던 그의 입술이 어느 순간 강렬한 입맞춤으로 변해가더니 몸을 가누기 힘들 정도의 뜨거움이 온몸을 감싸기 시작했다.

"자, 잠시만……."

휘청거리는 정음을 꼭 안고 있던 훈민의 커다란 손이 그녀의 머리를 감싸 쥐더니 천천히 바위에 눕혔다. 그리고 다시 시작된 입맞춤.

"오정음."

그가 다시 그녀의 이름을 불렀다. 찌르르. 스쳐 가는 풀벌레 소리에 정음은 천천히 눈을 떴다. 입술을, 목을 더듬고 있는 훈민의 머리 너머로 보이는 밤하늘 별들이 금방이라도 쏟아질 것처럼 가까이 다가와 있었다.

"집중해."

잠시라도 그녀가 한눈파는 것을 견디지 못한 훈민이 눈꺼풀 위로 입술을 가져다 댔다. 어쩔 수 없이 눈을 감자, 다시 그의 입술이 그녀의 입술을 찾았다. 뜨거움에 온몸이 터져 버릴 듯 막혀 있던 낮은 신음이 터져 나오려는 찰나, 어디선가 웅성거리는 소리가 들려왔다.

"저기…… 불빛 있는 곳 아냐?"

"그런 것도 같은데. 아이 참. 신 소장님! 플래시 좀 잘 비춰봐요."

분명 익숙한 목소린데. 누구지? 몽롱한 정음의 머릿속은 본능적으로 목소리의 주인공들을 생각해 내고 있었다.

"그나저나 우리 정음 씨는 모기한테 안 물리고 잘 있나 몰라."

신숙주 소장님의 목소리…… 다!

"잘 있겠죠. 소장님의 정음 씨야 사막 한가운데 데려다 놔도 잘 살걸요."

고우리…… 팀장!

번쩍! 정음의 눈이 떠짐과 동시에 몸이 일으켜 세워졌다. 인형처럼 휘청거리는 정음을 바로 앉히며 훈민이 깊은 한숨을 토해냈다.

"타이밍 한번 기가 막히다."

아쉬워하는 목소리와 달리 그는 태연한 표정으로 정음의 머리며 옷매무새 등을 재빠르게 바로잡아 주었다. 아직도 정신이 멍한 자신과 달리, 냉정한 표정으로 손을 놀리는 그의 모습에 정음은 피식, 웃음을 토해냈다.

"왜 웃어?"

"너…… 진짜 대단하다."

"뭐가?"

"상황 변화에 대처하는 능력, 최고야."

"까분다."

그가 이마를 쥐어박는 시늉을 하더니, 손가락 대신 입술을 재빨리 갖다 대었다.

"야!"

"왜?"

놀라 주위를 둘러보는 정음을 보며 훈민은 언제 그랬냐는 듯, 무표정한 모습으로 자신의 머리며 옷매무새를 가다듬기 시작했다.

"너 진짜 짱이다."

"마음의 준비 다 됐으면 일어나. 우리가 먼저 나가 보자."

"알았어."

후발대를 맞이하기 위해 훈민을 따라 낮게 쳐진 울타리를 막 나서던 참이었다.

"정음아! 오정음!"

마당 안으로 울려 퍼지는 익숙한 목소리에 정음은 걸음을 멈추고 귀를 기울였다.

"정음아!"

류하! 류하 오빠의 목소리가 분명했다.

"오빠? 류하 오빠? 오빠가 어떻게? 오빠아!"

"뭐야, 저 반응은?"

미처 잡기도 전에 후다닥 달려 나가 버리는 정음의 뒷모습을 보며 훈민은 허탈한 웃음을 토해냈다.

「여러분, 굿 이브닝!」

「굿 이브닝!」

「굿 이브닝, 부족장님!」

부족장 부도요 바수끼의 등장에 리에와 약혼자 마쯔다가 반갑게 인사를 건넸다. 섬에서 장만해 준 코코넛 게를 저녁으로 먹고 난 뒤, 본국에서 가져온 포도주를 마시고 있을 때였다. 여러 가지 불편한 점들이 많았지만, 대업을 위해 간신히 참으며 한 잔, 두 잔 기울인 술잔에 제법 취기가 오른 두 사람이었다.

「좋은 시간 보내시는데 제가 실례를 한 건 아닌지 모르겠습니다.」

「아뇨, 실례라뇨. 이렇게 찾아주셔서 정말 감사한걸요. 그런데 이 시각에 어쩐 일이세요? 혹시 저희 설명에 뭐 부족한 점이라도 있었나요?」

리에의 말에 부도요 바수끼가 고개를 흔들었다.

「아닙니다. 식사는 어땠습니까? 입맛에는 맞았나요?」

「네, 신선한 해산물이 아주 최곤데요. 일본처럼 여기도 바다 음식이 많아 좋아요. 맛이 아주 그만이에요. 호호.」

게가 너무 작네, 손님 대접이 시원찮네, 투정을 부릴 때는 언제고 엄지손가락까지 치켜세우며 아부를 떠는 리에의 호들갑에 그녀의 약혼자 마쯔다 또한 장단을 맞추며 연신 고개를 끄덕였다. 그 역시 음식이 입에 맞지 않아 술로 배를 채우는 중이었지만, 리에보다 더 천연덕스러운 얼굴로 감사를 표했다.

「하하하. 제 약혼녀 말이 맞습니다. 정말 최곱니다.」

아부에 능한 그들을 보며 부도요는 싱긋이 웃기만 했다.

「음식이 입에 맞으셨다니 다행입니다.」

「언제 우리 일본에도 꼭 한 번 들러주세요. 저희가 아주 근사한 곳으로 모실 테니까요.」

「감사합니다. 아, 제가 찾아온 이유를 말씀드리죠. 다름이 아니고 일본 쪽에 내일 좋은 소식이 있을 듯합니다.」

「정말요?」

「오 마이 갓, 감사합니다!」

리에와 마쯔다가 동시에 외쳤다. 취기가 오른 그들에게 부도요가 전하는 소식은 회사의 재건과 함께 그들의 입지를 든든히 굳힐 수 있는 최고의 선물이었다.

「네. 족장님을 비롯한 원로회, 천부장님들께서는 두 분이 말씀하신 여러 가지 제안에 대해 좀 더 자세한 설명을 원하고 계십니다.」

「그럼요. 당연히 준비해야죠. 이틀 정도만 시간을 주세요. 본국에 연락해서 완벽한 보고서를 만들어 말씀드리겠습니다.」

마쯔다가 들뜬 목소리로 말했다.

「기쁜 소식도 가지고 오셨는데, 여기서 저희랑 같이 한잔하고 가세요.」

「아닙니다. 전 이만 가봐야죠.」

「아니죠. 이렇게 가시면 저희가 섭섭해요. 잠시 축배라도 들고 가세요.」

리에가 부도요의 팔짱을 끼며 자리에 앉길 권했다.

「잠시만요. 차 안에 포도주가 더 있을 거예요. 미스터 혼다, 좀 가져다주세요. 제가 그 회사 포도주가 아니면 입에도 못 대거든요. 호호호.」

동행한 수행원을 향해 주문하며 리에는 연신 싱글벙글 웃고 있었다.

「그럼, 카오 섬의 카네다 입주를 환영하며, 건배!!」

「건빠이~!」

「치얼스~!」

세 사람이 잔을 경쾌하게 부딪치며 건배를 했다. 한 잔을 쭉 들이켠 그들이 두 번째 잔을 준비할 때, 마쯔다가 잠시 화장실에 다녀오겠다며 일어섰고, 둘만 남은 리에가 기분 좋은 듯 외쳤다.

「음. 오늘 저녁 술맛 정말 좋은데요. 부족장님이 전해준 좋은 소식 때문인가? 참, 제가 치즈를 좀 꺼내올게요. 가지고 온 게 좀 있거든요. 가만, 내가 그걸 어디다 뒀더라.」

「괜찮습니다. 이것만 마시고 일어설게요.」

「아니에요. 아니에요. 이렇게 좋은 소식을 전해주셨는데, 이대로 가시면 섭섭해서 안 돼요. 조금만 기다려 보세요.」

난처해진 부도요가 그녀를 만류했지만, 리에는 고집을 꺾지 않았다.

「아! 생각났다. 내 가방.」

취기가 돌고 있던 리에가 비틀거리며 자신의 여행가방 쪽으로 향했다. 한 손에 술잔을 든 채 가방을 열던 리에가 갑자기 외마디 비명을 토해냈다.

「앗!」

「무슨 일이에요?」

걱정스럽게 리에를 지켜보던 부도요가 급히 다가갔다. 괜찮다며 고집을 부리던 리에의 술잔에서 쏟아진 붉은 액체가 가방 속 서류 위로 떨어져 얼룩이 번지고 있었다.

「저런. 제가 도와드리죠.」

「괜찮아요. 서류들이 다 젖어버렸네. 뭐…… 일본어니까.」

혼잣말처럼 중얼거리는 리에를 보며 부도요는 수행원을 불렀다.

「여기, 닦을 것 좀 주세요. 그리고 리에 양 부축도 부탁드립니다.」

수행원들이 리에를 부축해 테이블 쪽으로 데리고 갔다. 부도요는 수행원이 가져다준 휴지로 서류의 물기를 눌러 닦았다. 점점 말라가는 서류의 물기를 바라보던 부도요는 하얀 서류에 적힌 일본어를 무심코 바라보았다. 대학 때 일본어를 조금 배웠던 적이 있었는데. 가만있어 보자, 이게 무슨 뜻이었더라? 부도요는 천천히 글자를 읽기 시작했다.

1. 섬에 무상으로 공급하던 전기를…… 차후로는 요금을 올려 받으면…… 고무나무…… 섬 전체에 심고…….

2. 더 많은…… 생산을 늘려 라텍스나 신발 산업에 더 큰 보탬이…….

3. 발전소를 만들 때, ……노동자와 고무…… 값싼 노동자로…….

더듬더듬 글씨를 읽어가던 부도요의 얼굴이 점점 더 어두워져 갔다. 원유를 파다 보면 지질이나 여러 환경들이 훼손되는 것을 감수해야 한다고 생각했지만, 고무나무를 섬 전체에 심게 되면 모든 식물종들이 멸종해 기존에 서식하던 여러 동물들도 살 곳을 잃게 되고 말 것이다.

부도요는 조심스레 주위를 살폈다. 수행원들의 관심은 여전히 리에에게 쏠려 있었다. 그는 재빨리 서류 몇 장을 자신의 소매 속에 감췄다. 그리고 아무 일도 없었다는 듯, 리에에게로 다가갔다.

「리에 씨는 괜찮은가요?」

마침 마쯔다가 들어오자 그는 자신이 너무 늦게까지 실례를 한 모양이라며 서둘러 자리를 떴다.

부도요 바수끼, 영어 이름 '리코 바스'는 빠른 걸음으로 족장의 집을 찾았다. 일본 측의 보고서를 본 뒤로 마음이 심란하고 복잡했다. 무엇인가 잘못된 것이 틀림없었다. 우리가 속고 있는 건 아닐까? 예전에도 그랬었다. 아주 오래전 프레즈노 하이스쿨 시절. 그때도 리에의 친절에 속아 무도회에 올라 망신을 당할 뻔한 적이 있었다. 노예 경매에 참가하면 자신이 경매를 받아줄 거라고, 꼭 참가해서 협회를 도와달라던 리에는 막상 그가 무대에 오르자 모르는 척을 했었다. 뿐만 아니라 아무도 경매에 응하지 않는 리코를 비웃으며 즐기고 있었다. 그때서야 알았다. 자신은 다른 사람들을 돋보이게 하기 위한 이용거리에 지나지 않았다는 것을. 함께 놀리고 비웃을 조롱거리로 삼기 위해 그 자리에 세워졌다는 것을. 아무런 악연 없이도, 그저 재미 삼아 다른 사람을 곤경에 처하게 만드는 사람들도 있다는 것을. 다행히 정음의 친절로 망신은 면했지만, 아직도 그때 일만 생각하면 얼굴이 화끈거리는 부도요였다.

뛰다시피 달려간 족장의 집은 비어 있었다. 부도요는 족장이 즐겨 찾는 언덕으로 올랐다. 예상대로 그는 밤하늘의 별을 보며 산책을 즐기고 있었다.

《족장님.》

《오, 부도요구나. 일본 측에 소식을 전하고 오는 길이냐?》

하얀 머리를 곱게 빗어 넘긴 이만 뚜기만 족장이 아들처럼 아끼는 부도요를 반갑게 맞이했다.

《네, 방금 전하고 오는 길입니다.》

《수고했다. 한데 숙소로 가서 쉬지 않고 이 늦은 시각에 어쩐

일이냐?》

《그냥 잠이 안 와서요. 하늘을 올려다보고 계셨습니까?》

짙은 밤하늘을 수놓은 수많은 별들을 올려다보고 있던 이만 뚜기만이 허허거리며 고개를 끄덕였다.

《족장님.》

부도요가 족장을 가만히 불렀다. 족장님은 자신에게는 돌아 가신 부모님을 대신한, 아니, 부모님이나 다름없는 분이었다. 아울러 섬에서 가장 큰 어른이기도 했다. 그는 말을 하는 것보 다 듣는 것을 즐겼으며, 섬의 크고 작은 일을 지혜롭게 해결하 는 존경스러운 지도자였다.

《왜 그러니, 부도요.》

《마을이 개발되면 아름다운 자연들이 많이 훼손되겠지요?》

근심 어린 부도요의 물음에 이만 족장이 인자한 미소를 지었 다.

《왜 갑자기 그런 말을 하니? 너처럼 서양에서 공부한 젊은이 들은 섬이 하루라도 빨리 개발해야 한다고 생각하지 않았느 냐?》

《네.》

《그런데?》

《막상 개발이란 과제를 눈앞에 두고 보니 두려워집니다.》

《두렵다고?》

《네. 아름다운 자연환경들이 문명이라는 이름으로 망가져 가는 건 아닌가 하고요. 또 선량한 섬사람들이 다른 나라 기업들에 속아 값싼 노동력을 제공하는 먹잇감이 되면 어쩌나 하는 생각도 듭니다.》

부도요의 말에 이만 족장이 고개를 끄덕였다.

《그런 여러 가지를 고려하고 결정한 사항이 아니냐? 그리고 그런 것을 최소화하려고 너 같은 배운 청년들을 참석시켰고. 부도요 바수끼.》

《네.》

《너희 아버지의 죽음을 생각해 보아라. 간단한 수술만 했었다면 너희 아버지는 충분히 살 수 있다고 하지 않았느냐?》

《네.》

《이 섬에는 글을 모르는 사람이 태반이다.》

《네.》

《우리 섬에 좋은 자원들이 많다는 것이 알려진 이상 여러 기업들이 가만히 있겠느냐? 네 말처럼 기업은 이윤을 극대화하는 것이 최고의 목표라고 하지 않았니?》

《네.》

《앞으로 변화하는 것이 하지 않는 것보다 훨씬 마을에 도움이 될 수 있도록 네가 중간에서 힘써 주거라. 당장 계약서를 작성하는 것조차 우리는 그들에게 휘둘릴 수가 있으니 너의 지혜가 필요하다.》

《네.》

부도요는 늙고 지혜로운 지도자의 말을 가슴에 새기며 고개를 끄덕였다.

《그들의 방식대로 우리는 우리 섬의 파괴를 최소화하면서 우리에게 이득을 제일 많이 줄 수 있는 팀으로 선정하면 되는 것이니까. 그래서 일본을 선택한 것이고.》

《족장님 말씀을 듣고 보니 제가 해야 할 일이 명확해지는군요. 잠시 한국 쪽에 좀 다녀오겠습니다. 그쪽이라면 족장님께서 말씀하신 것을 많이 채워줄 수 있을 것 같거든요.》

《일본 쪽에 무슨 문제가 있느냐?》

《지금은 확실한 게 아니라서 뭐라 말씀드리기가 뭣합니다. 잠시 다녀온 뒤에 그곳에서 확실한 걸 알게 되면 다시 말씀 올리겠습니다.》

부도요 바수끼는 족장을 향해 넙죽 절을 한 뒤, 어둠 속으로 쏜살같이 달려 나가기 시작했다.

"우리, 정식으로 인사하는 건 처음이죠? 류하라고 합니다."

류하가 악수를 청하기 위해 손을 내밀었다. 여전히 변함없는, 신비한 오드아이가 훈민을 물끄러미 바라보고 있었다.

―류하(30세)

186㎝. 68㎏.

한국어와 불어, 영어와 일어, 독어와 중국어까지. 6개 국어에 능통한 언어 천재.

결혼 경력 없으며, 현재도 사귀는 사람 없음.

어린 시절 자폐로 의심받을 정도로 낯을 가림.(미국 거주 당시 병원 치료 기록이 남아 있음.)

현재, 신촌에 있는 여대에서 언어학 교수로 재직 중. 신촌을 접수해 버린 마성의 젊은 교수라는 별명이 있음.

정음의 주변 인물에 관한 보고서에 적혀 있던 '마성의 젊은 교수' 라는 글귀가 생각났다. 서류에서 언급한 것처럼 그는 같은 남자가 보기에도 꽤 매력적인 남자였다.

"이훈민입니다."

남의 학교 축제에 나타나서 정음을 안고 나가 버린 그때처럼 갑자기 나타난 그의 존재가 마음에 들지 않았지만, 훈민은 예의 바르게 악수를 나누었다.

"정음이 녀석, 발리에서 모처럼 편안한 휴가를 즐겼다고 자랑하더군요. 우리 정음이 잘 돌봐주셔서 감사합니다."

그의 말은 진심처럼 느껴졌다. 그래서 훈민은 더 불쾌했다.

"학회에 함께 계십니까?"

"아닙니다."

류하가 싱긋 웃으며 대답했다. 왠지 모르게 여유로워 보이는 모습이었다. 그만큼 정음이와의 관계에 자신이 있다는 얘긴가?
갑자기 견디기 힘든 습한 열기가 자신을 공격하는 듯한 착각에
빠진 훈민은 피곤을 풀기 위해 고개를 돌려 목을 풀었다.

"학회에 계시지도 않으신 분이 이곳까지 어쩐 일로 오셨습니
까?"

"정음이가 걱정돼서요."

참을 수 없는 불쾌함이 점점 더 밀려오기 시작했다. 훈민은
여유를 잃지 않으려 잠시 뜸을 들이며 아무렇지도 않은 듯, 덤
덤하게 말했다.

"쓸데없는 걱정을 하셨군요. 정음인 잘 지내고 있었습니다."

"글쎄요. 그건 제가 판단할 문제죠. 잘 모르시겠지만, 정음이
가 몇 해 전 말레이시아 출장에서 뎅기열을 크게 앓았었거든요.
그래서 마음이 안 놓이더라고요."

10년 동안 우린 잘 지내고 있었어. 갑자기 나타나서 끼어든
건 내가 아니라 바로 너라고. 류하의 눈빛이 그렇게 말하고 있
었다.

젠장! 훈민은 두 주먹을 불끈 쥐며 날카로운 눈빛으로 그를
노려보았다. 서로 마주 보고 있는 훈민과 류하, 두 사람이 뿜어
내는 팽팽한 기운은 조금 떨어져 있는 일행에게까지 느껴질 만
큼 긴장감이 돌았고, 나머지 사람들은 마냥 호기심 어린 표정으
로 그들을 바라보고 있었다.

"정음 씨, 고생 많았지? 얼굴이 아주 반쪽이 됐네. 그런데 저

두 사람은 무슨 비밀 얘기를 하기에 저기서 저러고 있어? 혹시 아는 거 있어?"

반갑게 인사를 나눈 신숙주 소장이 나무 밑에 서서 서로를 노려보는 두 사람을 바라보며 정음에게 물었다.

"글쎄요. 저도 잘……."

난처해진 정음이 말끝을 흐리며 어깨를 으쓱거리는 사이, 화장실이 급하다며 숙소로 뛰어 들어갔던 고우리 팀장이 씩씩거리며 그들에게로 돌아왔다.

"젠장! 화장실이 죽이네. 정음 씨, 자긴 괜찮았어?"

"네, 저야 뭐."

"하긴, 자긴 어렸을 때 원주민 마을에서 자랐다고 했으니까. 그래도 화장실은 정말 너무했다. 돌멩이 몇 개 쌓아놓고 화장실이라니. 으윽."

고우리 팀장이 투덜거리다 나무 밑에 서 있는 두 남자를 발견하고는 금세 두 눈을 반짝였다.

"와우! 저건 또 뭐야? 화보 찍어? 둘 다 머리는 왜 저렇게 조막만 하고 다리는 왜 저렇게 긴 거야? 기분 나쁘게스리. 근데 정음 씨, 저 두 사람 분위기가 왜 저래? 흡사 결투라도 할 분위긴데. 두 사람 원래 아는 사이였어?"

고 팀장이 고개를 갸웃거리며 물었다. 이미 정음에게 물었던 신숙주 소장과 우주그룹에서 나온 두 명의 직원까지 정음의 대답을 기다리는 눈치였다.

"글쎄요. 저도 잘……. 정말 두 사람이 무슨 얘길 나누는 걸까요?"

"쯧쯧. 그걸 우리한테 물어보면 쓰나. 두 사람 다 알고 있는 정음 씨도 모르는 판국에."

고 팀장이 혀를 차며 쯧쯧거렸다.

"저기, 신 소장님, 고 팀장님. 저 두 사람은 긴히 할 얘기가 있는 모양이니까, 우린 들어가서 좀 쉬는 게 어때요? 파인애플이나 바나나 같은 열대과일로 당분도 좀 보충하고요. 신 소장님도 무지 피곤하시죠?"

발리에서 하루 쉬고 들어온 정음과 달리 한국에서 바로 이곳까지 날아온 후발대는 무척이나 후줄근한 모습이었다. 훈민과 류하의 신경전에 정신을 쏟다 보니 정작 일행에 소홀히 해버렸다. 정음은 미안한 마음이 들었다.

"아하하. 정음 씨 말 듣고 보니까 단게 확 당기는데. 고 팀장, 우린 들어가자고."

다행히 신숙주 소장도 기다렸다는 듯, 정음의 말에 찬성을 했다.

"종대 씨, 주현 씨, 두 분도 같이 들어가시죠."

고 팀장이 우주그룹에서 파견된 후발대에게도 권했다. 고종대와 엄주현이라고 인사를 나눈 두 사람과 신숙주 소장, 고우리 팀장은 함께 이곳까지 오는 동안 꽤 친해진 모양인지 스스럼없이 이야기를 나누며 정음의 뒤를 따랐다.

"일단 마당 뒤쪽으로 가시면 받아놓은 물이 있어요. 먼저 씻고 오세요. 제가 과일 준비해 놓을게요. 향이 좋은 커피도 있는데, 드시겠어요?"

"좋지."

떠들썩하게 뒷마당으로 사라진 일행을 보며 웃음 짓던 정음은 아직도 이야기를 나누고 있는 훈민과 류하를 보며, '휴' 하고 낮은 한숨을 내쉬었다.

동그란 판에 파인애플을 자르는 정음의 뒤로 인기척이 느껴졌다.

"칼 이리 줘."

정음의 손에서 칼을 뺏어간 류하가 능숙하게 과일을 자르기 시작했다. 슥삭슥삭, 과일을 다듬는 한결같은 손길을 정음은 물끄러미 바라보았다.

"왜?"

잘라진 과일을 접시에 담던 류하가 부드러운 목소리로 물었다.

"응?"

"왜 쳐다보냐고."

"아, 반가워서 그렇지. 영국에 있는 줄 알았는데. 거기서 바로 이쪽으로 온 거야?"

"응."

"고모는?"

"누나에게 전화했어. 네 일 돕고 온다고."

정음이 고개를 끄덕였다.

"그랬구나. 있지, 나 오빠 목소리 듣고 정말 깜짝 놀랐어."

"놀라기만 했어? 내가 와서 엄청 좋은 건 아니고?"

장난스러운 류하의 말에 정음은 피식, 미소를 지었다. 하얗고 동그란 얼굴 위로 부드럽게 휘어지는 반달 모양 눈썹이 참 예쁜 웃음이었다.

"우리 정음이, 안 본 사이 상당히 예뻐졌는걸. 여기 물이 좋은 건가?"

"이거 왜 이러셔. 난 원래 예뻤어."

양손을 허리에 올리고 도전적으로 대꾸하는 정음을 보며 이번에는 류하가 피식 미소를 흘렸다.

"한 달 만에 보는데…… 꽤 오래된 것 같네."

여전히 파인애플에 시선을 고정한 류하가 나지막이 중얼거렸다. 지난 10년 동안 정음은 언제나 자신의 옆에 있었다. 너무나 자연스럽게, 아주 당연한 자리처럼 자신의 옆은 언제나 정음의 차지였다. 그 사실을 한 번도 의심하지 않았었다. 상처가 큰 정음을 위해, 서두르지 말자, 시간이 지나면 감정의 색이 자연스레 달라질 거야. 느긋하게 생각했었다. 그렇게 10년이라는 시간이 지나 버렸다. 옆에 있는 것이 너무나 당연했던 정음의 눈빛이 불안하게 흔들리고 있었다. 류하는 휴우, 낮은 한숨을 토해 냈다.

「굿 이브닝! 여러분. 늦은 시간이지만 잠시 실례해도 되겠습니까?」

후발대를 환영하기 위해 준비 중이던 두 사람의 뒤로 부족장 부요도의 목소리가 들려왔다.

「어머, 어서 오세요. 이 시각에 여긴 어쩐 일이세요?」

정음이 부족장을 반겼다.

「잠시 뵙고 드릴 얘기가 있어서요. 후발대 분들은 잘 도착하셨습니까?」

「네, 덕분에요. 괜찮으시면 잠시 들어가시겠어요?」

정음과 류하의 안내로 부족장 부도요가 한국팀의 숙소에 들어섰다. 제법 넓지만 황량하기 짝이 없는 손님방에는 코코넛 게와 열대과일 그리고 맥주병이 테이블 위에 놓여 있었고, 그 테이블을 둘러싸고 있는 낯선 사람이 서넛 보였다.

「아, 인사하세요. 여기는 이 섬의 부요도 바스끼 부족장님이세요. 그리고 이쪽은 한국에서 온 신숙주 소장님과 고우리 팀장, 언어학을 가르치는 미스터 류, 우주그룹에서 오신 고종대 씨와 엄종현 씨라고 합니다.」

정음이 서로를 소개했다.

「반갑습니다.」

「만나뵙게 되어 영광입니다.」

고우리 팀장이 생글거리는 악수를 청했다.

「환영식을 겸해서 간단하게 식사를 하는 중이었어요. 괜찮으시면 같이 드세요.」

「아닙니다. 얘기할 게 있어 잠시 들렀어요. 훈민 씨, 정음 씨,
괜찮으시면 잠시 시간 좀 내주시겠습니까?」

다급해 보이는 부도요의 부탁에 훈민과 정음은 그를 따라 조
용한 곳으로 자리를 옮겼다.

「무슨 일이십니까?」

「이걸 좀 봐주시겠습니까?」

주위를 둘러본 뒤 인기척이 없는 것을 확인한 부도요가 소매
속에 감춰두었던 종이 몇 장을 꺼내 보였다.

「일본어네요.」

훈민의 말에 부도요가 고개를 끄덕였다. 두 사람 다 약간의
일본어를 알긴 했지만, 어디까지나 회화 위주였다. 일상생활어
가 아닌 전문적인 용어가 가득한 회사 서류를 알기는 힘들었고,
정음은 숙소를 가리키며 부족장에게 양해를 구했다.

「일행 중에 일본어에 능통한 사람이 있어요. 데려와도 될까
요?」

정음이 물었다.

「믿을 만한 사람입니까?」

「그럼요.」

「좋습니다.」

훈민이 못마땅한 눈으로 노려보았지만 정음은 개의치 않고
얼른 류하를 데리고 왔다.

「오빠, 해석 좀 해줘.」

정음이 류하에게 서류를 내밀었다.

1. 섬에 무상으로 공급하던 전기를 차후로는 요금을 올려받을 예정임. 일정 부분 제반시설 비용을 충당할 것으로 예상됨.

2. 고무나무 묘목들을 섬 전체에 심게 되면 더 많은 고무 생산량이 생겨 본국에 있는 라텍스나 신발 산업을 더 확장할 수 있음.

3. 섬의 원주민들을 값싼 노동자로 부릴 수 있음. 발전소를 만들 때 건설 노동자와 고무나무 채취 시 농장의 노동자로 부리면 됨.

4. 이후 우리가 생산해 낸 제품들을 인도네시아의 여러 섬들에 역수출할 판매처의 발판으로 삼을 수 있음.

「이 보고서의 요지가 이렇게 되어 있군요.」

서류를 꼼꼼히 들여다보던 류하가 고개를 들며 내용을 설명했다.

「이건 몇십 년 전 중국의 A기업이 라오스 국경 지대의 원주민들과 맺은 계약과 흡사합니다. 고무나무로 인해 마을 전체가 황폐화되었었죠. 게다가 문자가 없었던 그 부족은 토지 측정조차 제대로 되어 있지 않아 불공정한 계약을 했습니다. 부족 대부분의 땅을 다 중국에 빼앗겨 버렸습니다. 마치 현대의 식민지나 다름없는 지역이 되어버렸죠.」

류하가 읽어 내려가는 서류의 내용을 듣던 훈민이 눈살을 찌푸리며 말했다.

「그렇군요. 역시 제 예상이 맞았습니다. 이것은 제가 조금 전에 일본 측에서 가져온 서류입니다.」

분노로 인해 부도요의 목소리가 가늘게 떨려 나왔다.

「이걸 왜 저희에게 보여주시는지 여쭤봐도 되겠습니까? 저희들은 모두 경쟁 관계에 놓여 있는 입장입니다.」

유창한 영어를 쓰는 부족장이 미국 기업을 마다하고 이곳을 찾은 이유를 훈민이 물었고, 그의 물음에 부도요가 고개를 끄덕였다.

「알고 있습니다.」

「그런데 왜?」

「제가 이걸 왜 정음 씨에게 가져왔냐고요? 솔직하게 말씀드리지요. 오후에 백부장들이 모여 투표를 한 결과 일본 쪽에 개발권을 주자는 표가 많이 나왔습니다. 그래서 일본에 그 사실을 통보하기 위해 갔었지요.」

「거기서 이 서류를 보게 되셨군요.」

흥분한 정음의 목소리가 커졌다.

부도요가 고개를 끄덕였다.

「이걸 보게 된 순간, 문득 정음 씨가 생각났습니다. 당신이라면, 정음, 당신이 속한 팀이라면 최소한 약자의 것을 모조리 뺏을 궁리를 하지 않을 거라는 생각이 들었습니다. 정음은 학교에서도 약한 자를 늘 위했거든요.」

「절 아세요?」

자신의 이름을 친근하게 부르는 부도요의 말에 정음의 눈이 동그랗게 커진다.

「날 모르겠어?」

부요도가 가늘게 웃으며 정음에게 되물었다.

「우리…… 서로 만난 적이 있었던 거 맞죠? 처음 뵐 때부터 왠지 낯이 익다는 생각은 했었어요…….」

정음이 고개를 갸웃거리며 말끝을 흐렸다.

「나야, 프레즈노 하이스쿨의 리코.」

「리…… 코?」

「응, 리코. 몸집이 작고 약해서 애들한테 늘 무시당하고 놀림받던 그 리코. 네가 날 노예 경매에서 선택해 줬잖아. 기억 안 나?」

「아…… 리코!」

기억났다. 훈민을 사기로 되어 있었던 그날, 아무에게도 선택받지 못해 힘들어하던 리코를 외면할 수 없어 약속을 어겨가며 그를 선택했었다.

「맞아! 리코. 그러고 보니 그때의 얼굴이 있네.」

정음은 리코의 말에 고개를 끄덕이며 기억을 더듬었다.

옆에 있던 훈민 또한 기억이 난 듯 아, 하는 감탄사를 뱉어냈다.

「정음, 너는 늘 약자의 편에 섰어. 훈민과 함께 섬에 온 널

단번에 알아봤지. 하나도 변하지 않았구나. 무척이나 반가웠었어. 하지만 개인적 친분이 공평한 심사에 방해가 될까 봐 아는 척을 하지 않았어. 미안.」

리코의 말에 정음은 고개를 가로저었다.

「아냐. 날 기억해 줘서 정말 고마운걸. 그런데 네가 너무 많이 변해 버려 난 못 알아봤어. 도리어 내가 미안.」

「아니야. 키도 크고 체격도 좋아져서 돌아오니까 섬사람들도 대부분 몰라봤었어. 그리고 늦었지만, 정식으로 인사할게. 정음! 홈커밍 파티 때 나를 선택해 줘서 정말 고마웠어.」

리코가 수줍은 듯 고백했다.

「아, 뭘. 쑥스럽게 다 지난 일을 가지고.」

「아니, 아무나 너처럼 어려움에 빠진 친구를 돕는 건 아니야. 따뜻한 마음과 용기가 있어야지만 가능한 일이지. 진작 인사를 하고 싶었는데 그럴 기회가 없었어.」

「그렇게 말해주니까 도리어 내가 다 고맙네. 잊지 않고 기억해 줘서. 그런데 이제 어떻게 할 거야? 우리가 어떻게 널 도우면 되겠니?」

「정음의 말이 맞아. 우리가 도움 될 만한 게 있다면 최선을 다할게.」

정음의 대답에 이어 훈민이 다짐처럼 말했다.

「내가 백부장들을 다시 한 번 소집해서 이 얘기를 전하려고 해. 일본 측에서 개발 사업을 어떻게 진행할지가 증거로 나와 있으니까. 아마 그렇게 되면 다시 다른 팀이 물망에 오르겠지. 난 너희가 우리 섬의 개발권을 맡았으면 좋겠어.」

「제발 그렇게 해줘.」

정음이 부도요의 손을 잡으며 부탁했다.

「너희가 학교를 짓고 문자를 전하겠다는 얘기를 들었어.」

「응. 꼭 그렇게 할 거야.」

「난 우린 섬이 문맹률을 벗어나는 게 지금으로서는 제일 시급한 문제라고 생각해.」

「맞아. 글자를 모르면 여러 가지 계약서나 문서 등에 손해를 볼 수밖에 없어. 이번 일도 그래. 만약 네가 글을 읽을 수 없었다면, 일본과 계약을 해버렸을 거야. 섬 전체에 고무나무를 전부 심으면 여러 나무들에 생존하던 동물들도 다 자취를 감추게 되고 섬이 황폐하게 변해 버린다는 건 불 보듯 뻔한 일이야. 물론 너도 잘 알고 있겠지만.」

「응, 나도 그렇게 생각해.」

부도요가 훈민의 말에 적극 공감하며 고개를 끄덕였다.

「고무나무 개발권을 가져가게 되면 다양한 식물들을 섬에 심어준다는 너희들의 약속을 꼭 지켜줘야 해. 그리고 섬사람들을 노동자로 쓰게 되더라도 합당한 인건비로 대우해 줘야 하고.」

「물론이지.」

「그리고 미안하지만, 작은 병원을 하나 지어줄 수 있을까? 비용이 많이 들 거라는 건 알고 있지만 우리에게는 꼭 필요한 시설이야.」

「알았어. 되도록 노력할게.」

「가능하겠어?」

「앞의 세 가지는 확실하게 회사 차원에서 약속이 된 거고, 병원은 개인적으로 약속할게.」

「고마워. 그리고 미안해.」

「우리가 이익을 적게 가지면 돼. 혹시 불가능하다면 내 사재를 털어서라도 병원은 꼭 지을 테니까 걱정 마.」

훈민의 말에 부도요가 고개를 끄덕였다.

「그럼 이 모든 것을 문서에 잘 써서 계약서를 만들어줄래? 내일 다시 들를게.」

「물론이지. 우리 잘해보자.」

「나도.」

훈민과 악수를 나누며 돌아서는 부도요의 뒷모습이 더없이 행복해 보였다.

7. 간질간질한 그녀의 웃음소리

"그 말…… 정말이야?"

조용하게 들려오는 정음의 물음에 서류를 보고 있던 훈민이 고개를 들었다.

"그 말이라니?"

"이익을 적게 가지면 된다는 말."

"그럼 그런 말을 농담으로 했겠냐?"

"그 말 아주 신선하게 들렸어. 원래 기업은 이익 창출이 최대의 목표 아닌가?"

"맞아. 원래는 그래."

"그런데 네 마음대로 그런 말을 해도 되는 거야? 그러다 회사에서 잘리면 어쩌려고? 아…… 너네 집 부자라 그거지?"

"그럼…… 네가 먹여 살리면 되지 뭐가 걱정이야?"

태연한 얼굴로 천연덕스럽게 말하는 훈민을 보며 정음은 눈을 흘겼다.

"어이없어. 누가 먹여 살린대?"

"야박하기는. 나 조금밖에 안 먹어."

혼잣말처럼 중얼거린 뒤, 훈민은 다시 서류로 눈을 돌렸다. 말끔하게 잘생긴 얼굴로 서류에 시선을 집중하고 있던 훈민이 다시 입을 연 것은 정음이 자리에서 일어나려는 찰나였다.

"어디 가?"

"나도 일하러 가야지. 문자 보급에 필요한 자료들도 찾고."

"조금만."

"응?"

"조금만 더 있다가 가."

시선은 여전히 서류를 향한 채, 훈민이 뜻밖의 말을 했다.

"뭐야? 여기 앉아서 너 일하는 거 보라고?"

"사실대로 말해줄게. 앉아."

거듭된 요청에 정음은 할 수 없이 다시 훈민의 옆에 앉았다.

"이제 됐어. 말해봐."

"음. 사실은 일본 기업에게 지기 싫었어. 그리고 너에게 근사하게 보이고도 싶었고. 됐냐?"

솔직한 훈민의 말에 정음의 얼굴이 조금씩 붉어지기 시작했다.

"다, 당황스럽네."

"왜? 너무 노골적이어서? 그래도 봐. 지금 이렇게 감동스러운 얼굴로 네가 내 앞에 있잖아."

"헐!"

정음이 민망스러워하며 뱉어낸 말에 훈민이 피식, 미소를 지었다.

"그 말 오랜만에 들어본다. '헐!' 너 예전에 그 말 진짜 많이 했는데."

정음이 배시시 미소를 지었다. 정말 그랬었다. 학창 시절에 입버릇처럼 달고 살았던 말이었다.

"벌써 10년 전이야."

"그래, 10년 전이지. 내가 너무 배려심이 많았던 10년 전."

알 수 없는 말을 하는 훈민을 보며 정음이 고개를 갸웃거렸다.

"배려심이 많았다니. 그게 무슨 말이야?"

"어린 마음에 네 입장을 너무 많이 배려했었지."

정음은 눈살을 찌푸렸다.

"도무지 무슨 말을 하는지 알 수가 없어. 그보다 나 뭐 하나 물어도 돼?"

"물어."

"그때…… 왜 나오지 않았어? 난 많이 기다렸었는데."

다시 만난 그 순간부터 묻고 싶었던 말이었다. 왜 나오지 않았냐고. 그날 얼마나 실망을 했었는지, 너를 얼마나 기다렸는지 모른다고.

"흠……. 진짜 궁금해?"

훈민이 진지하게 물었다.

"응."

"좋아. 그럼."

훈민이 손바닥을 내밀며 말했다.

"오백 원!"

"뭐?"

"궁금하면 오백 원이라고."

훈민이 이상해졌다. 정음은 그를 흘겨보며 눈살을 찌푸렸다.

"헐! 너 지금 그 말을 농담이라고 하는 거야?"

"……자의가 아니었어."

"뭐?"

"아버지가 보낸 사람들에게 끌려갔었어. 너 기다릴 거 생각하
니까 정말 미칠 것 같더라. 죽을힘을 다해서 겨우겨우 도망쳐서
네게 갔는데……. 그 뒤로는 알지? 약속을 지키지 못한 나 때문
에 넌 고모님 임종도 못 지키고, 그렇게 고모님 허무하게 보내
드렸지. 네가 나 내친 거 충분히 그럴 만했어. 충분히 그럴 만했
는데 난, 나는 물러서면 안 되는 거였어. 미친놈 취급을 받든,
네가 아무리 내치든 네 옆을 지키고 있어야 했어. 그런데……
그때는 너무 순진해서, 네가 그렇게 나오니까, 너무 겁나고 다
리에 힘이 풀려서……. 후후. 그렇게 바보처럼 망설이다가 다시

잡혀갔어. 그래서 한국행 비행기에 태워졌지."

"난 네가 약혼녀를 따라 한국으로 갔다는 얘길 들었는데. 약혼녀와 다시 잘해보고 싶다고. 나에게 미안하다고. 그동안 즐거웠다고. 난 그렇게 리에에게 전해 들었어."

분명 리에가 말했었다, 훈민이 약혼녀를 따라 한국으로 돌아갔다고. 그동안 즐거웠다는 인사를 대신 전한다고, 그렇게 말했었다.

"리에가 그런 말을 했단 말이야?"

"응."

"휴우, 다 내 잘못이야. 리에에게 부탁한 내가 어리석었어. 하지만 오해하지 마. 난 리에에게 다른 부탁을 했었어."

"다른 부탁?"

"응."

"대체 뭐가 어떻게 된 거야? 내가 알아듣게 설명 좀 해봐."

훈민이 짧은 한숨을 토해내며 고개를 끄덕였다.

"공항까지 끌려갔는데 거기서 리에를 만났었어. 몰골은 엉망이지, 절망감에 화는 끝까지 치밀어 오르지. 네게…… 말은 해야 할 것 같은데 뭐라고 해야 네가 나를 믿어줄까 고민하다가, '기다려 달라고. 지금은 어쩔 수 없이 한국을 가야 하지만, 꼭 다시 돌아올 거라고, 그러니 마음 변하지 말고 기다려 달라.'고 말했었어."

"저, 정말 그런 일이 있었단 말이야?"

덤덤하게 말하는 훈민을 보며 정음이 겨우 소리 내어 물었다.

"음. 그렇게 한국으로 끌려가 버릴 줄만 알았는데, 뜻하지 않게 화장실에서 탈출할 수 있는 기회가 생긴 거야. 미친놈처럼 네게 달려갔지. 나머진 네가 아는 데로고."

"그랬구나. 그런 일이 있었구나."

"난 네가 고모님 때문에 화가 나서 나를 내친 줄 알았어. 그래서 네게 시간을 줘야 한다고 생각했지. 그때는 뭐랄까? 어린 마음에 할 수 있었던 최대한의 배려라고 할까? 물론 지금 같으면 어림도 없는 일이지만."

"나중이라도 연락하지 그랬어."

정음이 낮게 중얼거렸다. 그를 오해하며 보냈던 지난 세월이 너무 아쉬웠다. 그런 줄도 모르고, 그런 일이 있었는지도 모르고 그를 원망하며 미워했었다. 마음 한 켠에 가시가 걸린 것처럼 내내 따끔거리고 아팠었다.

"메일을 계속 보냈었어. 한데 네가 확인하지 않더라. 안 되겠다 싶어서, 다시 미국으로 갔었어."

"미국으로?"

"응. 대학생이 되자마자. 그런데 네가 그곳에 없더라. 내가 너무 늦었구나…… 후회하며 돌아왔었지."

훈민의 말에 정음은 저도 모르게 낮은 한숨을 내쉬었다. 도대체 그 사이에 얼마나 많은 일들이 있었던 걸까? 왜 미처 알지 못했을까?

"고모 그렇게 되시고 메일 확인할 정신이 없었어. 그리고 얼마 안 돼서 한국 들어왔거든. 이곳에서는 미국에서 쓰던 계정은 다 삭제하고 새로 만들어 사용했어. 미국에 관계된 것들은 빨리 잊어버리고 싶었거든."

고모의 죽음도, 고모를 죽게 만든 존도 그리고…… 그녀를 버린 이훈민도 다 잊어버리고 싶었다.

"그랬구나. 그런데 오정음! 넌 나 찾고 싶은 생각 안 들었나?"

"한 번 봤어, 홍대에서. 너 우정 씨랑 같이 가기에 둘이 잘 되고 있나 보다 했지."

정음의 대답에 훈민이 허, 하는 낮은 탄식을 뱉어냈다.

"오정음, 하나만 더 묻자."

"응."

"넌 저 치랑 무슨 사이냐?"

훈민의 말에 정음이 멀뚱멀뚱 두 눈을 깜박거렸다.

"우린…… 친남매 같은 사이지."

"저 치도 그렇게 생각해?"

"무슨 말이 하고 싶은 거야?"

"한국 오기 전에 샘을 찾아 가서 부탁했었어. 제발 연락해 달라고. 그리고 기다렸지. 메일이며 전화며……. 그런데 아무런 연락도 안 오더라. 그래서 난…… 네가 나 대신 그 사람을 선택한 줄 알았어. 두 사람…… 너무 잘 어울려 보였거든. 이렇게 직접 만나서 네 눈을 보고 확실히 했어야 했는데. 그때는 내가 너무 어렸지. 네가 날 피하는 구나. 널 더 이상 곤란하게 만들지 말자, 생각했었어."

훈민의 말에 문득, 예전에 샘이 했던 말이 생각났다. 훈민이 보고 싶지 않냐고. 그때 정음이 말했었다. 다시는 그 이름 듣고 싶지 않다고. 그 얼굴도 떠올리기 싫다고. 정음의 말에 말없이 고개를 끄덕이던 샘의 얼굴이 떠올랐다. 그러니 아마도 샘은 자신을 생각해서 훈민의 연락처를 전해주지 않았을 것이다. 그때 자신이 그런 말만 하지 않았어도 오해를 좀 더 빨리 풀 수 있었을 텐데. 정음은 올컥하는 마음으로 훈민을 바라보았다.

"훈민아⋯⋯."

"너와의 인연이 그렇게 끝난 줄 알았어. 아니, 솔직히 널 잊으려고 무척이나 노력했어. 그런데⋯⋯ 이렇게 널 다시 만나고 나서야 알았어. 내 노력이 아무런 효과가 없었다는 걸. 내 마음이 10년 전과 같다는 것을. 그동안 잊었다고 생각했는데, 널 보니까 예전의 그 마음이 그대로 남아 있다는 걸 알겠어. 나는 너와 다시 시작하고 싶어."

훈민의 고백에 정음은 가슴이 미친 듯이 두근거렸다. 정음도 그랬다. 그녀 역시 여전히 같은 마음이었다. 하지만⋯⋯ 그에게는 우정이 있다. 집안에서 정해준, 오랜 시간 그의 옆을 지켜온 약혼녀가.

"우정 씨는?"

"우정이와 나는 아냐. 우정이에게 연애 감정이 있었으면 10년이나 이러고 있었겠어? 벌써 내 여자로 만들었지."

분명하게 말하는 그를 보며 정음은 천천히 고개를 끄덕였다. 이해할 수 있었다.

"여기 함께 오자고 청한 것도 너와 둘이 시간을 가지고 싶었기 때문이야."

"훈민아……."

선뜻 그러자 대답을 할 수가 없었다. 지난 10년간은 짧은 시간이 아니니까. 좋은 사이로 지내다 또다시 헤어지게 된다면, 이훈민이라는 좋은 사람을 다시 볼 수 있을지 자신도 없었다.

"지금 당장 대답하지 않아도 돼. 10년이라는 시간이 흘렀으니까. 너도 당황스럽겠지. 하지만 난 믿어, 내가 변하지 않은 것처럼 너도 그럴 거라는 걸."

훈민의 말에 정음은 낮은 한숨을 뱉어냈다.

그 시각, 일본팀 숙소 안.

「에도 천부장님, 그게 무슨 말씀이세요? 저희 쪽에 계약을 줄 수 없다는 말이 무슨 말인지 도통 이해가 가지 않는군요.」

리에가 눈살을 찌푸리며 통역을 해주고 있는 남자에게 물었고, 통역관은 친일파인 에도 천부장에게 다시 물었다.

「분명 어젯밤에 긍정적인 답변을 전해 들었기에, 오늘 세부적인 계약서 내용을 이렇게 준비 중에 있었다고요.」

마쯔다 역시 워드를 작성 중이던 노트북을 덮으며 황당한 표정을 지었다. 다 끝났다고 생각했는데 이 무슨 마른하늘에 날벼락 같은 말인가.

「알아요, 리에 씨와 마쯔다 씨가 얼마나 황당한 기분일지. 그런데 증거가 있다면서 웬 서류를 우리에게 흔들어 보이는데 우리가 어찌할 수가 있나. 게다가 마을을 망가뜨릴지도 모른다고 그러니 사람들이 동요할 수밖에.」

원로회의 한 사람인 에도 천부장이 리에와 마쯔다의 눈치를 살피며 말했다.

「그러게 말이오. 나도 회의가 다시 소집된다는 말에 무슨 일인가 하고 참석했다가 얼마나 놀랐던지.」

리에와 마쯔다에게 걱정 말라며 큰소리를 쳤던 맘방 천부장도 풀 죽은 목소리로 거들고 나섰다. 일본 측이 개발팀으로 선정되기만 하면 자식들을 원하는 나라로 유학 보내줄 것이며, 집도 새로 지어줄 뿐만 아니라 집 안의 모든 가전제품을 모두 제공해 주겠다는 약속에 그들이 뽑힐 수 있도록 힘을 다하겠다 굳게 다짐한 터였다.

「자세히 좀 말해주세요, 대체 뭐가 어떻게 된 건지.」

리에가 신경질적인 목소리로 묻자, 에도 천부장과 맘방 천부장이 눈치를 보며 회의 내용을 설명하기 시작했다.

「오늘 오전, 천부장회의를 다시 연다는 급한 전갈을 받고 족장을 만나러 갔었소. 그때 나온 내용이 일본에게 개발권을 줄 수 없으니 한국 쪽으로 기회를 주자는 내용이었고. 일본이 마을 개발을 핑계로 섬을 망가뜨리려 한다는 증거를 입수했다며 종이 몇 장을 들어 보입디다.」

「대체 누가 그런 말도 안 되는 소문을……..」

「부도요 부족장이었소. 우리야 글자를 모르니 반박할 수도 없었고.」

맘방 천부장이 혼잣말처럼 중얼거렸다.

「게다가 존경과 신뢰를 한 몸에 받고 있는 족장의 말이 있었으니 우리 모두들 그런가 보다 할 수밖에 없었지요.」

다들 분개하며 당장 그러자고 했지만, 친일파였던 자신과 옆에 있는 맘방 그리고 몇몇의 천부장은 뒤통수를 맞은 것처럼 놀랐다. 여러 천부장들을 찾아다니며 일본의 칭찬을 많이 한 효과가 투표로 나타났었는데. 이렇게 되고 보니 여러 천부장들 앞에서 체면도 서지 않았고, 일본으로부터 받기로 되어 있는 여러 가지 혜택들을 생각하니 께름칙하기만 했다. 에도 이스모노 천부장은 하얗게 변한 리에의 얼굴을 보며 미안한 마음에 헛기침만 하고 있었다.

「왜 그런 결정이 내려졌는지 제가 가서 따져 봐야겠어요.」

리에가 일어서자 마쯔다도 약혼녀를 따라 함께 나섰다. 그들은 함께 족장을 찾아 나섰고, 그의 숙소에서 족장과 사건의 발단인 부족장을 함께 만날 수 있었다.

「족장님, 이건 너무 억울합니다.」

「맞습니다. 저희 쪽에 개발권을 주시겠다고 말씀하셨으면서 이런 법은 없어요.」

「정식으로 계약서를 작성한 것도 아니지 않습니까?」

한달음에 달려온 리에와 마쯔다가 족장 앞에 읍소하며 애원하자, 족장의 옆에 선 부족장 부도요가 차갑게 말했다.

「구두계약도 계약입니다. 좋은 소식이 있을 거라 하신 말씀은 곧 계약을 하겠다는 말씀이라 봤습니다.」

「일본팀에서 갖고 있는 부당한 개발 내용을 저희가 우연히 알게 되었습니다. 그런 내용을 알게 된 이상 일본과 일을 할 수는 없습니다.」

단호한 부도요의 말에 족장 또한 고개를 끄덕이며 무게를 실어주었다.

「대체 어디서 그런 헛소문을 들으셨는지.」

「헛소문이라고요?」

부도요가 인상을 찌푸리며 종이 몇 장을 그들 앞에 내밀었다.

「이게 뭐죠?」

부도요가 내민 서류를 받아 든 리에가 찔리는 기색을 얼른 감추며 서류를 훑었다. 일본에 있는 본사에 올릴 보고서의 내용 중 일부가 틀림없었다. 자신과 미쓰다가 함께 쓴 보고서였으니 내용은 외울 정도로 정확히 알고 있었다. 저 여우 같은 부족장이 어젯밤 자신이 취한 틈을 타 이 종이를 슬쩍한 게 틀림없었다. 포도주 자국이 있는 걸 보니 알 것 같았다.

「남의 기밀 서류를 몰래 가져가시는 건 법에 위반되는 행위입니다.」

마쯔다가 부도요를 향해 따지듯 말했다.

「그러니까 일본 서류는 틀림없는 거죠? 그리고 내가 훔쳐 갔다고 누가 그러던가요? 증거라도 있습니까?」

「그건…….」

그랬다. 심증만 있지 물증이 없었다. 이 후진 섬에 CCTV가 있을 리도 없고. 저 젊은 여우 같은 놈을 어떻게 처리한다? 리에는 부도요의 태도에 화가 치밀어 오르는 것을 억지로 다스리며 미소를 지어 보였다. 그리고 짧은 순간 이 사태를 어떻게 극복해야 할까 머리를 굴렸다.

「자, 자, 진정들 하시고. 괜찮다면 두 분께 왜 한국과 계약을 성사시키고 싶으신지 여쭤봐도 될까요?」

「왜 그걸 그쪽에다가 얘길 해야 하나요?」

부도요가 퉁명스럽게 말했다.

「부도요, 설명해 드리렴.」

족장이 부도요에게 손짓을 했다. 계약이 성사될 거라고 믿고 있다가 빼앗기게 되었으니 실망감이 클 것이란 걸 이해한 족장의 배려였다.

「족장님이 그러시니 말씀드리도록 하지요. 먼저, 문자를 제공하고 학교를 지어주겠다고 했습니다.」

「문자요?」

한 톤 올라간 리에의 목소리가 들렸다.

「네. 한국에서 사용하는 한글은 아주 짧은 시간 안에 배울 수 있다고 장담하더군요. 그리고 고무나무 벌목권을 가지게 되면 여러 종의 어린 나무들을 심어주겠다고 했습니다. 누구처럼 고무나무만 심겠다는 말은 안 하더군요. 그리고 마을의 개발을 진행할 때 마을 사람들을 일꾼으로 쓰게 되면 거기에 합당한 보수를 주겠다고 약속했습니다.」

「그리고요? 또 있습니까?」

이번에는 미쓰다가 부도요를 향해 물었다.

「병원을 지어주기로 했습니다. 전부 우리 섬에 가장 필요한 것들이지요. 이젠 됐습니까?」

「이의 있습니다, 족장님.」

리에의 간절한 목소리가 이어졌다.

「말씀해 보세요.」

「저희는 너무 억울합니다.」

「뭐가요?」

부도요가 따지듯 되물었다.

「일본 쪽의 얘기를 들어보자꾸나, 부도요.」

부도요의 말을 제지하며 족장이 리에에게 시선을 주었다.

「일단 저희끼리 욕심이 앞서서 되도 않은 서류를 작성한 것에 대해 깊이 사죄드립니다. 하지만 그 보고서는 회사에 올리지도 않은 그냥 저희끼리 생각 없이 작성한 단순한 보고서였습니다. 저희가 섬과 그런 계약서를 작성한 것도 아니지 않습니까? 게다가 저희는 술에 취해 있었습니다. 술김에 그런 말도 안 되는 보고서를 작성한 거지요.」

「음.」

족장이 이해한다는 듯 고개를 끄덕였지만, 리에의 말이 거짓임을 아는 부도요는 여전히 매서운 눈으로 그들을 쏘아보고 있었다.

「족장님, 저희도 한국이 해준다는 걸 다 해드릴 수 있습니다. 아니, 그보다 더 해드릴 수도 있습니다.」

마쯔다의 말에 리에도 거들고 나섰다.

「학교도 정당한 보수도, 병원까지도 다 지어드리겠습니다. 계약서도 세부 사항까지 다 써서 양측의 합의를 거친 후에 계약을 진행하면 되지 않겠습니까?」

리에의 간절한 애원에 족장의 눈매가 깊어지고 있었고, 이때를 놓칠 수 없는 리에가 다시 매달리기 시작했다.

「어찌 되었든 마을 쪽에서도 보고서를 본 뒤 투표를 한 번 더 거치셔야 하잖아요.」

「그렇지요.」

「그렇다면 한 번만 더 기회를 주세요. 저희도 한국과 같은 모든 조건을 수용해 드리겠습니다. 원래 많은 천부장님들도 저희 쪽과 먼저 계약을 하시기로 하셨잖아요.」

「그랬었지요.」

「잠시만요, 제가 의견을 하나 제시해도 되겠습니까?」

족장의 마음이 열리고 있다는 걸 눈치챈 부도요가 제의를 해왔다.

「부도요, 말해보게.」

「한국에서는 한글이라는 문자가 아주 빠른 시간 안에 습득이 되는 글이라고 했습니다. 족장님도 아시다시피 저희 부족민들이 문자를 가진다는 것은 아주 중요한 문제라고 생각됩니다.」

「그래서?」

「모든 조건이 같아진다면 문자를 빨리 익히도록 해주는 쪽에 기회를 주는 것이 어떨까요?」

「오, 그거 좋겠구나. 일본팀의 생각은 어떻습니까? 부족장의 제의를 받아들이겠습니까?」

「그래요. 족장님과 부족장님의 말씀대로 하지요.」

흡족한 미소를 짓는 족장의 말에 리에와 마쯔다는 더 이상 반박할 수가 없었다. 어찌 되었든 자신 쪽에도 기회를 준다는 말이었다. 게다가 이참에 이 섬이 일본말을 쓰게 된다면, 회사 입장에서는 더 좋은 전환점이 될지도 모를 일이었다. 의미심장한 미소를 지은 리에와 마쯔다는 얼른 몸을 숙여 족장에게 인사를 했다.

"난…… 10년 전과 같은 마음이야. …… 널 보니까 그때의 마음이 그대로 남아 있다는 걸 알겠어. 너와 다시 시작하고 싶어."

쏟아질 듯이 많은 별들을 바라보며, 정음은 훈민의 말을 되뇌어보았다. 정말 그와 다시 시작할 수 있을까? 그래도 되는 걸까? 지난 십 년 동안 단 한 번의 연애 경험이 전부였다. 그마저두 달밖에 되지 않은 짧은 시간이었다. 이름이 민수였던가? 대학교 때 친구의 성화를 이기지 못해 억지로 나갔던 미팅에서 만난 멋쟁이 복학생과의 연애는 그가 다른 여자에게 눈을 돌리는 바람에 밍밍하게 끝이 나버렸다. 이상하게도 어떤 슬픔이나 아픔 같은 것이 느껴지지 않았다. 그냥 자연스럽게 그렇게 그 시간을 보냈다.

돌이켜 보면 누구를 만나 사랑을 할 마음의 여유도 없었지만, 그보다 더 실질적인 이유는 언제나 그녀의 옆에 류하가 있었다는 것이다. 돌아보면 항상 그 자리에 있었던 류하는 정음에게 친구도 되어주고 오빠도 되어주는 둘도 없는 파트너였다. 그래서인지 특별히 연애를 하고 싶다고 생각한 적이 없었던 것 같다.

새삼, 류하의 존재에 감사해하던 정음의 옆으로 인기척이 느껴졌다.

"여기서 뭐 해? 잠이 안 와?"

"우와!"

생각 속의 인물이 현실이 되어 앞에 나타나자 정음은 외마디 비명을 질렀다.

"우와?"

"나 지금 오빠 생각하고 있었거든. 어쩌면 이렇게 나타나나? 완전 신기하다."

"그랬어?"

한쪽 입술 꼬리를 살짝 올리며 정음의 옆에 앉은 류하가 들고 온 얇은 담요로 정음의 무릎을 덮어주었다.

"고마워."

친절한 그의 행동에 정음이 부드럽게 미소를 지었다.

"내일부터 본격적인 경쟁에 들어가야 한다며. 왜 안 자고 나와 있어?"

"오빠, 이상하게 잠이 안 와. 여기 공기가 너무 좋아서 그런가?"

"공기가…… 좋긴 하지. 서울은 너무 탁하잖아."

"그치? 나 여기 공기랑 물에 하루 만에 반해 버렸어. 이런 생각도 했다. 여기 별장 지어놓고 가끔 고모랑 피서 오고 싶다고."

서울에 혼자 남아 외로워할 고모를 생각하던 정음이 갑자기 고개를 휙 돌려 류하를 바라보았다.

"오빠, 다음 주 토요일! 고모 생신 아냐?"

"맞아."

그가 담담하게 고개를 끄덕였다.

"어째? 오빠라도 가야 하는 거 아냐? 고모 혼자 외로우시겠다."

"흠……. 그래서 말인데, 정음아."

"응?"

"누나에게 뜻 깊은 선물을 주고 싶어."

"뜻 깊은 선물, 뭐?"

주머니에 손을 넣으려던 류하가 주위를 둘러보더니 낮은 한숨을 내쉬었다.

"아니다. 나중에 얘기하자. 어서 들어가서 자. 내일 일해야 하는데."

류하의 말이 맞았다. 궁금하기는 했지만, 정음은 더 이상 묻지 않았다. 정음은 소리 없이 웃으며 고개를 끄덕였다.

이른 아침, 평소보다 일찍 잠에서 깨어난 정음은 세면도구를 챙겨 숙소 밖으로 나섰다. 열대지역이라고는 하지만, 이른 새벽의 공기는 차갑게 느껴졌다. 어슴푸레한 대기를 가르며 개울가로 향하는 그녀의 앞으로 검은 물체가 불쑥 다가섰다.

"헉!"

"나야."

바로 어제 폭탄 고백으로 그녀를 심란하게 만든 훈민이었다.

"이훈민! 너 여기서 뭐 해?"

"잘 잤어?"

"비켜. 나 씻으러 가야 해."

퉁퉁 부은 얼굴이 민망해 옆으로 비켜 가려는데, 이미 씻은 모양인지 말간 얼굴의 훈민이 앞을 가로막으며 짓궂게 미소를 지었다.

"같이 가자. 데려다줄게."

"됐어. 나 혼자 가도 돼."

"뱀 나올지도 몰라."

"뱀?"

뱀이라는 말에 멈칫거리는 정음의 앞으로 한 걸음 더 다가온 훈민이 진지하게 말했다.

"응. 나 아까 개울가에서 씻는데 뭔가 스슥거리며 지나가더라고."

"헉! 나중에 씻어야겠어."

"그러니까, 내가 같이 가줄게."

돌아서려는 정음의 손을 꼭 잡으며 훈민이 걸음을 옮겼다.

"뱀 있다며?"

"사람들이 이야기 나누는 소리가 들리면 지들이 알아서 피해."

진담인지 농담인지 가늠하기 위해 그를 살피는 정음을 보며 훈민이 어깨를 으쓱거렸다.

"못 미더우면 혼자 가보든지."

"아니, 아니야. 같이 가."

정음은 돌아서려는 그의 소맷단을 잡았다.

"그렇지? 아무래도 혼자 가면 위험해. 앞으로 세수할 때는 나를 불러. 좀 귀찮긴 하지만 따라가 줄 테니."

얄밉긴 하지만, 정음은 그와 함께 개울가로 향했다. 훈민은 정음이 편히 씻을 수 있도록 등을 돌리고 앉아 있었고, 정음은 마음 편히 세수를 하고 양치를 마칠 수 있었다. 다행스럽게도 뱀은 나타나지 않았다.

"꼭 휴가 온 것 같지 않아?"

한결 개운해진 기분으로 숙소로 향하는 정음에게 훈민이 물었다.

"휴가는 무슨. 이훈민! 너 정신 차려. 그렇게 해이해진 정신으로 어떻게 일을 하려고 그래? 우린 아직 방심하면 안 된다고."

"오정음. 나와 같은 마음이지만, 방심하긴 싫다 그거지? 알았어! 알아들었으니 잔소리는 그만하고 네 생각 좀 들어보자. 어때? 어젯밤 생각 좀 해봤어?"

"뭐, 뭘?"

"우리 다시 사귀는 거."

아침부터 거세게 밀어붙이는 훈민을 보며 정음은 침을 꼴깍 삼켰다.

"그, 그런 일을 어떻게 하루 만에 결정을 해."

"왜 못 해. 마음이 시키는 대로 하면 되지."

훈민이 단호하게 말했고, 난처해진 정음은 훈민에게서 재빨리 떨어지며 부지런히 걸음을 옮겼다.

"어이, 도망가냐?"

"도망은 무슨. 배고파서 밥 먹으러 숙소 가는 거야."

"그럼 밥 먹고 얘기해 줄래?"

"밥 먹고 바빠."

"일은 혼자 다 하냐?"

졸졸 따라오며 장난스럽게 말하는 훈민을 피해 정음은 얼른 숙소로 몸을 숨겼다.

아침밥을 먹은 후, 훈민에게 대답을 들려줘야 하는 시간은 오지 않았다.

식사를 마치고, 한국에서 공수해 온 일회용 커피를 마시는 한국팀 숙소에 부족장 부도요가 찾아왔기 때문이다. 부도요는 일본팀의 적극적인 항의로 인해 두 팀 모두에게 다시 한 번 공정하게 기회를 주기로 결정했다는 소식을 전해주었다.

「족장님께서는 한국과 일본, 두 팀 모두 문자를 통한 공정한 경쟁을 하기를 원하십니다. 이번 경쟁을 통해 승리한 팀에게 개발권을 넘겨주겠다는 뜻을 말씀하셨습니다.」

무거운 숙제를 전해준 부도요가 돌아가고, 한국팀은 긴급회의에 들어갔다.

"이제부터 한글학회 여러분들이 실력을 발휘할 때가 되었습니다. 아시겠지만, 일본팀과의 경쟁이 쉽진 않을 겁니다. 힘드시겠지만, 다들 애써주십시오."

훈민의 말에 학회의 책임자인 신숙주 소장이 고개를 끄덕였다.

"학회의 후원을 놓치지 않기 위해 이곳에 왔지만, 일본팀과 경쟁을 해야 한다니 한글을 연구하는 학자로서의 사명감 같은 게 느껴집니다. 걱정 마십시오. 우리 한글은 세계의 어느 문자와 비교해도 절대 뒤처지지 않으니까요.”

몸집은 왜소하지만, 한글에 대한 엄청난 지식과 무한한 애정을 지닌 신 소장이 거인처럼 큰 포스를 풍기며 말했다.

“소장님께서 그렇게 말씀해 주시니 든든합니다.”

훈민이 부드럽지만 카리스마 있는 미소를 지으며 숙소 안의 팀원들을 둘러보았다. 학회의 신 소장과 고 팀장, 그리고 정음과 불청객 류하. 우주그룹의 직원 종대와 주현까지 총 일곱 명의 한국팀이 숙연한 얼굴로 앉아 있었다.

“이 실장님, 낯설고 물선 이곳에서 문자로 경쟁을 해야 하는 일은 결코 쉽지 않을 겁니다. 만약 저희가 성공하게 된다면 약속하신 영구 지원 절대 잊으시면 안 됩니다.”

“물론입니다.”

고 팀장의 말에 훈민이 흔쾌히 대답했다.

“그러니까, 일본팀과 저희 팀이 각각 대상을 정해서 문자를 가르치라는 거잖아요. 가르칠 대상은 저희 마음대로 정할 수 있는 건가요?”

이번에는 정음이 물었다.

“아닙니다. 제비뽑기를 통해서 무작위로 선출될 예정입니다. 정해진 그룹에 한글을 가르치면 되는 거죠.”

“인원은 몇 명 정도가 될까요?”

“글쎄요. 그것도 미정입니다. 부족에서 정해주겠죠.”

이번에도 정음의 물음에 훈민이 대답했다.

"이거 좀…… 수상한데요. 문자로 경쟁하라고 하면서 대상도 몰라, 인원도 몰라. 이거 혹시 일본 측에서 손쓰는 거 아닐까요?"

우주그룹에서 파견된 종대가 머리를 긁적이며 중얼거렸다.

"설마요."

"우리가 일본한테 한두 번 당해본 것도 아니고. 뒤로 얼마나 로비를 잘하는지 잘 알잖아. 아무튼 가려운 곳만 알아서 살살 긁어주는 신기한 능력자들이라니까."

종대가 고개를 설레설레 흔들며 말했다.

"그만큼 사전조사를 많이 하는 거겠죠. 누가 무엇이 필요한지 다 알고 있다는 말이니까."

"저희도 최선을 다할 겁니다."

훈민의 말에 신 소장이 각오를 다지듯 결단력 있게 말했다.

"그럼 저희는 족장님의 숙소에 다녀올 테니 여러분들은 잠시만 기다려 주세요. 정음 씨는 나랑 같이 가죠."

훈민이 정음을 보고 말했다.

"어? 왜 정음 씨만."

"부족장님이 정음 씨와 친한 친구였다잖아."

"아! 맞다. 정음 씨가 가면 아무래도 유리할 테니까."

신 소장과 고 팀장이 수군거리는 소리를 들으며 정음과 훈민이 숙소를 벗어나려는 찰나, 뒤에서 류하가 따라붙었다.

"잠시만요. 저도 같이 가겠습니다."

훈민이 인상을 찌푸렸으나, 여러 가지 언어에 뛰어난 류하가 함께 가는 것이 불리할 리는 없다고 결론을 내린 훈민이 마지못해 고개를 끄덕였다.

"그럽시다."

훈민의 승낙이 떨어지자마자 정음의 옆으로 온 류하가 나지막이 물었다.

"오정음, 너 컨디션 괜찮아?"

"응?"

"안색이 안 좋아 보여. 어제 너무 늦게까지 바람 쐐서 열나는 거 아냐? 아니면 너 혹시 모기한테 물렸어?"

자연스레 정음의 이마로 향하던 류하의 손이 허공에서 멈춰 버렸다. 훈민이 정음을 잡아당겨 자신의 옆으로 끌고 온 까닭이었다.

"지금 뭐 하는 겁니까?"

류하가 미간을 좁히며 물었다.

"앞으로 이런 접촉은 삼가하십시오."

훈민 역시 차가운 목소리로 말했다.

"뭐라고요?"

"내 여자에게 다른 남자가 손대는 거 매우 불쾌합니다."

훈민의 말에 훈민만 빼고는 다 놀라 버렸다.

"야! 이훈민. 내가 왜 네 여자야?"

류하보다 먼저 정신을 차린 정음이 훈민을 노려보며 외쳤다.

"그럼, 네가 내 여자지, 내 남자야?"

"말장난하지 마."

"생각해 보라고 했잖아. 아직 결정 안 했어?"

"어떻게 그렇게 쉽게 결정하니?"

정음이 류하의 눈치를 보며 짜증스럽게 말했다. 스스럼없이 구는 훈민 때문에 류하 오빠가 얼마나 상처를 받을까? 마음이 좋지 않았다.

"마음이 시키는 대로 하라고 했지?"

"넌, 네 마음을 그렇게 쉽게 아는지 몰라도 나는 아직 모르겠단 말이야. 그러니까 재촉하지 마."

"이 실장님! 지금은 이럴 때가 아닌 것 같습니다."

훈민과 정음을 지켜보던 류하가 두 사람 사이에 끼어들어 진정시키려 애썼다.

"휴. 일단 오늘 일부터 해결한 뒤에 다시 얘기하자."

훈민이 낮은 한숨을 뱉어내며 정음을 끌고 가려 했지만, 이번에는 류하에게 막혀 버렸다.

"못 들었습니까? 정음인 아직 결정 전이라고 하잖습니까? 그러니 아직 댁의 여자가 아닌 거지. 그만 그 손 놓으시죠."

정음의 손목을 양쪽에서 잡은 채, 팽팽하게 노려보는 훈민과 류하의 틈에서 정음은 외마디 비명을 지르며 두 남자의 팔을 떨쳐 냈다.

"왜들 이래? 다들 미쳤어? 지금 우리가 이러고 있을 때야? 이러다 정말 일본에게 다 빼앗기고 싶어?"

"정음이 말이 맞네요. 지금 우리가 이럴 때가 아니죠."

"그럽시다. 우리 얘기는 나중으로 미룹시다."

겸연쩍게 대화를 나눈 두 사람은 정음을 사이에 끼고 다시 걸음을 옮기기 시작했다.

다소 어색했던 그들의 기류는 족장의 숙소 앞에서 마주친 리에에 의해 더 차갑게 가라앉기 시작했다.

「어머, 어머, 이렇게 또 만나네. 훈민, 정음! 정말 반갑다. 훈민은 며칠 사이에 더 잘생겨진 것 같아. 그런데 이분은 누구? 한국팀에 이렇게 잘생긴 미남자가 계셨나 보네.」

10년 전, 거짓말로 정음을 오해하게 만들었던 리에가 류하에게 노골적인 관심을 드러내며 물었다. 가라앉아 있는 한국팀과는 달리 좋은 일이 있었던 모양인지 리에와 일본팀원의 얼굴에는 미소가 한가득이었다.

「리에, 넌 약혼자를 놔두고 다른 남자에게 관심을 돌리면 되니?」

「호호호. 촌스럽기는. 우리 마쯔다는 지금 이 자리에 없어. 물론 있어도 상관없지만. 우리 마쯔다야 워낙 마음이 넓거든.」

아침부터 천부장들을 일일이 만나 일본팀 홍보에 힘쓰는 마쯔다를 생각하며 리에는 환하게 웃음을 터뜨렸다.

「마음 넓은 약혼자를 만나다니 행운이네. 이렇게 다시 만나게 돼서 유감이긴 하지만, 각자 최선을 다해보자.」

「그러게. 정음, 우리가 이렇게 만나게 돼서 정말 유감이지 뭐야. 아무튼 건투를 빌어. 열심히 노력해 보라고. 물론 성공하기는 어렵겠지만 말이야.」

자신 있는 목소리로 호호거리는 리에를 뒤로하고 훈민과 정음, 류하는 족장의 숙소로 향했다.

족장의 처소에서, 정음이 뽑은 제비는 동그라미가 그려진 것이었다.

「동그라미? 이게 무슨 뜻이야?」

「가르칠 대상이 아이들이라는 뜻이야. 아이들을 가르쳐야 해.」

「정말? 그럼 잘된 거 아냐? 나이 많은 어른들보다 아이들이 훨씬 더 흡수력이 뛰어나잖아.」

아이들이 뽑혔다는 말에 정음은 기뻐 외쳤지만, 통역을 하는 부족장 부도요의 얼굴은 어두웠다.

「정음, 그렇게 기뻐할 일이 아니야.」

「기뻐할 일이 아니라고? 왜?」

「아이들 연령이 너무 낮아. 겨우 7~8세 아이들이야. 먼저 뽑은 일본팀은 십대들이라고.」

「헉.」

그래서 그렇게 자신만만했구나. 정음은 조금 전 리에의 밝은 얼굴을 떠올리며 마른침을 삼켰다.

「천부장들 중 몇몇은 여전히 일본을 지지하고 있어. 일본 측에서도 한국팀과 같은 조건을 이행해 주겠다고 약속했거든. 게다가 일본팀은 개별적으로 접촉하는 천부장의 수를 점점 더 늘리고 있는 모양이야.」

「여러모로 신경 써줘서 고마워. 우린 우리가 처한 상황에서 최선을 다해볼게.」

훈민의 인사에 부도요가 어두운 얼굴로 고개를 끄덕였고, 훈민은 정음, 류하와 함께 족장의 숙소를 나섰다.

숙소를 벗어나 넓은 공터로 나온 정음은 편편한 바위에 걸터앉으며 깊은 한숨을 내쉬었다. 자신이 뽑은 제비 덕분에 일본팀에 비해 턱없이 불리한 입장에 처하게 된 한국팀에 미안해 고개를 들 수가 없었다.

"정말 미안해."

"무슨 말이야. 제비는 원래 복불복이야. 이렇게 된 이상, 최선을 다하는 수밖에 없지 뭐."

"십대와 유아들의 습득 능력을 어떻게 비교할 수 있겠어."

"꼭 그렇지만은 않아. 아이들의 기억력은 어른을 훨씬 앞선다는 결과 보고가 많이 나와 있으니까."

"그렇지만, 상대는 십대들이라고."

"걱정하지 마. 우리에게는 한글이 있잖아."

풀이 죽어 실망하는 정음의 어깨를 두드려 주며 류하가 말했다.

8. 너의 곁에서 사랑 중

《와우! 이거 진짜 나는 거야?》

《윽, 귀가 먹먹해.》

두두두두둑~

헬리콥터의 프로펠러가 굉음을 내며 날아올랐다.

《야! 난다. 진짜 난다.》

아이들은 두려움과 호기심이 뒤섞인 얼굴로 헬리콥터의 창밖을 내려다보았다.

《믿어지지 않아! 섬이 점점 작아져!》

《바보야! 우리가 높이 떠 있어서 그렇게 보이는 거잖아.》

《진짜 신기하다.》

태어나서 지금까지 한 번도 섬을 떠나본 적이 없는 카오 섬의 아이들이 점점 작아지는 섬을 보며 환호성을 질러댔다.

「애들이 정말 좋아하는데요. 일단 아이들의 호기심을 끄는 데는 성공인 것 같습니다. 이렇게 좋은 아이디어를 내시다니, 역시 리에 상이십니다.」

팀원 혼다의 말에 리에는 의미심장한 미소를 지었다.

「제가 뭘요. 다 여러분들이 애써주신 덕분이죠.」

리에가 겸손한 얼굴로 말했지만, 지금 그녀의 머릿속은 어서 일이 해결되어서 수도도 전기도 없는 지긋지긋한 이 섬을 빨리 벗어나고 싶다는 생각뿐이었다.

발리까지 가는 동안 아이들은 쉬지 않고 떠들어댔다. 제발 입 좀 닥치라고 말하고 싶은 것을 꾹꾹 참아가며 리에는 한없이 인내해야 했다. 주절주절 끝도 없이 이어지는 수다에 지쳐 갈 즈음, 감사하게도 헬리콥터는 발리 섬에 착륙했다.

「자, 조종사님. 이제 한 번만 더 수고해 주세요.」

리에가 예의 바르게 인사를 했고, 헬리콥터는 남은 아이들을 실어 나르기 위해 다시 떠오르기 시작했다.

그래, 어서 가서 아이들을 데려오라고. 우리 일본 문자의 위대함을 보여주지. 힘차게 돌아가는 프로펠러를 보며 그녀는 자신의 희망이 함께 날아오르는 것을 느꼈다.

스무 명 가까이 되는 카오 섬 아이들을 헬기로 실어 나른 곳은 발리 내, 호텔 밀집 구역으로 유명한 누사두아 지역의 6성급 리조트였다. 세상 구경을 처음 해보는 아이들에게 방을 배정해 주기 위해 직원들은 서둘러 움직였고, 아이들은 화려한 룸에 감탄할 새도 없이 다시 식당으로 내려와 리에와 일본팀 앞에 섰다.

그들이 다시 모인 식당의 곳곳에는 넓은 원탁형의 테이블이 놓여 있었고 테이블 아래로 길게 드리워진 흰색 식탁보는 흰 눈처럼 새하얗고 깨끗했다. 식탁 중앙에는 향기로운 꽃이 놓여 있었는데, 여학생들은 연신 감탄사를 뱉어내며 꽃과 깔끔한 테이블을 둘러보고 있었다.

감성적인 여학생들과 달리 튼튼하고 정직한 남학생들을 감동시킨 것은 식당 가장자리에 자리한 주방에서 솔솔 풍겨져 나오는 맛있는 냄새였는데, 그들은 기대에 가득한 눈으로 테이블과 주방 쪽을 번갈아 바라보며 환한 웃음을 토해내고 있었다.

《와우! 냄새 죽이는데.》

《그러게. 태어나서 처음 맡아보는 냄새야.》

《저기 보이는 하얀 음료는 염소젖인가?》

《모르지. 물어봐.》

《야! 야! 그만 떠들고 창밖을 한번 봐봐.》

누군가의 말에 아이들이 시선을 돌렸다.

《이야! 좋은데.》

《그러게. 끝내주는 풍경이야.》

식당 반대편 입구 쪽에는 흰색 대리석으로 둘러싼 드넓은 야외 수영장이 식당과 연결되어 있었는데, 수영장 가장자리를 둘러싸고 있는 멋진 야자수와 잘 가꾸어진 정원수 길을 조금 걸어나가면 작지만 화려한 공연장이 자리하고 있었다.

《와! 진짜 멋지다. 아까 배정받은 우리 방도 정말 좋았었는데.》

하얀 침대와 멋진 가구들을 구경하고 내려온 아이들은 이 모든 상황이 놀랍고 신기하기만 할 뿐이었다.

리에는 들떠서 떠들어대는 아이들을 훑어보며 고개를 끄덕였다.

「두 명 빼고는 다 온 거죠?」

「네. 가르칠 대상인 스무 명의 아이 중 아픈 아이 둘을 빼고는 다 이곳으로 왔습니다.」

그녀의 팀원인 혼다가 열띤 음성으로 대답했다.

「아이들…… 상태는 어때요?」

「네. 다들 멀미도 안 하고 무척 건강한 것 같습니다.」

아이들이 얼마나 현명해 보이는지를 물었건만, 리에의 질문을 오해한 혼다가 환한 얼굴로 순진하게 말했다.

동그란 원탁에 나눠 앉은 아이들은 뭐가 그렇게 신이 나는지 시종일관 웃으며 떠들어대고 있었다. 리에는 네 개의 탁자에 나눠 앉은 아이들을 한 명씩 천천히 관찰하기 시작했다.

「다행이네요. 수고하셨어요.」

관찰을 끝낸 리에가 만족스러운 듯 고개를 끄덕이며 마이크를 잡았다.

「얘들아! 여길 좀 주목해 줄래?」

리에의 목소리가 스피커를 타고 식당 안으로 울려 퍼지자 식당 안은 삽시간에 조용해졌다.

「좋아요. 구경은 좀 있다 하기로 하고, 우선은 내 말을 좀 들어주세요.」

아이들의 반응에 만족한 리에는 마을에서 따라온 통역을 보며 어서 전달하라는 몸짓을 했다.

「우선은 우리가 왜 카오 섬을 떠나 이 먼 곳까지 왔나, 설명을 할 거예요. 알아듣겠죠?」

「네.」

아이들의 시선이 일제히 리에에게로 향했다.

「그래요. 아주 좋아요. 여러분들이 잘 알아들은 대로 우리가 이 먼 곳까지 왜 왔냐면, 한 가지 게임 때문이에요.」

《게임?》

《게임이래.》

《무슨 게임이요?》

아이들의 웅성거리는 소리가 들려왔다.

「자! 자! 주목!」

리에가 다시 한 번 손바닥을 치며 주위를 정리했다.

「우리는 여러분들보다 훨씬 어린 아이들과 '누가 더 글자를 빨리 익히나' 하는 게임을 하게 됐어요. 그래서 여러분들은 글자를 익히기에 좋은, 섬보다 훨씬 더 편하고 쾌적한 조건을 가진 이곳으로 잠시 놀러 온 거예요.」

리에가 친절하고 다정한 목소리로 말했다. 그녀는 아이들에게 문자를 가르치면서 무엇보다 그들의 마음을 얻는 것이 중요하다고 생각했다.

「다들 알아들었죠?」

연신 웃음 띤 표정으로 말을 이어가던 리에가 옆에 있는 자신의 직원들에게 눈짓하자, 주변에 서 있던 비서들과 낯선 일본인들이 테이블 위에 아이들의 수만큼 최신형 노트북을 펼쳐 주었다.

「자, 여러분들이 아이들을 좀 도와주세요.」

족장의 제의를 받고 숙소로 향하면서부터 마쯔다와 머리를 맞대며 생각해 낸 아이디어였다. 우선은 전기 시설이 열악한 마을을 벗어나야 했고, 섬에서 가까우면서도 제반 시설이 뛰어난 발리를 생각해 낸 것은 이곳에 와서 생각해도 탁월한 선택이었다. 거기다 발리에 있는 일본어 학원 강사들을 다섯 명 더 섭외해 온 그녀였다. 결정을 내렸으면 신중하고 재빠르게 처리하라는 리에의 사업철학은 그녀에게 여태 실패보다는 성공을 더 많이 가져다주었다.

「한국팀은 지금쯤 죽을 맛일 거예요.」

「아마도 그렇겠죠?」

「큭큭. 불쌍해서 어째요.」

누군가가 나누는 대화 소리가 들렸다. 아무것도 모르는 꼬맹이들과 낙후된 섬에서 씨름할 정음 일행을 생각하니 갑자기 웃음이 비실비실 삐져나왔다.

「리에 님?」

누군가가 그녀를 불렀다. 얼른 현실로 돌아온 그녀는 헛기침을 하며 주위를 살핀 뒤, 아이들 앞에 놓인 노트북을 한 대 한 대 확인해 보았다.

일본어 강사들과 마쯔다, 그녀와 처음부터 섬에 함께 온 직원들까지 합세해 아이들의 노트북 전원을 켜준 뒤, 아이들이 좋아하는 일본 애니메이션을 이용한 히라가나, 가타카나를 배우는 프로그램을 켜두었다.

《우와!》

잠시 멍하게 앉아 있던 아이들이 내지르는 환호성과 비명이 식당 안을 가득 채웠다. 일단 아이들의 호기심을 끄는 것까지는 성공한 것 같았다.

귀여운 만화 속 캐릭터들이 춤을 추고 노래하며 일본어의 기본 글자인 히라가나, 가타카나를 부르자 아이들은 신기한 화면에 잠시도 눈을 떼지 못하고 화면 속으로 빨려 들어갈 기세로 집중하고 있었다.

마을에서의 놀이라면 열대 과일을 따기 위해 나무에 누가 더 빨리 올라가는가, 마을 해변에 있는 바다 속에 들어가 누가 더 오래 잠수를 하는가 따위의 놀이가 전부였던 아이들에게는 신

선한 충격이 아닐 수 없었다.

「자! 여기를 다시 주목해 주세요.」

리에의 말에 아이들의 시선이 다시 그녀에게로 향했다. 일부 아이들은 화면에서 여전히 시선을 떼지 못하고 있기도 했다.

「지금 보고 있는 화면이 여러분들이 일주일 동안 최선을 다해서 익히게 될 일본어의 기본이 되는 글자들이에요. 여기에 있는 글자들이 서로 만나서 단어라는 걸 만들고, 단어가 여러 개 만나면 여러분들이 말하는 언어가 되는 거예요. 우리는 마을에 있는 작은 아이들과 누가 더 잘하는지 게임을 해야 한다는 걸 잊어서는 안 돼요. 우린 걔들보다 훨씬 큰 어른이니까요. 여기 계시는 선생님들이 여러분들을 잘 도와줄 거예요. 모두들 잘할 수 있겠죠?」

《네에!》

리에의 말에 일부 아이들은 큰 소리로 대답을 했고, 수줍음이 많은 소년과 소녀들은 작게 웃기만 했다. 그래도 노트북에서 흘러나오는 신기한 노랫소리에서 눈을 떼지는 않았다.

「아! 그리고 한 가지 더. 글을 익히는 아이들은 지금 눈앞에 있는 노트북을 선물로 줄 거예요.」

《예?》

《와아!》

아이들의 놀란 함성이 새어 나왔다.

「이 기계는 일본 본토에 있는 여러분 또래의 친구들도 무척이나 가지고 싶어 하는 기계예요. 그러니 열심히 익히도록 합시다.」

《하지만 저희 섬에는 전기가 없어요.》

「여러분들이 게임에서 이기면 전기도 가지게 돼요. 그러니 걱정하지 말고 열심히 익히기만 하면 된답니다. 자! 우선은 배가 고플 테니 맛있는 걸 먹고 저기 수영장에서 물놀이하고 싶은 사람은 물놀이를 하도록 하세요. 오후에는 2층에 있는 회의실을 빌려 일본어 공부를 시작할 거예요. 그리고 저녁때는 발리 관광을 조금 할 거구요. 그럼 맛있는 점심 식사를 즐기도록 합시다.」

리에의 말이 끝나기가 무섭게 마쯔다가 손가락을 튕기자, 대기하고 있던 요리들이 하나둘 테이블에 놓여졌다. 처음 보는 진기한 요리에 아이들이 연신 꿀꺽꿀꺽 침을 삼켰고, 그런 아이들을 보며 리에는 흡족한 미소를 지었다.

한국팀 진영.

오전 9시 무렵, 아이들이 하나둘 강당 안으로 모여들기 시작했다.

빡빡머리에 이가 빠진 남자아이의 이름은 이끼, 수줍은 듯 뒤따라오는 여자아이는 스잘, 그리고 부모님의 손을 잡고 오는 두 명의 아이는 개구쟁이 형제인 아스로삐와 아스날이었다. 천사처럼 귀여운 네 명의 아이를 정음과 일행은 환한 미소로 반겨주었다.

한 시간이 더 지나고, 부족에서 마련해 준 허술한 건물 안에 모인 어린아이는 칼린과 찬드라라는 이름을 가진 여자아이와 조금 전의 네 명을 포함해 고작 여섯 명이 전부였다.

"우리가 가르쳐야 할 아이들은 총 스무 명이라고 하지 않았어?"

왠지 서늘한 기분이 든 정음이 훈민에게 물었다.

"그랬지. 7~8세 어린이 스무 명."

"그런데 왜 오질 않는 거야? 설마 이 아이들이 전부이진 않겠지?"

앞으로 일주일. 그렇지 않아도 스무 명의 청소년들에게 일본어를 가르치는 일본과 달리 아직 어린아이들에게 한글을 습득시켜야 하는 불리한 조건에 처한 한국팀에게 아이들이 나타나지 않는 것은 아주 큰 문제였다.

"이 실장님, 혹시 장소 전달이 잘 안 된 건 아닐까요?"

"그러게요. 뭔가 이상해."

"장소는 정확히 이곳으로 전달한 게 맞습니다만, 전달 상황이 어떻게 된 건지 다시 한 번 더 알아봐야겠습니다."

신 소장과 고 팀장이 훈민에게 물었지만, 훈민 역시 어떻게 된 일인지 알 턱이 없었다.

"안 되겠습니다. 일단 종대 씨와 주현 씨가 나가서 부족장님께 물어봐 주세요."

훈민의 말에 종대와 주현이 고개를 끄덕이며 강당 밖을 급히 뛰어나갔다.

"이렇게 마냥 기다릴 것이 아니라 먼저 온 친구들이라도 수업을 하죠. 전 수업 준비를 거들고 있겠습니다."

걱정으로 가득한 팀원들과 달리 요동 없이 여유로운 류하는 시멘트 바닥에 앉아서 기다리는 아이들 하나하나를 일으켜 세워 강당 안에 마련된 의자에 앉히기 시작했다.

"류하 박사님 말씀이 맞는 것 같아요. 고 팀장! 일단 시간이 너무 늦었으니까 먼저 온 친구들이라도 가르칩시다."

신 소장의 말에 고 팀장이 고개를 끄덕이며 아이들 앞으로 나섰고, 부족에서 붙여준 통역사가 나와 통역을 하기 시작했다.

「안녕하세요, 여러분!」

《안녕하세요!》

아이들이 수줍은 듯 꺄르르 웃으며 인사를 했다.

「저희는 한국이라는 나라에서 여러분들을 만나기 위해 이곳까지 온 선생님들이에요. 저는 고우리 선생님이고요. 그럼 우리 서로 자기소개를 해볼까요?」

고 팀장의 간드러진 인사를 시작으로 아이들이 각자 자기 이름을 말하며 수줍게 인사를 나누었다. 그리고 한국에서 가져온 펭귄 모양의 캐릭터 그림 카드와 공책, 색연필과 사인펜 따위 등을 나눠주며 본격적인 수업에 들어가기 시작했다.

아이들은 생각보다 훨씬 더 영리했으나, 낯선 사람들이 가르치는 낯선 문자를 받아들이기에는 버거운 듯 보였다. 기초인 ㄱ과 ㄴ, ㄷ 등의 자음과 ㅏ, ㅗ, ㅜ 등의 모음이 만나 글자를 이룬다는 원리를 설명해도 이해하지 못하는 것 같았다.

"큰일인데."

정음의 혼잣말에 바로 옆에서 이끼를 봐주고 있던 훈민이 말했다.

"아직 익숙하지가 않아서 그래. 한 며칠만 지나면 괜찮아질 거야. 원래 산에서 들에서 뛰놀던 아이들이 창의력도 좋고 기억력도 좋잖아."

"그러게. 원리만 알면 정말 대박일 텐데, 원리를 알기에는 너무 어리고."

정음이 걱정스러운 마음으로 아스로삐와 아스날을 도와 색연필에 글자를 연결하는 일을 돕고 있을 때, 나갔다 들어온 종대가 그들에게로 다가왔다.

"저기…… 실장님, 정음 씨."

"네."

"부족장님께서 이곳에 오셨어요. 지금 밖에 계시는데 두 분을 좀 뵙자고 하시는데요."

종대의 말에 훈민과 정음은 급히 밖으로 나갔고, 정음은 어두워진 얼굴로 서 있는 부도요를 보며 왠지 불길한 기분에 휩싸였다.

「리코, 종대 씨에게 얘기 들었지?」

「아이들이 많이 안 왔다면서?」

「응. 스무 명 중 겨우 여섯 명이 왔지 뭐야. 대체 무슨 이유인지 알아봐야겠어.」

「후우, 이유는 무슨. 원래 그래. 내가 걱정한 것도 이런 일이야.」

부도요가 깊은 한숨을 내쉬며 말했다.

「원래 그렇다니?」

훈민이 눈살을 찌푸리며 물었다.

「훈민, 정음, 이곳은 미국이나 한국과 달라. 부모들이 교육에 관한 개념이 없어. 글자를 가르쳐 줄 테니 가서 배우고 오라는 말은 그냥 권유에 지나지 않아. 선택은 그냥 개인이 하는 거지. 자기들이 가기 싫으면 그냥 안 가는 거야.」

「그럼…… 전달은 됐는데 오기 싫어서 안 온다는 거야?」

부도요가 고개를 끄덕였다.

「그런 셈이지.」

「우리가 가서 데려오면?」

훈민이 물었다.

「글쎄, 부모들이 응해줄까? 남에게 방해받기 싫어하는 폐쇄적인 특성을 가진 부족이잖아. 도리어 귀찮게 한다며 싫어할지도 몰라.」

「일본팀은? 일본팀도 같은 반응이야?」

정음의 물음에 부도요의 얼굴이 한층 더 어두워졌다.

「휴우. 일본팀은 십대들이잖아. 그들은 자신들의 선택권이 있다고. 거기다 헬기를 태워준다는 말에 아픈 애들 두 명만 빼고는 전부 다 나온 걸로 들었어. 일본팀은 지금…… 발리로 날아갔어.」

리코의 말에 훈민은 미간을 좁혔고, 정음은 낮게 신음을 뱉어 냈다.

「발리라니, 애들이 얼마나 좋아했을까? 학습 능률도 쑥쑥 오르겠어.」

「아직 실망할 때가 아니야. 원인을 찾았으니 빨리 처방을 해야지.」

훈민의 말에 정음이 고개를 끄덕였다.

「일단, 아이들이 사는 집과 명단부터 줄 수 있겠어?」

「명단을 주는 거야 어렵지 않지만, 그들이 쉽게 응해줄지는 몰라.」

그들이 심각하게 이야기를 나누는 사이 강당 안에 있던 류하가 모습을 드러냈다.

「카오 부족은 총 몇 개의 소수 부족으로 나누어져 있습니까?」

「저희 부족이요? 정확히 파악하기는 힘들지만 대략 70부락 정도로 알고 있습니다만.」

「그럼 혹시 그 섬들 중에 한글을 문자로 쓰는 부족에 대해 들어본 적은 없으십니까?」

류하의 말에 부도요가 고개를 가로저었다.

「전에도 말씀하셨지만, 애석하게도 알진 못합니다. 외부와 접촉을 차단한 채 생활하는 곳이 많기 때문에 다 파악하기는 힘들 겁니다.」

실망스러운 대답에 고개를 끄덕이며 생각에 잠겨 있던 류하가 다시 물었다.

「그럼, 평소 연락 사항들은 어떻게 전달을 하십니까?」

「사람들이 일일이 찾아가 알려주고는 합니다만, 시간이 좀 걸리지요.」

「그럼 수고스러우시겠지만, 안내원을 소개해 주실 순 없을까요? 혹시 한글 문자를 쓰는 소수 부족을 찾을 수 있을지 알아봐야겠습니다.」

「그거야 어렵진 않습니다만, 대상을 그들로 바꾸시게요? 족장님께서 허락하실진 잘 모르겠습니다.」

「아닙니다. 그들이 어떻게 그 문자를 받아들였는지 참고하고 싶을 뿐입니다. 시간이 허락한다면 아이들에게 어떻게 다가서서 한글을 익히게 했는지 뭔가 획기적인 방법을 배울 수도 있겠지요.」

류하의 말에 부도요가 고개를 끄덕였다.

「좋은 생각이시긴 한데, 일주일 안에 가능할진 모르겠군요.」

「할 수 있는 데까진 해봐야죠.」

「그럼, 부도요는 안내원을 알아봐 주고, 우리는 세 파트로 나눠서 오늘 수업이 끝나면 집집마다 찾아가 보는 걸로 하지.」

「집이 상당히 멀리 떨어져 있어서 시간이 많이 걸릴 거야.」

훈민의 말에 부도요가 걱정스레 대답했다.

「혹시 스쿠터 같은 걸 구할 수는 없어?」

이번에는 정음이 물었다.

「스쿠터를 타고 다니게? 오! 좋은 생각이야. 발리에 스쿠터 대여점이 있어. 사람을 시켜서 대여해 보도록 할게.」

「그럼, 오늘 오후부터 당장 시작해 보죠.」

류하의 말에 훈민과 정음, 부도요는 고개를 끄덕이며 서로를 바라보았다.

이른 저녁 식사를 마치고 숙소 앞 공터의 바위에 앉아 하늘을 바라보는 정음의 옆으로 류하와 훈민이 다가왔다.

"뭐 하냐?"

"하늘 보고 있어. 내일은 아이들이 다 나왔으면 좋겠다…… 이런 마음으로. 집집마다 다녀온 건 어떻게 됐어?"

한 팀이 된 류하와 훈민을 보며 정음이 물었다.

"리코 말처럼 다들 싫어하는 기색이 역력해. 넌?"

"우리도 그래. 고 팀장님과 집집마다 다녀봤는데 반응이 별로야."

"그랬구나. 오빠도 훈민이 너도 고생했어. 어서 들어가서 저녁 먹어. 배고프겠다."

"너무 걱정하지 마. 잘될 거야. 그리고 정음, 너는 혹시 예전 생각나는 거 없어? 동네 이름이라든지 지역, 이런 거."

숙소로 걸음을 옮기려던 류하가 돌아서며 물었다.

"글쎄, 잘 생각이 안 나. 그리고 우리 아버지가 가르쳤으리라는 보장도 없잖아."

"하긴, 너무 오래전 일이라⋯⋯."

아쉬움을 감추지 못하며 한숨을 내쉬는 정음을 류하와 훈민은 안타깝게 바라보았다.

"여기서 이러지 말고 안으로 들어가자. 가서 머리를 맞대고 대책을 세워봐야지."

훈민의 말에 류하도 고개를 끄덕였다.

"그래, 그러자."

고즈넉한 어둠이 점점 익숙해지기 시작한 정음도 그들과 함께 안으로 향했다.

경쟁 첫날 저녁, 한국팀은 실망스러운 하루 일과에 대한 대책 회의를 위해 강당으로 모였다. 기대에 부풀어 있던 아침과 달리 내려앉은 어둠처럼 무거운 기운이 강당 안을 가득 메우고 있었다.

"어떻게 하면 좋을까? 일본팀들은 완전 물량 공세로 나갈 심산이던데."

고우리 팀장이 강당 안을 왔다 갔다 하며 중얼거렸다. 남에게 지고는 못사는 그녀의 성격상, 오늘의 저조한 출석은 꽤나 큰 충격으로 다가온 듯했다.

"그러니까요. 우리가 불리해도 너무 불리해요. 여건도 하나

나은 게 없으니."

강당 한쪽 구석에 기대어 앉은 종대가 한숨을 내쉬며 말했다.

"아이들부터 너무 안 모이잖아. 모이기라도 해야 뭐라도 시도해 볼 텐데. 교통도 너무 열악하고, 한 마을의 아이들이라 해도 불러모으기 힘드니."

항상 긍정적이고 밝은 주현도 전에 없이 어두운 얼굴이 되어 있었다.

"자, 부정적인 생각은 접어버리고 긍정적인 생각만 합시다."

제일 나이 많은 신숙주 소장까지 아무 말 없이 한숨만 푹푹 내쉬고 있는 터라 훈민이 적당한 선에서 말을 잘랐다.

"신 소장님, 아이들은 뭘 좋아하죠?"

"아이들이야 신나고 재밌는 걸 좋아하지."

고 팀장의 물음에 유일하게 아이들 키워본 경험이 있는 신 소장이 단순하게 말했다.

"신나고 재밌는 거, 신나고 재미…… 아! 그럼 이런 건 어때요?"

정음이 낮게 소리쳤다.

"어떤 거?"

"좋은 생각이 난 거야?"

신숙주 소장과 고우리 팀장이 동시에 물었다.

"부족장인 리코가 스쿠터는 하루나 이틀이 걸려도 작은 트럭은 지금 당장에라도 마련해 줄 수 있다고 했잖아요."

"그랬지."

"그러니까 그 트럭을 타고 우리가 북을 치면서 마을을 도는 거예요."

"북을 치자고?"

신 소장이 멍한 표정으로 고개를 갸우뚱거렸다.

"네. 제가 어렸을 때, 선교하시는 아빠를 따라 여러 나라의 오지 마을을 다닌 적이 있거든요. 그때 아빠가 북을 치며 아이들을 모았던 것 같아요. 북을 치고 마을을 지나다니면 아이들이 졸졸 따라왔던 기억이 나요. 이곳 마을에 북과 나팔 같은 악기들이 있으니까 이것들을 이용해 아이들을 모으는 거예요. 호기심에서라도 아이들이 집 밖을 내다보겠죠."

"정음 씨, 지금 우리더러 북 치고 나팔을 불란 말이야? 그게 먹힐까?"

"정음 씨, 자긴 아니겠지만, 우린 이래 봬도 박사 출신이라고. 우리가 어떻게 그런 짓을……."

신 소장과 고 팀장이 반대 의사를 표하며 난감해하는데 조용히 의견을 듣던 류하가 고개를 끄덕이며 동조의 뜻을 내비쳤다.

"북과 나팔이라……. 시선을 모으기에는 딱 좋겠는데. 괜찮은 생각이야."

"류 박사님, 다른 사람도 아니고 박사님마저 그러시면 어떻게 해요?"

고 팀장이 짜증스럽다는 말투로 반대했지만, 류하는 부드럽게 미소를 지으며 찬찬히 대답했다.

"왜요? 재미있겠는데. 여긴 오지마을이에요. 이곳에서 아이들의 시선을 모을 방법으로는 아주 적합한 것 같은데요. 그리고 고 팀장님께서도 협회가 없어지는 것보다 이것저것 방법을 시도해 보는 게 낫잖아요."

"저도 정음 씨 의견에 동의해요."

우주그룹의 종대 역시 찬성하자, 신 소장이 낮은 한숨을 내쉬었다.

"그럼 그렇게 아이들을 찾아 모으고 설명하는 데 하루나 이틀을 잡고. 그러고는?"

"그러고 반복해야죠, 완전히 익힐 때까지."

정음이 단호하게 말했다. 부드러울 때는 한없이 부드럽지만, 자신의 일에 대한 책임감과 그 누구보다 뛰어난 열정을 가진 정음의 강경한 모습에 그들도 하나둘씩 고개를 끄덕이기 시작했다.

"좋아요. 모두의 의견이 그렇다면 어쩔 수 없죠. 저도 따라야지."

고우리 팀장 역시 마지못해 동의하자, 주현이 주위를 둘러보며 의견을 냈다.

"고작 나흘 만에 아이들이 완벽하게 익힐 수 있을까요? 그리고 그보다 더 큰 문제는 그렇게 해서 아이들이 모여들지 확실히 모른다는 거죠."

"일단 다른 대안이 없으니 이것부터 해보자고요. 그리고 알아요? 혹시 정음이 말처럼 북과 나팔이 성공할지요. 한국말은 읽고 쓰는 데는 며칠이면 가능하고요. 아이들 눈높이에 맞춘 공부라면 충분히 승산이 있을 겁니다."

팔짱을 낀 채 류하가 말했다.

한동안 강당 안은 조심스러운 침묵에 휩싸였다. 한번 해보자 결정을 내렸지만, 막상 북을 치며 돌아다닌다고 생각하니 생전 처음 해보는 일이 두렵고 막막하기만 했다.

"우리 모두 자신감을 가지고 열심히 해봅시다."

두려움의 침묵을 깬 사람은 훈민이었다. 훈민의 말에 다들 고개를 끄덕였고, 다음 순서는 일사천리로 진행되었다.

"아이들 눈높이에 맞는 쉽고 간단한 습득 방법은 류 박사님과 저희 학회에서 준비할게요. 혹시 아이들이 글자를 빨리 습득하기 위한 좋은 의견들 있으세요?"

"당근이 좋지."

"당근? 무슨 당근?"

신 소장의 말에 고우리 팀장이 얼른 다시 물었다.

"뭘 물어. 뻔하지. 아이들이 젤 좋아하는 건?"

"장난감!!"

모두의 합창이 이어졌다.

"그럼 장난감을 어디서 구해와요?"

"우리도 일본 따라 하자고. 일본팀처럼 헬리콥터의 힘을 좀 빌리는 거야."

정음의 말에 훈민이 빙그레 웃으며 대답했다.

"오홀. 제가 갈게요. 장난감 사러 헬리콥터 타고 발리 가는 거예요?"

종대가 신이 난 듯 외쳤다.

"좋네. 남자애들은 로봇이 젤 인기가 많을 거고, 여자애들은 인형이나 소꿉, 뭐 이런 거 위주면 되나? 나도 가도 되나?"

"저도요. 저도 데려가 주세요, 소장님."

신 소장도 가고 싶은 뜻을 비치자 구석에 앉아 있던 주현도 슬며시 일어나 신 소장의 옆으로 다가갔다.

"선물 담당은 저희가 하고, 소장님은 여기 계셔야 할 것 같은 데요. 한글을 가르치는 데 소장님이 안 계시면 안 되죠. 선물은 저희들이 알아서 골고루 사오겠습니다. 아이들이 좋아하는 간식도요."

훈민의 말에 신 소장이 아쉬운 듯 입술을 쩝쩝거리며 고개를 끄덕였고, 종대와 주현은 신이 난 듯 눈빛을 교환했다.

"아! 그리고 한 가지 더요."

이번에는 류하가 덧붙였다.

"발리에 한국어 학원들이 있을 겁니다. 거기서 한글 기초를 배울 때 들을 만한 동요나 그림 카드 같은 게 있을 거예요. 그것도 좀 부탁합니다."

"네? 한국어 학원이요? 발리에 한국어 학원이 있을까요?"

고 팀장이 의아한 듯 물었다.

"네. 발리는 법적으로 현지인 관광 가이드를 쓰게 되어 있다고 들었거든요. 그러니 관광객이 많이 오는 나라의 언어를 배우기 위해 사람들이 몰리겠죠. 제가 듣기로는 한국어 학원이 꽤 인기라고 들었습니다."

"어쩜, 박사님은 모르는 게 없으셔."

류하의 친절한 설명에 고 팀장이 감탄한 표정으로 말했다.

"역시 오빠 다르구나. 난 애들에게 가르쳐야 한다고 해서 어떻게 할까 난감했는데. 헤헤."

정음도 환하게 웃으며 류하를 바라보았다.

"흠흠. 네, 그거 좋은 생각입니다. 그럼 그렇게 하기로 하죠."

류하를 향한 정음의 환한 웃음이 못마땅한 훈민이었지만, 대의를 위해서는 자신의 사사로운 감정은 잠시 접어두기로 마음먹었다.

카오 섬 동쪽 마을.

오전 아홉 시 무렵, 동쪽 마을 안은 진기한 광경으로 소란스러웠다.

둥! 둥! 둥!

삐리리리! 삐리리리!

《이게 뭐야?》

《무슨 소리지?》

어제 계획한 대로 훈민과 종대, 주현은 발리로 떠나고, 류하와 정음, 학회 사람들은 북을 치고 나팔을 불며 동쪽 마을을 처음부터 끝까지 훑고 다녔다.

《와아! 신난다!》

《잔치를 하나봐!》

다행히 정음이 예상한 대로 마을 사람들과 아이들이 하나둘씩 집 밖으로 나오기 시작했다. 북을 치고 나팔을 불 때마다 사람들은 깔깔거리며 박수를 쳤고, 그들을 구경하러 나온 아이들의 수는 점점 더 많아지고 있었다.

《반가워! 우린 한국에서 온 선생님들이야. 우린 너희를 만나기를 많이 기대했어. 지금부터 너희들이 우리와 함께 글자를 배우면 아주 멋진 선물을 받게 될 거야!》

그들을 둘러싼 행렬이 수십 명에 달하자 정음이 비로소 이곳에 온 목적을 말했고, 통역관은 그 말을 큰 소리로 통역해 주었다.

《아, 잊을 뻔했다. 우리를 따라와서 함께 글을 배우는 친구들에게는 맛있는 사탕과 과자도 나누어줄 거야!》

통역관이 말을 마치자, 어른들은 진귀한 광경에 흥겨운 얼굴로 구경을 하고 있었고, 아이들은 소리를 지르며 모여들기 시작했다.

《자! 자! 함께 글을 배울 친구들은 이곳에 줄을 서!》

부족에서 정해준 동쪽 마을 아이들이 스무 명도 넘게 줄을 섰고, 줄에는 어제 함께 글을 배운 여섯 명의 꼬마들도 함께 모여 있었다.

정음은 가방을 열어 고모를 위해 인천공항 면세점에서 사두었던 초콜릿과 과일사탕을 꺼내 들었다. 고모를 위한 선물이 이렇게 귀하게 쓰이다니. 아이들의 장난감은 신 소장이 딸과 아들을 위해 사두었던 면세점의 인형과 로봇을 활용했다.

《와아! 이게 뭐예요?》

《귀여워!》

처음 보는 장난감을 아이들은 신기한 듯 만지며 관심을 보였다.

"역시 시대와 나라를 불구하고 장난감과 간식은 아이들과 친해지는 최고의 방법이야."

몰려드는 아이들을 보며 정음이 중얼거렸다.

"그러게. 정말 아버님의 방법이 엄청난 효과를 발휘했네."

류하가 고개를 끄덕였다.

"그치? 우리 아빠…… 정말 대단하시다."

《언니! 과자 더 줘요!》

《누나! 난 사탕이요!》

돌아가신 아빠를 생각하며 감회에 젖던 정음이 아빠를 추억할 틈도 없이 아이들의 요구 사항이 쏟아졌다.

《여러분! 지금 우리와 함께 가요. 교실에 가면 더 많은 장난감과 과자가 있어요. 물론 부모님들도 함께 오셔도 됩니다!》

《네!》

《저희도 갈 거예요!》

첫날의 실패가 어이없을 정도로 열띤 반응을 보인 아이들이 부모의 손을 잡아끌며 트럭의 뒤를 쫓기 시작했다.

"대박! 우리 대박 맞죠?"

트럭 짐칸에 앉은 정음이 소리치자, 운전을 하는 류하도 아이들에게 과자와 선물을 나누어주던 고우리 팀장과 신숙주 소장도 모두모두 긍정의 웃음을 터뜨렸다. 그들 모두 너나 할 것 없이 먼지 범벅이 되었지만, 이제 되었다는 안도감에 그들의 얼굴은 희망과 기쁨으로 가득 차 있었다.

정음은 먼지와 땀으로 범벅된 손을 허벅지에 쓱 문지르며 자신을 바라보는 똘망똘망한 눈망울들을 향해 살짝 떨리는 목소리로 인사를 했다.

《안녕! 난 한국에서 온 오정음 선생님이라고 해.》

아이들 앞에 서는 것은 처음이라 무척이나 떨리고 긴장되었지만, 순수함과 호기심으로 가득한 해맑은 눈동자들을 보며 그녀는 애써 밝게 미소를 지었다.

《안녕하세요!》

강당에 마련된 의자에 앉은 아이들이 해맑게 답했다. 스무 명이 훌쩍 넘는 아이들은 놀라울 정도의 집중력을 발휘하며 칠판 앞에 서 있는 정음만을 뚫어져라 바라보고 있었다. 간단한 인사를 끝낸 그녀는 크게 심호흡을 하며 준비했던 수업을 본격적으로 시작했다.

《자, 이제부터 선생님이 조금 전에 말했던 글자를 가르쳐 줄 거예요. 이 글자를 배우면 여러분들의 이름은 물론, 엄마 아빠 이름, 마음속에 생각했던 편지도 쓸 수 있어요.》

《동화책도 읽을 수 있다고 하셨죠?》

어제 참석했던 이끼가 새침한 표정으로 물었다. 앞니가 빠진 입술을 예쁘게 벌리며 잘난 척하는 모습을 보며 정음은 빙그레 미소를 지었다.

《그럼. 이끼 말대로예요. 선생님이 하는 말을 잘 듣고 외우기만 하면 편지는 물론, 동화책도 줄줄줄 읽을 수 있답니다. 자, 그럼 고우리 선생님과 신숙주 선생님께서 나오셔서 글자를 설명해 주실 거예요.》

강당에 도착하자마자 인도네시아 전통 드레스와 신사복으로 갈아입고 달려온 고우리 팀장과 신숙주 소장이 정음의 인사에 맞춰 모습을 드러냈다.

《안녕하세요! 저는 고우리 선생님이에요. 그럼 옛~ 날 옛날 세종대왕이라는 할아버지가 만든 한글이라는 글자를 소개할게요. 잘 들어보세요. 일단 한글이라는 글자에는 자음 친구들과 모음 친구들이 있어요. 그런데 얘네들은 서로 꼭 만나야 글자가

되거든요. 그럼 먼저, 자음 친구들은 누굴까 한번 만나볼까요?》

고우리 팀장이 아이들의 반응을 한번 살피며 물었다.

《네!》

아이들이 일제히 소리쳤다.

우리는 참새처럼 입을 벌려 대답하는 아이들을 바라보며 눈물이 울컥 치미는 것을 억지로 참았다. 트럭보다 먼저 도착한 아이들과 엄마들은 꽤 먼 거리를 걸어왔음에도 지친 기색 없이 기대감에 가득 찬 표정으로 앉아 있었고, 그런 아이들을 보니 부정적인 생각에 사로잡혀 있던 자신의 모습이 부끄러웠다.

"고 팀장! 이번에는 내가 설명할게."

인도네시아 전통 왕자 옷을 입은 신숙주 소장이 낮게 중얼거렸다. 신 소장 역시 감동하기는 마찬가지였다. 이유가 어떻게 되었든 그들이 이렇게 와주었다는 것이 그는 정말 고마웠다. 그는 마을 사람들의 마음에 보답하기 위해서라도 더 열심히 가르쳐야겠다고 생각했다.

《자, 여길 보세요. 고우리 선생님 말씀처럼 자음은 사람의 입속에 있는 혀와 입술이 입안의 여기저기에 닿으면서 나는 소리예요. 그리고 목구멍에서 방해 없이 나는 소리는 모음 친구라고 해요. 그럼 먼저, 자음 친구들부터 알아볼게요.》

신 소장이 자신의 입을 만지며 아이들에게 설명했다. 그러고 얼른 칠판에다 기본 자음자 다섯 자를 써나갔다.

—ㄱ, ㄴ, ㅁ, ㅅ, ㅇ.

《이 글자들이 자음의 제일 기본이 되는 친구들이에요. 그리고 이 기본 친구들에게 획을, 아니, 작은 막대기들을 하나씩 붙이면 또 다른 글자들이 만들어져요. 자, 예를 들면요. 여기를 보세요.》

신 소장이 소리를 낮추며 말했다. 그의 작은 소리 때문인지 아이들이 통역관과 신 소장의 얼굴을 번갈아가며 더 집중했다.

《'ㄱ' 속에다 작은 막대기 하나를 넣었더니 짠, 'ㅋ'이 되고요. 'ㄴ'에다가 막대기를 위로 하나 붙이면 와아~ 'ㄷ'이 되고요. 세 개면 'ㄹ', 'ㅌ'이 만들어져요. 그리고 'ㅁ'에다 위로 작은 작대기를 둘 붙이면 'ㅂ'이 되고요. 옆으로 둘 붙이면 'ㅍ'이 되지요. 그리고 'ㅅ'이란 애한테 머리에다 작대기를 하나 얹으면 'ㅈ'이라 쓰고요, 'ㅈ' 위에 또 점을 하나 올리면 'ㅊ'이라 불러요. 그리고 기본 자음 친구들 중 마지막, 두두두두…….》

신 소장이 강단에 놓인 탁자를 두드리며 긴장감을 고조시켰다.

《'ㅇ'이라고 불리는 친구가 있어요. 이 친구 머리 위에 작은 막대기, 그리고 큰 막대기를 같이 얹어주면 'ㅎ'이라고 해요. 재밌죠? 또 하나! 얘네들이 나란히 모일 때가 있는데요. 왜 우리도 친구들이랑 놀 때 손잡고 나란히 서죠?》

신 소장의 말에 아이들이 환하게 웃음을 터뜨렸다.

《이렇게 여러분들이 같이 놀 때처럼 모인 자음 친구들은 'ㄲ, ㄸ, ㅃ, ㅆ, ㅉ'이라고 불러요. 자, 여기 공주님이랑 선생님들이 가지고 있는 그림들을 보세요.》

류하와 훈민, 정음과 우리가 하얀 스케치북에 쓴 자음자들을 넘겨가며 설명을 도왔다.

《이제, 자음 친구들의 소개가 끝났어요. 지금부터는 모음 친구들을 소개할게요. 자, 여기를 잘 보세요.》

이번에는 정음이 단모음과 곁모음을 같은 방법으로 소개하고 설명해 나갔다. 설명이 끝날 때쯤, 훈민과 우주그룹의 사원들인 종대와 주현이 선물 꾸러미를 들고 들어섰다.

우주그룹에서 건네준 간식과 음식으로 잠시 쉬는 시간을 가진 뒤, 그들이 가져온 카세트를 틀었다. 우리나라의 동요에 맞춘 한글 자음과 모음 노래가 재밌고 신나는 리듬에 따라 흘러나왔다. 반복해서 노래를 들려주자 아이들과 뒤에 앉아 있던 아이들의 엄마들이 흥얼흥얼 어깨 리듬을 타며 알 수 없는 나라의 노래를 떠듬거리며 따라 부르고 있었다.

《선생님! 전 제 이름을 쓸 수 있겠어요.》

수업을 마칠 즈음 이끼가 손을 들며 말했다.

《정말이니, 이끼?》

《네, 조금 알 것 같아요. ㅇ 친구와 ㅣ 친구가 만나면 '이'가 되는 거죠? ㄱ 친구 둘이 모여 ㄲ이 되고 다시 ㅣ 친구가 만나면 '끼'가 돼요.》

이끼가 자랑스러운 듯 자신의 이름을 써가며 설명했고, 정음과 한글학회 직원들은 자신의 눈을 의심할 수밖에 없었다. 이렇게 빨리 원리를 깨치다니. 발리에서 가져온 자료들도 큰 도움이 됐겠지만, 이끼가 남달리 총명한 것이 틀림없었다.

《맞아! 이끼, 아주 잘했다. 정말 훌륭하구나.》

고우리 팀장이 뒤돌아서서 눈물을 훔치는 것을 보며 정음은 크게 고개를 끄덕였다.

그날 저녁, 한국팀원들 모두는 믿을 수 없는 성과에 기뻐하며 아이들을 가르치는 데 더욱더 박차를 가하자는 데 의견을 모았고, 다들 뿌듯한 마음으로 각자의 처소로 향했다. 정음 역시 우리와 함께 여자 숙소로 돌아왔지만, 심한 어지러움증으로 제대로 몸을 가누기가 힘들 정도였다.

"정음 씨, 정말 괜찮아? 병원 가야 하는 거 아닌가 모르겠다."

씻고 들어오는 정음을 유심히 바라보던 우리가 걱정스레 물었다. 벌써 며칠째 밥도 제대로 먹지 못하고 휘청거리는 것이 아무래도 불안해 보였다.

"병원은요. 다들 힘드실 텐데 저만 꾀병 부릴 순 없죠. 푹 자고 일어나면 괜찮아질 거예요."

"꾀병은. 벌써 며칠째 이러는구만. 머리는 좀 어때? 아직도 어지러워?"

"일어날 때 좀 힘들어서 그렇지, 조금만 지나면 괜찮아요."

핏기 하나 없는 창백한 얼굴로 아무렇지 않은 척하는 정음을
보며 고우리는 한숨을 내쉬었다. 개인적으로 친하지는 않았지
만, 정음이 꾀병을 부릴 스타일이 아니라는 것은 잘 알고 있었
다. 게다가 일을 성공시키기 위해 밤잠을 설쳐 가며 자료를 만
들고 프로그램을 짜는 모습을 보며, 비록 성향과 취향은 다르지
만 정음을 인정하지 않을 수가 없었다.

"약은? 가져온 두통약 다 먹었지?"

"네."

"큰일이다. 지금은 너무 늦어서 발리로 나갈 수도 없는데."

"정말 괜찮아요."

씩씩하게 말하며 자리에 앉으려던 정음이 휘청거리자, 우리
가 재빨리 잡아주었다.

"어머! 정음 씨, 이러다 큰일 나겠다. 이럴 게 아니라 그냥 족
장님에게라도 다녀오자. 민간요법이라도 있을 거 아냐."

"아니요. 그럼 우리 팀원들이 다 알게 되실 텐데. 내일이 대결
날인데 오늘은 푹 쉬셔야죠. 하루만 더 참으면 돼요."

정음이 완강히 거절했지만, 실은 조금만 고개를 틀어도 머리
에 물이 찬 것처럼 울렁거려 제대로 고개를 가누기도 힘이 들
정도였다.

"쯧쯧. 별걱정을 다한다. 나 이러다 류하 박사님에게 혼나는
거 아냐?"

"네? 오빠가 왜요?"

"자기 이렇게 방치했다고 혼날 것 같아. 아니, 이 실장님에게 혼나는 건가? 정음 씨, 이 시점에서 물을 말은 아니지만, 자기 소속은 어디야? 류하 박사님이야? 아님 이 실장님이야?"

우리의 말에 정음은 잠시 할 말을 잃었다. 뭐라고 대답을 해야 할지 몰라 망설이다 보니 두통이 더 밀려오기 시작했다. 천천히 자리에 누우려 하자 옆에 있던 우리가 급히 몸을 부축해 주었다.

"내가 너무 어려운 질문을 한 거야? 하긴, 나라도 갈등되겠다. 둘 다 정말 놓치기 싫을 정도로 멋지잖아."

우리가 정음의 자리를 봐주며 말했다.

평소 쌀쌀맞고 남에게 지기 싫어하던 우리가 이렇게 노골적으로 감정을 드러내며 부러워하자 정음은 소리 없이 작게 웃음을 터뜨렸다.

"왜 웃어?"

"팀장님답지 않으셔서요. 평소 스타일이라면 '뭐야? 둘 다 별로야!' 이러시면서 차갑게 말씀하셔야 하는데."

정음의 말에 고우리 팀장도 웃음을 터뜨리며 정음의 옆에 누웠다.

"솔직히 말하면 샘이 나서 그런 거지. 내가 갖지 못하는 거 부러워하면 뭐 해. 그냥 쿨하게 아니다, 이럼 맘 편하거든."

"쿨하게 '별로다.' 라고 말씀하시는 거 팀장님만의 매력이에요."

"그런가? 근데 말이야, 오늘 이끼가 엄마 이름을……."

정음과 우리는 엉성하게 지어진 천장을 바라보며 두런두런 이야기를 나누었고, 몸이 좋지 않은 정음이 먼저 잠에 빠져들었다.

우리는 대답 없이 곤한 숨소리를 내는 정음을 한참 동안 바라보다 조심스레 자리에서 일어났다. 여자 숙소를 벗어난 우리는 남자들이 쉬고 있는 곳으로 급히 걸어갔다.

똑똑.

조용한 밤을 뚫고 들려오는 노크 소리에 류하는 자리에서 일어나 문을 열었다. 문을 두드린 사람은 부족장 부도요였다.

「아, 박사님. 다행입니다. 마침 계셨군요.」

「부족장님께서 이 늦은 시각에 어쩐 일로.」

「족장님께서 박사님께 친히 부탁하실 말씀이 있다고 하시는군요.」

「족장님께서 저에게요?」

「네. 아주 오래전 중국에서 오신 손님께서 주고 가신 책을 가지고 계신데, 지금까지 기회가 없어서 내용을 알지 못하고 있었습니다. 마침 제가 박사님께서 중국어에도 능통하시다고 말씀 드렸더니 폐가 아니라면 오셔서 무슨 내용의 책인지만 알려주십사…….」

부족장의 말에 류하는 고개를 끄덕였다.

「저도 무척이나 궁금한데요. 잠시만 기다리십시오.」

호기심이 발동한 류하는 급히 준비를 마치고 부도요를 따라 숙소를 벗어났다.

깊은 바다 한가운데를 헤엄치며 지나고 있는 꿈을 꾸었다. 검은 물살은 쉴 새 없이 몰려왔고, 정음은 가라앉지 않기 위해 끊임없이 팔다리를 움직여야 했다. 하지만 점점 힘이 빠져나갔다. 숨이 막혔다. 팔다리가 끊어질 듯한 고통 속에서 모든 것을 내려놓고 싶은 충동에 빠지기도 했다. 이대로 포기해 버리면 평안이 찾아올 것만 같았다.

그래……. 너무 아등바등 살아왔어. 이제 조금만 쉬어가자. 정음은 열심히 놀리던 팔과 다리의 힘을 뺐다. 예상대로 몸이 자유롭게 둥둥 떠다니기 시작했다. 가끔, 엄청난 물의 압력이 그녀를 숨 막히게 했지만, 끊임없이 팔다리를 휘젓는 고통에 비할 바가 아니었다.

"정음아! 정음아! 눈 좀 떠봐!"

누군가가 자신의 이름을 계속 부르고 있었다. 저리 가! 귀찮아! 정음은 깊고 포근한 물속에서 빼내려 하는 목소리의 주인공을 향해 손을 내저었다.

"야! 인마! 정신 차려. 너 이러다 진짜 큰일 나!"

따뜻한 바닷물과 달리 얼음처럼 차가운 물이 이마 위로 뿌려졌다.

뭐야? 저리 가, 나를 괴롭히지 말라고. 괴로움에 신음을 토해
내자 다시 다급한 목소리가 들려왔다.

"정음아! 정음아! 눈 떠! 눈 떠야 해."

쉬지 않고 불러대는 통에 정신을 차릴 수가 없었다. 할 수 없
이 정음은 깊은 바다에서 뭍으로 등을 돌릴 수밖에 없었다.

"정음아! 정신이 들어?"

어렴풋이 누군가의 모습이 보였다. 자세히 얼굴을 보고 싶었
지만 눈을 뜰 기력조차 없었다. 펄펄 끓어오르는 몸이 꼭 자신
의 것이 아닌 것처럼 느껴졌다.

"정음아! 눈 떠봐!"

조금 더 명확한 목소리가 들려왔다. 훈민이다. 일본팀과 경쟁
을 해야 하는 훈민이 왜 바닷가에서 나를 찾고 있지? 아이들은?
경쟁은 어쩌고? 멍한 정신을 가다듬던 정음이 두 눈을 번쩍 떴다.

"휴. 너 땜에 십년감수했어, 인마."

정음의 옆을 지키던 훈민이 안도의 한숨을 내쉬었다.

"뭐야? 여긴 어디야? 훈민이 네가 왜 여기 있어? 어떻게 된
일이야?"

"이 멍충아! 아프면 아프다고 말을 해야지, 왜 그렇게 참기만
해? 고 팀장님 아니었으면 너 큰일 날 뻔했어."

훈민이 버럭 소리를 지르며 정음을 껴안았고, 정음은 인형처
럼 덜렁거리며 훈민의 품에 안겨 낮은 비명을 질렀다.

"너 지금 뭐 하는 거야? 여긴 어디야?"

천막처럼 둘러싸인 주위를 보며 정음이 물었다.

"카오 족의 임시 병원이야. 어젯밤 늦게 고 팀장님이 숙소로 찾아왔었어. 네가 많이 아픈데 이대로 두면 안 될 것 같다고. 그래서 너 업고 급히 리코를 찾아갔지. 마침 족장님 댁에서 돌아오는 리코를 발견하고 이곳으로 옮겨왔어. 인마! 너 밤새 앓았었어. 다행히 리코가 준비해 준 약초로 위험한 고비는 넘겼는데, 도무지 잠에서 깨어날 생각을 안 하는 거야. 나…… 나 정말 너 잘못되는 줄 알고 얼마나 떨었는지 아냐?"

품에 안은 정음의 머리를 쓸어주며 훈민이 소리쳤다. 숨도 쉬지 못할 정도로 꼭 껴안은 훈민의 가슴에서 그의 말이 과장이 아님을 알려주는, 비정상적으로 쿵쾅거리며 빠르게 뛰고 있는 심장 소리가 들려왔다.

"그랬구나……. 정말 고마워."

"아니, 이렇게 깨어나 줘서 내가 더 고마워!"

훈민이 정음을 더욱더 세게 껴안으며 소리쳤고, 정음은 격한 그의 반응에 컥컥거리며 그를 밀어냈다.

"잠시만. 나 숨 막혀."

"아. 미안!"

놀란 훈민이 급히 정음의 몸을 떼어놓았고, 그제야 초췌해진 훈민의 모습이 정음의 눈에 들어왔다.

"고마워. 나 때문에 쉬지도 못하고, 제대로 잠도 못 잤겠다."

"그런 소리 하지 말고 몸이나 잘 챙겨."

걱정으로 자신만큼이나 상한 훈민의 얼굴을 보며 정음은 휴우, 깊은 한숨을 뱉어냈다.

예전과 달리 감정에 솔직해진 훈민이 낯설기도 하지만, 싫지 않았다. 이제 정말 그의 물음에 대답해야 하는 시간이 다가온 것만 같았다.

"모든 것은 순리대로……."

높은 계단을 보고 한숨을 내쉬는 정음을 보며 고모가 했던 말을 떠올렸다. 하나하나 천천히, 차근차근 올라가다 보면 언젠가는 꼭대기 계단에 올라 있을 거라는, 그러니 포기하지 말고 끝까지 최선을 다하라는 말.

사람의 감정도 그렇게 해야 할 것 같았다. 아무리 힘들고 어려워도 끝까지 최선을 다해야 할 것 같았다. 한결 편안해진 마음으로 고개를 돌리던 정음의 눈에 훈민의 시계가 들어왔다.

"지금 몇 시야?"

"지금…… 8시 50분."

아직 새벽이려니 생각했던 정음이 화들짝 놀라며 훈민의 팔을 잡았다.

"헉! 10분밖에 안 남았잖아. 나 좀 일으켜 줘!"

"너…… 아직 안 돼."

"무슨 소리야. 시합에 내가 빠지면 돼?"

"너 아파 누워 있는 동안 생각했는데, 난…… 이번 시합 마음 비웠어. 내게는 시합보다 네가 더 중요해."

"이훈민! 쓸데없는 소리 하지 마. 나 다 나았어. 그리고 우리 이 시합에서 꼭 이겨야 하잖아."

"네 몸이 먼저야!"

"이번 시합에서 지면 여태 고생했던 거, 이렇게 너랑 다시 만났던 거 다 퇴색될 것 같아. 우리 힘으로 뭔가를 이뤄낼 수 있다는 자부심이 사라질 거야. 응? 훈민아! 나 정말 꼭 이기고 싶어. 네가 도와줘."

정음의 말에 생각에 잠겼던 훈민이 결국 고개를 끄덕이며 정음을 부축했다.

9시경. 족장과 부족장, 천부장의 위임을 받은 5인의 대표는 마을회관으로 모이라는 전갈을 받았다. 그들은 오늘 한국팀과 일본팀 중 더 많은 성과를 올린 팀에게 섬의 개발권을 넘기기로 약속이 되어 있는 상태였다.

《흠흠. 에도 천부장, 우리 약속은 잊지 않았죠?》

5인의 대표에 뽑힌 맘방 천부장이 길에서 만난 에도에게 귓속말로 속삭였다.

《어허. 제 걱정은 말고 맘방 천부장이나 잘해요. 그리고 다른 사람들에게 의심받을 수 있으니까 귓속말은 그만하세요.》

에도 천부장이 주위의 눈치를 살피며 재빨리 말했다. 다행히 회관으로 향하는 길은 인적이 드물었다.

《뭐가 걱정입니까? 다섯 명 중 네 명이 우리 편인데.》

이미 두 명의 동료를 포섭한 맘방 천부장이 여유로운 목소리로 대답했다. 그의 아들은 일본으로 유학을 떠나기 위한 모든 절차를 마친 뒤여서 맘방은 한결 여유롭고 느긋한 심정이었다. 이제 이 회의가 일본의 승리로 끝나기만 한다면, 그의 집안은 이곳 제일의 명문가로 자리 잡을 수 있을 터였다.

《모르는 소리 말아요. 그 사람들이야 우리가 부탁을 하니까 그러마 하고 인사치레로 대답한 것일 수도 있잖소.》

《쯧쯧. 에도 천부장님, 그렇게 의심이 많으셔서야 어찌 큰일을 하시겠습니까?》

맘방 천부장이 느릿한 음성으로 비웃으며 에도 천부장을 가소롭다는 듯 바라보았다.

《긴말할 필요는 없고 오늘 투표나 잘하세요.》

《아, 글쎄, 제 걱정은 마시라니까요.》

두 사람이 주거니 받거니 대화를 나누며 마을회관에 도착하자, 회관 안은 십대 학생들과 어린아이들이 만들어내는 시끄러운 소음으로 가득 차 있었다.

에도 천부장과 맘방 천부장은 결의에 가득 찬 표정으로 회관

안을 훑어보며 안으로 걸음을 옮겼다.

시합에 참가할 어린이들은 잔뜩 긴장한 채로 좌우로 나뉘어져 앉아 있었는데, 한국팀은 오른쪽, 일본팀은 왼쪽에 자리를 잡고 있었다.

또한 강당의 앞쪽에는 족장과 부족장, 통역관들과 양국의 팀원들, 그리고 발리에서 날아온 한국과 일본어 강사 두 사람이 서 있었는데, 심사위원으로 발탁된 그들은 한국어와 일본어에 능통한 여행 가이드들이었다.

조금 늦게 들어선 훈민과 정음을 발견한 부도요가 고개를 끄덕이며 앞쪽으로 나아갔다.

긴장감이 역력한 각국 팀원들을 향해 그가 큰 목소리로 외쳤다.

《자! 여러분! 오래 기다리셨죠? 한국팀 인원 스무 명, 일본팀 인원 스무 명이 지금 이 자리에 모여 있습니다. 두 팀은 공정하게 시합에 참여하기로 약속을 했습니다. 맞습니까?》

《네!》

아이들은 회관이 떠나갈 듯이 힘차게 대답했다.

《좋습니다. 그럼 지금부터 방법을 설명해 드리겠습니다.》

부도요의 지시에 따라 양 팀 참가자들은 스케치북과 사인펜을 하나씩 받아 들었다.

《지금부터 제가 부르는 단어를 배운 문자로 쓰시면 됩니다.

먼저, 1번 문제입니다. 모두 자신의 이름을 써주세요.》

부도요가 말을 마치자 일본팀에서 웃음소리가 터져 나왔다.

《이름쯤이야 식은 죽 먹기지.》

글자를 배운 아이들이 제일 먼저 익힌 것이 바로 자신의 이름이었다. 일본 문자를 배운 아이들은 자신의 이름을 일본어로 쉽게 써 내려갔다.

일본팀과 반대로 한국팀은 쥐 죽은 듯이 조용하기만 했다. 아직 어린아이들이라 한 글자, 한 글자 집중해서 이름을 써야 했기 때문이다.

10여 분간의 시간이 지나고 한 사람도 남김없이 이름을 쓰자 두 번째 문제가 주어졌다.

《자, 모두 수고하셨습니다. 이제 두 번째 과제에 들어가죠. 지금부터 양 팀을 대표하는 한 사람이 나와 여기 어른들에게 이름을 가르쳐 드리도록 합니다.》

부도요의 말이 끝나자 웅성거리는 소리가 들려왔지만 양국의 교사들에 인해 곧 정리가 되었다. 일본팀의 대표로 나온 카에롤 암룰러는 일본팀이 경악할 정도로 빠른 시간 안에 히라카나와 카다카나를 익힌 17세 소년이었다. 평소 영리하다고 소문이 난 카에롤의 얼굴에는 자신감이 가득했고, 일본팀은 이미 승리라도 한 것처럼 들떠 있었다.

한국팀의 대표 역시 아이들 중 가장 먼저 이름을 익힌 이끼가 나왔다.

다윗과 골리앗의 싸움처럼 키가 170㎝가 훌쩍 넘는 카에롤과 100㎝도 되지 않는 이끼의 대결은 모두에게 실소를 일으키기에 충분했다.

　「이거야 원, 십대와 유아라니. 처음부터 게임이 돼야 말이지.」

　마쯔다가 가소롭다는 듯 혼잣말을 중얼거렸다.

　「방심할 순 없어요. 한글이 워낙 익히기 쉽게 만들어졌어야 말이지.」

　「후후. 리에, 아무리 그래도 일곱 살짜리 꼬맹이가 우리 팀을 이길 순 없어요.」

　마쯔다가 여유롭게 웃으며 리에를 안심시켰다.

　《좋습니다. 그럼 각 팀 대표는 앞으로 나와서 여기 계신 다섯 분의 할아버지 이름을 쓰고 가르쳐 주세요.》

　제비뽑기로 정해진 순서는 일본팀이 먼저였다.

　《일본어의 아행, 그러니까, あいうえお(아이우에오)와 다행, たちってと(다찌쯔테토) 중 ぇ(애)와 と(도)가 바로 ‘에도’ 천부장님의 이름인 문자입니다. 다음은…….》

　카에롤이 여유롭게 네 명의 천부장 이름을 쓰고 가르쳐 주었지만, 받침이 있는 맘방의 표기는 표현하기가 쉽지 않았다.

　《음…… 그러니까 ま(마)와…… 음…… ぱ(파), 아니, ば(바)가 만나면……. 음…… 그러니까 두 글자가 만나면…….》

　카에롤이 더듬거리는 동안 약속한 시간이 흘러갔다.

「저, 바보! 받침은 ㅅ(응)을 활용하라고 그렇게 말했건만.」

잔뜩 화가 난 마쯔다가 얼굴을 붉히며 카에롤을 노려보았지만 이미 시간이 흐른 뒤였다.

「그래도 다섯 명 중에서 네 명이나 맞혔잖아요. 이제 한국팀이 실수하기만 바라자고요.」

「하긴, 상대는 고작 일곱 살짜리 아이인데…….」

리에의 말에 마쯔다가 고개를 끄덕였다.

《좋습니다. 카에롤, 수고했어요. 그럼 이제 이끼가 해볼까요?》

부도요의 말에 키가 작은 이끼가 총총걸음으로 앞으로 나섰다. 앞니가 빠져 더 귀여운 이끼의 모습에 회관을 채우고 있던 부모님들의 박수 소리가 크게 터져 나왔고, 이끼의 부모들은 자랑스러운 표정으로 이끼를 주시하고 있었다.

《이제부터 제가 설명을 할게요. 잘 들으셔야 해요. 음, 에도 할아버지의 '에'는 ㅇ 친구와 ㅔ 친구가 만나면 돼요. ㄷ 친구와 ㅗ 친구가 만나면 '도'가 되고요. '할아버지' 라는 말도 쓸 수 있어요. 제가 가르쳐 드릴까요?》

천진난만한 이끼의 말에 모두 웃음이 터졌다.

《그래, 한번 써보렴.》

누군가의 말에 이끼가 씨익 웃으며 다시 분필을 잡았다.

《이것도 쉬워요. ㅇ 친구 머리 위에 막대기 두 개를 올려요. 그럼 ㅎ 친구가 되거든요. 정말 쉽죠? '할'은 ㅎ과 ㅏ, 밑에 ㄹ

친구가 와서 받쳐 줘야 해요. 그럼 '할'이 되는 거예요. 그리고 ㅇ 친구와 ㅏ, ㅂ 친구와 ㅓ, ㅈ 친구와⋯⋯.》

이끼는 싱글벙글 웃어가며 천천히, 하지만 틀리지 않고 또박 또박 말을 이어갔다. 거기다 숙주가 말한 그대로를 흉내 내가며 설명을 하자, 어른들 사이에서는 끊임없이 감탄이 터져 나왔다. 마지막 맘방의 이름까지 무사히 한글 표기가 끝나자, 강당 안은 우렁찬 박수 소리로 가득 찼다.

"오정음! 정말 대단해. 어떻게 그 몸으로 그런 기특한 생각을 했어. 아이들에게 가족 이름을 써오라는 숙제를 낸 덕에 이렇게 쉽게 문제를 풀었네."

우리가 밤사이 수척해진 정음을 보며 감탄 어린 목소리로 말했다.

이틀 전, 정음은 시험 문제를 알기라도 한 사람처럼 아이들에게 가족의 이름을 써오라는 숙제를 내줬고, 이끼를 포함한 몇몇 친구는 대견하게도 가족 모두의 이름을 정확하게 써왔었다.

"이거 왜 이러셔요. 활용 몰라요? 기본이잖아요."

힘없이 앉아 천연덕스럽게 웃는 정음에게서 눈을 떼지 못한 훈민과 류하는 비로소 안도의 한숨을 내쉬었다.

9. 내가 너를 사랑했다는 것…….

부족 대표회의.

《아, 글쎄 이번 일은 그냥 넘어갈 일이 아니라니까요. 쯧쯧. 그 어린것들을 얼마나 괴롭혔으면 며칠 만에 그렇게 완벽히 남의 나라 글자를 익히겠어요. 도대체가 말이 된다고 생각하십니까? 여러분들 생각은 어떻습니까? 그렇게 가만히 계시지만 말고 말씀들을 좀 해보세요.》

맘방 천부장이 반쯤 벗겨진 머리를 닦아가며 열을 올렸다. 이미 일본팀에게 여러 가지 혜택을 받은 그로서는, 이대로 한국팀이 선택되게 내버려 둘 수 없었다. 만약 한국팀이 선택된다면,

망신당할 각오를 단단히 하셔야 할 거라며 앙칼지게 소리치던 리에의 목소리가 귓가에 맴도는 것 같았다.

《저 역시 맘방 천부장님과 같은 생각입니다. 이번 일은 우리 부족 차원에서 철저히 밝혀서 진상 규명을 해야…….》

일본으로 갈 수 있게 되었다며 들떠 있는 아들을 생각하며, 에도 천부장 역시 한국팀의 승리에 시큰둥한 반응을 보였다.

《그러니까 두 분 천부장님께서는 한국팀에서 편법을 쓴 거라고 주장하시는 겁니까?》

《그렇다니까요. 상식적으로 한번 생각해 보십시오. 이게 말이나 됩니까? 편법을 쓰거나 강제적으로 가르치지 않고서는 이런 결과가 나올 수가 없어요. 그러니까 이참에 학대를 당한 흔적이 있는지, 부모들을 불러서 확인을 해봐야 합니다. 그러기 전에는 우리는 절대 인정을 할 수가 없어요.》

부족장 부도요의 물음에 에도와 맘방이 열심히 고개를 끄덕였다.

《족장님 생각은 어떠십니까?》

아무 말 없이 사람들의 대화만 듣고 있는 이안 뚜기만 족장을 보며 부도요가 물었다.

《두 분 생각이 그렇다면 할 수 없지요. 부도요 부족장, 아이들의 부모를 불러요.》

오전에 치른 경쟁의 결과, 한국팀이 가르친 아이들이 일본팀이 가르친 십대들에 비해 좋은 성과를 보였다. 뜻밖의 결과에 모두 놀라워하며 한국팀의 승리를 인정했지만, 에도와 맘방은 납득할 수 없는 일이라며 긴급회의를 요청했다.

《족장님, 잘 생각하셨습니다. 공정하게 경선을 했다면 그 어린것들이 이긴다는 것 자체가 말이 되지 않는 일이잖아요. 그렇지 않습니까?》

《저 역시 같은 생각입니다.》

에도와 맘방이 혼신의 힘을 다해 한국팀의 승리를 저지하고 있을 때, 아이들의 부모들이 질서 정연하게 회의장 안으로 들어왔다.

《우리가 여러분들을 부른 것은 여러분들의 억울한 심정을 풀어주기 위해서예요. 자, 다들 속 시원히 말들을 한번 해봅시다.》

에도 천부장이 안쓰러운 듯 몇몇 부모의 손을 잡으며 다독거렸다.

《네? 무슨 말씀들이신지…….》

아이들의 부모들이 어리둥절한 반응을 보이자 맘방 천부장이 가슴을 치며 답답해했다.

《어허, 이 사람들이. 참는 게 능사가 아니라오. 대체 한국팀이 아이들에게 무슨 짓을 했답니까? 글자를 익히라고 때렸어요? 아니면 꼬집고 괴롭혔답니까?》

《천부장님! 체통을 지키세요. 가만히 보면 맘방 천부장님과 에도 천부장님은 한국팀에 원한이라도 있는 사람 같습니다그려.》

여태 에도와 맘방을 보고만 있던 찬둘 천부장이 눈살을 찌푸리며 한마디 거들었다. 일본팀이 승리할 수 있도록 도와달라는 두 천부장의 제의에 그러마 하고 약속을 했지만, 그것은 어디까지나 부족의 발전을 위해서였다. 막상 뚜껑을 열어놓고 보니 탁월한 문자를 가진 쪽 은 일본이 아니라 한국이었다.

《찬둘 천부장님은 소문도 못 들으셨습니까? 한국 사람들이 일하러 간 우리 본토 사람들을 얼마나 괴롭히고 학대하는지. 그런 사람들이 아이들이라고 봐줄 것 같아요?》

《존경하는 천부장님들, 제가 한 말씀 올려도 되겠습니까?》

그때 뒤쪽에 서 있던 아스로삐와 아스날, 두 아이의 아버지가 앞으로 나서며 말했다.

《그래요. 말해보세요.》

《먼저 이걸 좀 봐주세요.》

아이들의 아버지가 하얀 공책을 내밀었다.

《이게 뭡니까? 가만 보자…… 이거 편지 같은데요? 사라…… 하…… 느, 는…….》

공책에 쓰인 글자를 천천히 읽어가는 에도 천부장을 보며 주위 사람들의 눈이 왕방울만 하게 커졌다.

《에도 천부장도 한글을 알아요?》

《네? 제가 뭘?》

《방금 한글을 읽었잖아요.》

옆에 있던 맘방 천부장의 말에 제일 놀란 사람은 에도 천부장이었다. 자신이 한글을 읽었다니……. 에도의 얼굴이 백지장처럼 하얗게 변해 버렸다.

《저는 조금 전에 이끼가 가르쳐 준 대로…….》

《어허.》

《저희도 그렇습니다.》

이번에는 이끼의 아버지였다. 빙그레 웃으며 보고 있던 이끼의 아버지가 고개를 끄덕이며 말했다.

《저희도 아이들이 쓰던 글자를 옆에서 보면서 익혔어요. 덕분에 이끼가 쓴 편지도 읽을 수 있게 됐어요.》

이끼의 부모 말에 그곳에 모인 대다수의 부모들이 고개를 끄덕이며 웃었다.

《정확하게 읽고 쓰진 못하지만, 우리 이름 정도는 다 익혔습니다.》

부모들의 말에 맘방과 에도는 할 말을 잃어버렸다.

《허허. 이것 참 재미있습니다. 정식으로 배우지 않은 에도 천부장께서도 한글을 읽으시니 집중적으로 교육받은 아이들이야 충분히 익힐 수 있겠어요. 그럼 이제 결론이 난 것 같군요.》

족장의 말에 모여 있던 모든 사람들이 약속이라도 한 듯 찬성의 박수가 터져 나왔다.

이럴 수가. 도대체가 한글에는 어떤 비밀이 숨어 있기에……. 혼잣말을 중얼거리며 절망하는 에도와 옆에 있던 맘방은 고개를 떨구며 절망했지만, 운명의 저울은 이미 한국팀으로 기운 뒤였다.

❖　◆　❖

"여기서 뭐 해?"

승리의 파티가 벌어지고 있는 숙소를 나와 밤하늘을 올려다
보고 있는 정음의 옆으로 류하가 다가왔다.

"아! 오빠⋯⋯."

"이 실장은 고 팀장에게 잡혀서 술 마시고 있다."

왠지 실망한 듯 보이는 정음을 보며 류하가 쓸쓸히 말했다.

"훈민이 기다린 거 아냐. 그냥 여태까지의 일을 이것저것 생
각하면서 별 보고 있었어. 이 섬은 별이 정말 잘 보여서 좋아."

밤하늘을 올려다보며 꿈을 꾸듯 말하는 정음을 류하는 물끄
러미 바라보았다. 기다리면, 인내심을 가지고 천천히 기다리다
보면 그녀의 마음이 그에게로 향할 줄 알았다. 하지만 사람의
마음 길은 시간이 해결해 주지 않는 모양이었다.

"순간의 선택이 평생을 좌우한다."

"응?"

"어제저녁 말이야. 족장님에게 불려가지 않았으면 아픈 너를
간호할 수 있었을까? 왜 하필이면 그때 족장님이 부르셨을까?
지난 십 년간 네 옆을 지켜왔는데, 어제 하루 네 옆을 지킨 이
실장에게 모든 것을 빼앗긴 느낌이 든다."

정음은 자신의 옆에 앉은 류하를 가만히 바라보다 자리에서 일어났다. 그리고 지금까지 자신의 가족이 되어준 류하를 꼭 껴안았다.

"너 뭐 하냐? 지금 나 유혹하는 거야?"

정음의 돌발 행동에 놀란 류하가 당황하며 말했다.

"난 오빠가 좋아. 앞으로도 계속 좋아할 거야. 남자는 헤어지면 그만이지만, 가족은 그렇지 않잖아. 난 오빠랑 고모랑 평생 헤어지지 않을 거야. 우린 영원한 가족이라고."

류하는 정음을 마주 껴안으려 들어 올리던 손을 다시 내렸다. 감정을 자제하기 위해 꼭 쥔 두 주먹 위로 금방이라도 터질 듯한 파란 힘줄이 돋아났지만, 정음의 얼굴을 마주 보는 류하의 얼굴은 태연했다.

"마음을…… 정한 거냐?"

"……응."

"후회…… 하지 않겠어?"

"응."

그의 품 안에서 정음이 고개를 끄덕였다.

"음. 마음이 따뜻해지는 거절 방법이긴 한데……."

한참 동안 감정을 진정시킨 류하가 천천히 손을 들어 정음의 등을 토닥거렸다.

"평생 오빠의 여동생이 되어줄게. 내가…… 잘할게. 오빠가 사랑하게 되는 여자를 나도 사랑하고, 오빠가 가정을 이루게 되

면 누구보다 먼저 축복해 줄게. 태어나는 아이들에게 좋은 고모
가 되어줄게."

"미안하다는 말보다 훨씬 듣기 좋다."

류하가 웃음기 섞인 목소리로 말했다. 정음의 말처럼 누군가
를 사랑하고 가정을 이루는 일 따위는 절대 없을 테지만, 그는
정음의 마음을 편하게 해주기 위해 천천히 고개를 끄덕였다.

"오빠가 내게 어떤 존재인지 오빠는 상상도 못 할 거야."

정음의 말에 류하는 따뜻하게 미소 지었다.

"혹시 아빠랑 오빠랑 친구를 다 합친 어마어마한 존재라도 되
는 거야?"

"헉. 교수 때려치우고 돗자리 깔아도 되겠는걸."

정음이 장난스럽게 대꾸했다. 류하의 말처럼 그는 정음에게
세 사람분의 존재를 합친 어마어마한 존재였다. 너무나 뻔한 말
이지만, 진심이었다.

"지금, 뭐 하는 짓이야?"

그때, 두 사람이 나누는 따뜻한 교감을 시샘이라도 하듯, 위
협적인 목소리가 들려왔다.

"휴. 자식이…… 둘이 있는 꼴을 못 보네."

"후후후."

"빨리 안 떨어져?"

한숨 쉬는 류하를 보며 정음이 미소 짓자, 재빨리 다가온 훈
민이 두 사람을 떼어놓았다.

"이훈민! 너 지금 뭐 하는 거야?"

"그러는 너야말로 여기서 지금 뭐 하는 짓이야? 그리고 당신, 방금 정음이에게 무슨 짓을 한 거야?"

금방이라도 주먹을 날릴 듯 노려보는 훈민을 보며 정음은 낮은 한숨을 내쉬었다.

"냉정하고 차분하던 이훈민이 그립다. 넌 어떻게 된 게 고딩 때보다 더 철부지 같아."

"시끄러워. 현장을 들킨 주제에 어디서 적반하장이야!"

"현장이라니? 내가 바람이라도 피웠어? 아니, 그보다 내가 너랑 정식으로 사귀겠다고 말이라도 한 적 있어?"

정음의 말에 가뜩이나 카리스마 넘치는 훈민의 두 눈에 더욱 더 힘이 들어갔다.

"오정음! 사람 마음에 불이란 불은 죄다 질러놓고 이제 와서 모른 체하겠다? 좋아! 넌 좀 있다 보자. 이봐요! 이게 다 당신 탓이야. 당신이 나랑 정음이랑 사이에 끼어들어서 정음이 마음을 흔들어놓은 거 아냐?"

차마 정음에게 화를 낼 수 없었던 훈민이 애꿎은 류하에게 화풀이를 해댔다.

"이훈민! 너 자꾸 오빠에게 함부로 하면 내가 화낼 거야."

"오빠? 네가 오빠가 어딨어?"

"왜 없어. 여기 있잖아. 류하 오빠 내게 친오빠나 마찬가지니까, 너도 그렇게 대우해 줬으면 좋겠어."

씩씩거리던 훈민이 미간을 모으며 정음과 류하를 번갈아 바라보았다. 잔잔하게 가라앉은 류하의 표정과 화가 난 것처럼 굳고 있지만, 입가에 웃음을 참지 못하는 정음을 보며 고개를 갸웃거리던 훈민이 천천히 되물었다.

"친오빠?"

"그래, 친오빠!"

"……그런 거야? 그렇게 정리가 끝난 거야?"

"그래, 그러니까 오빠에게 빨리 사과해!"

훈민이 피식, 웃으며 고개를 끄덕이는 것과 동시에 류하가 살벌한 눈빛으로 훈민을 노려보았다.

"됐어. 사과할 필요 없어. 오정음! 오빠로서 너희 두 사람 사이, 절대 반대한다!"

"반대라뇨? 이거 왜 이러십니까, 형님!"

"형님이라니. 난 너 같은 동생 둔 적 없어."

"그러지 마시고 앞으로 잘 부탁드립니다."

못마땅한 듯 돌아서는 류하를 보며 훈민이 씨익, 웃었다.

시끌벅적했던 일주일간의 경쟁이 끝나고, 카오 섬은 다시 예전의 평화롭고 조용한 섬으로 돌아갔다. 한국의 우주그룹으로 정해진 개발권에 대해 모두 찬성하는 분위기였고, 섬 전체에서는 우호적인 기류가 흐르는 가운데 한국과 한글에 대한 관심이 더 늘어갔다. 특히, 이끼를 비롯한 영리한 아이들은 어려운 단어까지 조합해 가며 한국어 습득 실력이 점점 늘어가고 있었고, 뒤늦게 시작한 젊은이들은 한국에서 보내온 기초 한국어 교재로 체계적으로 한글을 배우기 시작했다.

카오 부족 사람들은 자신들의 고유한 문화를 문자로 남겨 후손에게 물려줄 기대에 들떠 있었고, 훈민을 비롯한 우주그룹의 직원들은 본사에서 파견한 본진이 들어온다는 소식을 접한 뒤 출국을 앞두고 있었다.

섬에 거주하는 모든 사람들이 평화로운 일상생활로 돌아갔지만, 내일 출국을 앞둔 일본팀은 그렇지 못했다.

〈실패하면 돌아올 생각을 말아라!〉

엄한 아버지의 지시를 떠올리며 리에는 깊은 한숨을 토해냈다.

고등학교 때부터 번번이 자신의 앞길을 막는 정음을 생각하니 화가 치밀어 올랐다. 가난한 유학생 주제에, 카네다그룹의 외동딸인 자신에게 절대 기죽지 않던 건방진 눈동자가 기억났다. 가진 것도 없는 것이 어쩜 그렇게 당당한지. 일본이 한국에 얼마나 큰 피해를 줬는지 아냐며, 나이 드신 분들은 몰라도 젊은 우리는 알아야 하지 않겠냐며 따지고 들더니, 학교 최고의 인기남이었던 훈민과 패트릭의 사랑을 독차지한 것도 모자라, 이제는 자신의 앞길까지 막고 있었다.

별것도 아닌 한국 여자가 카네다그룹의 후계자인 자신에게 또다시 패배를 안겨주었다.

〈정말 분합니다! 흔들리는 카네다그룹을 다시 일으키기 위해 꼭 필요한 개발권이었는데.〉

약혼자 마쯔다 역시 분을 참지 못하며 원통해하고 있었다.

〈그러게요. 화가 나는 걸 참을 수가 없네요.〉

교양을 잃지 않기 위해 차분히 말했지만 속이 부글부글 끓어오르는 것을 참을 수가 없었다.

〈이대로 돌아가야 하는 겁니까?〉

〈글쎄요. 이대로 돌아가면 너무 억울하겠죠?〉

마쯔다의 물음에 리에는 천천히 고개를 돌렸다.

〈리, 리에 상.〉

약혼녀의 입가에 있는 섬뜩한 미소에 마쯔다는 숨을 혹, 들이마셔야 했다.

《돈을 돌려줄 필요가 없다니, 그게 무슨 말이오?》

에도 천부장과 맘방 천부장이 겸연쩍은 듯 리에의 말을 통역하는 남자를 쳐다보았다.

「이렇게 된 것도 인연인데, 그냥 쓰셔도 무방합니다.」

리에가 달콤하게 웃으며 말했다. 한국팀이 우승하면 각오하라던 리에의 앙칼진 음성이 아직도 귓가에 쟁쟁한 두 사람에게는 너무나 이상한 행동이었다.

《그, 그래도 되겠소?》

「그럼요. 대신 한 가지 부탁만 들어주시면 됩니다.」

《부탁이라니?》

뭔가 이상한 낌새를 차린 에도 천부장이 의아한 듯 물었다.

「별일은 아닌데…….」

리에가 싱글거리며 말했고, 에도와 맘방, 두 사람은 불안한 듯 리에의 말에 귀를 기울였다.

"오빠, 정말 같이 안 갈 거야?"

"그러지 마시고 같이 가시죠."

"걱정하지 말고 먼저 가. 난 남아서 이곳 언어에 대한 호기심을 좀 더 충족시키고 갈 테니까."

카오 섬에 남아 그들의 언어를 조금 더 연구하고 가겠다는 류하를 보며 정음과 훈민이 함께 가자고 권했지만 류하는 고집을 꺾지 않았고, 그들은 결국 류하를 남겨두고 먼저 떠나야 했다.

"류 박사님, 그럼 먼저 가겠습니다."

"같이 가시면 좋을 텐데. 나중에 한국에서 봬요."

"그럼 저희는 먼저 배에 오를 테니까 이 실장님과 정음 씨는 마저 인사 나누시고 오세요. 류 박사님, 한국에서 뵙겠습니다."

"예. 제 걱정은 마시고 먼저들 가십시오. 한국에서 뵙겠습니다.”

신숙주 소장과 고우리 팀장, 우주그룹의 종대와 주현까지 아쉬워하며 인사를 나누었다.

“정음이 너도 어서 가봐. 이 실장은 저랑 잠시 얘기 좀 하고 갑시다.”

“오빠!”

“그래, 넌 먼저 가 있어. 나 형님이랑 얘기 좀 하고 갈게.”

훈민마저 등을 떠미는 바람에 정음은 할 수 없이 두 사람만 남겨놓은 채 먼저 배에 올랐다.

두 사람만 남게 되자 훈민이 먼저 입을 열었다.

“이제 둘뿐입니다. 말씀하십시오, 형님.”

어색하게 형님이란 말을 덧붙이는 훈민을 보며 류하가 홋, 짧은 웃음을 토해냈다. 평생 남에게 아쉬운 소리 해본 적 없는 꼿꼿한 사람이 사랑하는 여자 때문에 마음에도 없는 형님을 모셔야 하는 것이 얼마나 거북할지 짐작이 가긴 했지만, 류하는 아직까지 훈민을 편하게 해주고 싶은 마음이 들지 않았다.

“이 실장, 여전히 마음에 들진 않지만, 우리 정음이 위해서 애쓰는 모습은 인정할게. 한국까지 우리 정음이 잘 부탁해.”

류하가 훈민에게 부탁했다.

“걱정하지 마십시오. 한국까지 안전하게 잘 보호하겠습니다. 그리고 한 가지 부탁드려도 되겠습니까?”

“부탁이라니?”

"우리 정음이가 아니라 제 정음입니다, 형님."

"그런 말이 있지? 남녀 사이는 끝까지 가봐야 안다고. 결혼식 장에서도 틀어지는 일이 드물진 않지."

"후후. 그거야 사람 나름이겠죠. 그러니 정음이 걱정은 마시고 열심히 연구에 매진하십시오. 형.님."

당당하게 말하는 훈민을 보며 류하는 웃지 않을 수가 없었다.

류하와 마지막으로 인사를 나눈 훈민이 배에 올랐다. 배 위 난간에 나와 손을 흔드는 정음과 일행을 보며 류하도 손을 흔들었다.

"오빠! 빨리 와야 해!"

정음의 외침이 긴 뱃고동에 의해 묻히고, 배는 천천히 출발했다.

홀로 남은 류하는 한국팀이 탄 배가 보이지 않을 때까지 자리를 지켰다.

기분 좋게 출발한 것과 달리 해상의 날씨는 좋지 않았고, 한국팀원 중 가장 예민한 고우리 팀장은 엄청난 뱃멀미에 시달려야 했다.

"미치겠네. 배가 왜 이렇게 흔들려요? 일기예보 제대로 본 거 맞아? 태풍은 내일부터 온다면서요?"

연신 흔들리는 배 안에서 괴로워하던 고우리 팀장이 급기야 히스테리컬한 비명을 질러댔다.

"고 팀장님, 부족장님이 하시는 말씀을 저희가 똑똑히 들었으니까 태풍 걱정은 마세요."

신숙주 소장과 여유롭게 바둑을 두고 있던 종대가 점잖게 그녀를 안심시켰지만, 우리는 안심이 되지 않는 모양인지 불안함을 떨치지 못하며 어딘가 허술해 보이는 선내를 둘러보았다.

"아니, 이게 말이 돼요? 우주그룹에서 이렇게 큰일을 해낸 팀원들에게 고작 이런 배를 타게 하다니. 전용 헬기라도 보내줬어야 하는 거 아니냐고."

"맞아요. 그건 고 팀장님 말씀이 맞는 것 같아요."

바닥에 누워 멀미로 괴로워하던 주현이 우리의 편을 들었다.

"아, 이 사람들이 정말. 회사 측에서 헬기를 빌리라고 했는데 발리 쪽에서 없다고 하지 않았나. 헬기도 없고 배도 이것밖에 없다는데 어떻게 하나."

"회사에서 돈 쓰기 싫어서 거짓말한 거 아닐까요?"

"제 생각도 그래요. 대체 발리에서 얼마나 큰 행사를 하기에 헬기와 배가 하나도 없냐고요. 생각해 보세요. 1년 삼백육십오일 관광객으로 들끓는 발리에서 헬기와 배가 없다니, 이 상황이 말이 되냐고요."

고우리 팀장과 주현이 주거니 받거니 하면서 괴로워하는 중에도 신숙주 소장과 종대는 바둑에만 심취해 있었다.

"그렇게 불안하면 구명조끼를 하나 더 입든가요."

"하하하! 종대 씨, 그거 좋은 생각이네."

바둑알을 굴리며 혼잣말처럼 중얼거리는 종대를 보며 신 소장이 크게 웃음을 터뜨렸다. 두 사람은 심상치 않은 밖의 바람도, 안절부절못하며 발을 굴러대는 고우리 팀장도 안중에 없다는 듯 바둑 삼매경에 빠져 있었다.

"저렇게 바둑을 좋아하면서 여태 어떻게 참고 있었는지 몰라!"

"그러게 말입니다. 일본팀과의 경쟁이 끝나자마자 저러고들 계시니."

"정말 무신경하기는. 에이, 신경질 나! 정음 씨랑 이 실장은 어딜 간 거야? 코딱지만 한 배에서 술래잡기라도 하는 거야?"

우리가 신경질적으로 고개를 흔들며 주위를 둘러보았다.

그 시각, 훈민은 기관사와 소리를 지르며 싸우고 있는 선장을 보며 난감해하고 있었다.

「아니, 기름이 없다니. 그게 말이 되는 소리야?」

50대에 배가 남산만 한 선장이 기관사를 보며 소리쳤다.

「소리 지르지 마세요. 기름이 없는 게 제 탓입니까? 선장님도 출발 전 보셨지 않습니까? 분명히 빵빵하게 채워왔는데 기름이 이렇게 빨리 떨어질지 누가 알았겠냐고요.」

선장보다 대여섯 살은 많아 보이는 기관사가 지지 않고 소리쳤다.

「지금 누구한테 큰소리야?」

선장과 기관사가 서로를 노려보며 삿대질을 하고 있을 때, 연료 탱크를 확인하고 온 선원이 기관실로 다급히 들어서며 알아듣지 못할 소리를 질러대자, 선장과 기관사가 동시에 입을 다물어 버렸다. 당황한 듯 서로를 바라보는 두 사람을 보며 여태 가만히 서서 사태를 관망하고 있던 훈민이 물었다.

「저 사람이 대체 뭐라고 하는 겁니까?」

「연료가…… 새고 있었답니다.」

얼굴이 하얗게 질린 선장 대신 기관사가 말했다.

「뭐라고요?」

「뭔가 이상합니다. 분명 아침에 연료통을 체크하고 왔는데.」

순식간에 주변을 얼려 버릴 듯 차갑게 변한 훈민의 눈치를 보며 선장이 변명하듯 말했다.

「발리 항까지 얼마나 남았습니까?」

「글쎄요. 바람이 심상치 않아서.」

「지금이라도 배를 돌려 카오 섬으로 돌아가는 것이 빠를지, 계속 발리로 가는 것이 나을지 두 분이 빨리 결정을 내리십시오. 전 해양경찰 쪽으로 연락해 보겠습니다.」

훈민은 급히 선장실을 빠져나오며 휴대전화기를 꺼내 들었지만 전화 연결이 되지 않았다. 분명 무엇인가가 잘못되었다. 처음 그들이 원한 것은 배가 아니라 헬기였다. 하지만 돌아온 대답은 발리에서 열리는 큰 행사로 인해 보내줄 수 있는 헬기가 하나도 없다는 것이었다. 배 역시 사정이 마찬가지였다. 헬기를 대여하는 회사와 배를 대여하는 회사가 우연찮게도 일본 사람이 운영하는 곳이긴 했지만, 별 의심 없이 그들의 말을 믿고 보내준 배에 올랐다. 그런데…… 연료가 새고 있다니. 마치 누군가 일부러 장난을 친 것처럼 우연찮은 일들의 연속이었다.

"무슨 일이야?"

선상의 이상한 기운을 눈치채기라도 한 것처럼 선내 숙소에서 쉬고 있던 정음이 훈민에게로 다가왔다.

"쉬고 있지 왜 나왔어? 멀미는 괜찮아?"

훈민이 바람에 흩날리는 정음의 머리카락을 부드럽게 넘겨주며 말했다.

"응, 멀쩡해. 그런데 무슨 일 있는 거야? 배는 왜 이렇게 흔들리는 거야?"

"아무 일도 아니야. 바람 많이 분다. 선내에 들어가 있자."

말과는 달리 정음의 구명조끼를 여며주는 훈민의 손놀림이 심상치 않았다. 정음은 훈민과 눈을 맞추며 부드럽게 다시 물었다.

"이훈민! 왜 그래? 무슨 일이야?"

얼렁뚱땅한 대답은 용납하지 않겠다는 듯, 정음이 깊은 눈빛으로 훈민을 마주했다. 훈민은 낮은 한숨을 내쉬며 말했다.

"연료 탱크에 문제가 좀 생겼나 봐. 지금 알아보고 있으니까 들어가서 기다려. 바람 많이 불어서 여긴 위험해."

아무 일도 아니라는 듯, 덤덤하게 말하는 훈민을 보며 정음은 천천히 고개를 끄덕였다.

❖　❖　❖

표류 네 시간째.

흔들리는 갑판으로 나온 선장은 주위를 둘러본 뒤, 몰래 들고 나온 휴대전화기의 전원 버튼을 켜고 전화를 걸었다. 무슨 연유인지 모르지만, 이 해상을 지날 때만 휴대전화기가 켜진다는 사실은 기관사도, 선원들도 모르는 비밀이었다.

몇 번의 시도 끝에 어렵게 연결된 전화기 너머로 날카로운 일본 여자의 목소리가 들려왔다.

[선장님! 무사하셨군요.]

「이것 봐요. 바람이 점점 거세지고 있소. 대체 어떻게 된 거요? 두세 시간만 지나면 배를 보내준다고 하지 않았소?」

[우리도 어쩔 수가 없어요. 태풍 때문에 배들이 나가려고 하지 않아요. 정말 죄송하지만, 구명보트를 이용해서 발리로 가시면 안 되나요?]

이렇게 약속을 지키지 않는 여자를 믿다니 내가 미쳤었지. 전화기 너머의 뻔뻔스러운 목소리에 선장은 허탈한 웃음을 토해냈다.

「이것 봐! 이제 와서 그게 무슨 소리야? 우리는 임시 여객선이라고. 우리 구명보트는 정원이 열 사람밖에 되지 않아. 승객들을 다 태울 수는 없어.」

[정말 미안해요. 저희로서도 방법이 없어요.]

불안정한 리에의 목소리가 들리고 전화가 끊어져 버렸다.

「여보세요! 여보세요!」

다시 전화를 연결하려 했지만, 이미 연결 지역을 지나 버린 모양인지 휴대전화기는 다시 먹통이 되었다. 그는 절망스러운 한숨을 내쉬며 다시 기관실로 향했다.

표류 다섯 시간째.

상황은 점점 더 나빠지고 있었다.

'괜찮을 거야. 아무 일도 없을 거야.'

선장은 등줄기로 흘러내리는 땀을 의식하지 않으려 애쓰며 얼굴을 문질렀다. 손발이 부들부들 떨려왔지만, 크게 심호흡을 하며 마음을 진정시키려 했다.

휴우, 깊은 숨을 내쉬며 고개를 들자 기관실 밖으로 점점 어두워지는 하늘과 성이 나 거칠어지는 파도가 보였다.

「나쁜 년!」

선장은 혼잣말을 중얼거렸다.

「네에, 선장님! 두세 시간만 고생하시면 돼요. 그다음은 저희가 다 알아서 할게요.」

「너무 위험하지 않을까요?」

「이거 왜 이러세요, 베테랑 선장님께서. 이쪽 바닷길은 꽉 잡고 계신다는 소문이 자자하시던데.」

「허허. 바다 위의 일은 아무도 장담할 수 없소.」

「아무 걱정 마세요. 기름을 실은 저희 배가 바로 갈 거니까. 선장님께서는 그냥 기름이 왜 새는지 모르겠다고 잡아떼시면 돼요.」

「그래도…….」

「나이도 있으신데, 계속 배 타실 건 아니잖아요. 이제 퇴직하셔서 편안하게 사셔야죠. 이번 이 좋은 기회예요.」

회사에서 소개해 준 리에라는 여자의 제의에 마지못해 고개를 끄덕였다. 쥐꼬리만 한 퇴직금보다 훨씬 많은 수고비를 준다는 말에 마음이 동했다. 무엇보다 자신의 말에 복종하지 않는 기관사와 그를 따르는 선원들과 더 이상 신경전을 벌이지 않아도 된다는 생각에 마음이 들떴다.

「좋아요. 대신 위험수당을 좀 더 주셔야 합니다. 태풍이 점점 다가오고 있잖아요.」

「잘 생각하셨어요. 세 시간만, 아무것도 모르는 것처럼 세 시간 정도만 표류하고 있으면 나머지는 저희가 다 알아서 할게요.」

환하게 웃으며 말하는 그년을 믿는 것이 아니었는데.

흐린 날씨가 걱정스럽기는 했지만, 일기예보에서는 분명 이틀 뒤부터 태풍의 영향권에 든다고 했었다. 40년 뱃사람의 직감으로도 당장 태풍이 올 것 같지는 않았다. 하루나 이틀쯤 여유가 있다고 생각했었다.

그런데…… 태풍도 여자도 약속을 지키지 않았다.

여자는 아예 연락을 끊어버렸고, 일기예보는 태풍의 예상 속도를 잘못 파악한 모양이었다. 바람은 갈수록 거세지고 파도는 점점 더 높아졌다. 약속한 세 시간에 두 시간이 더 흘렀지만 거짓말쟁이 여자가 보낸 배는 나타날 기미도 보이지 않았다.

「선장님, 어쩌죠?」

나이 어린 선원이 풀 죽은 목소리로 물었다.

「어쩌긴 뭘 어째. 고장 난 무전기를 고쳐서라도 구조를 요청해야지. 가득 차 있던 기름이 새질 않나, 멀쩡하던 무전기가 고장이 나지 않나, 도대체가 제대로 된 게 하나도 없어!」

삐딱하게 앉아 있던 기관사가 거친 목소리로 말했다. 꼭 집어 말은 하지 않았지만, 이 모든 것에 선장이 개입되어 있다는 것을 아는 눈치였다.

「흐흠. 승객들은 어쩌고 있는지 한번 보고 오겠소.」

선장은 기관사의 눈을 피해 갑판으로 나섰다.

표류 여섯 시간째.

시간이 지날수록 상태는 점점 더 나빠지고 있었다.

"이러다 우리 몽땅 죽는 거 아닐까요?"

"시끄러워요. 입 닥쳐요."

혼잣말을 중얼거리는 종대를 노려보며 정음은 휴대전화기의 안테나가 뜨는 곳을 찾아 다녔다. 흔들리는 배 때문에 남자들은 모두 쓰러져 있는데도 그녀는 용감하게 선내를 누비는 중이었다.

"정음 씨, 그만 포기하고 좀 쉬어. 가뜩이나 정신없는데 자기까지 그러니까 더 어지러워."

고우리 팀장이 신경질적인 목소리로 쏘아붙였다.

"이대로 있으면 뭐 해요. 이렇게라도 움직여야지. 그리고 분명히 어딘가에 안테나가 잡히는 곳이 있을 거예요."

"선원들도 못 찾는 걸 자기가 어떻게 찾아?"

"걱정 마세요. 제가 꼭 찾아낼게요."

정음이 두 주먹을 불끈 쥐며 씩씩하게 대답했다.

"고 팀장! 가만히 내버려 둬요. 정음 씨, 씩씩한 거 보니까 힘이 좀 나는 것 같구만."

벽에 기대앉아 있던 신 소장이 정음의 편을 들며 거들었다.

"그렇죠? 그러니까 소장님, 걱정 마시고 두시던 바둑 더 두세요."

"에고에고, 그건 무리야."

바둑 삼매경에 빠져 있던 신 소장과 종대는 기름이 새고 있다는 소식에 더 이상 바둑돌을 들지 못했다. 겁에 질린 얼굴로 기관실의 동태를 주시하고 있던 두 사람은 무전기마저 고장이 났다는 소리에, 얌전히 자리에 앉아 구명조끼의 줄을 살피며 숨을 죽이고 있었다.

아무도 입 밖에 내지 않았지만, 사태가 심각하다는 것을 피부로 느끼고 있었다.

"우리…… 괜찮겠죠?"

눈치 없는 종대가 힘없이 물었다.

"그럴 거야. 우리 힘내자고. 정음 씨, 이 실장님은 뭐 하고 있어?"

가장 연장자인 신 소장이 분위기를 바꾸기 위해 밝은 목소리로 물었다.

"지금 갑판 위를 오가며 계속 주위를 살피고 있어요. 혹시 지나가는 배가 없나, 아니면 안테나라도 잡히는 곳이 없나 희망을 가지고요."

"그런가? 우리도 가서 도와야 하는 거 아냐?"

"아이고. 전 멀미 때문에 한 발자국도 못 움직이겠어요."

바닥에 드러누워 있던 주현이 힘없이 말했다.

"이 실장은 우리가 다 나가는 것보다 정음 씨 혼자 가는 걸 더 좋아할걸요."

"그렇구만. 하하."

고 팀장의 말에 다들 고개를 끄덕이며 정음을 바라보았다.

표류 여덟 시간째.

「더 이상은 무리예요. 이대로 가다가는 태풍을 고스란히 맞을 겁니다. 당신이 결정을 내리세요. 배를 버리고 구명보트로 갈 건지, 아니면 이곳에서 다가오는 태풍을 맞으며 밤새 기다리든 지.」

기관사를 따르는 네 명의 선원이 밖으로 나서려는 선장의 앞을 막아섰다.

「구명보트는 열 명밖에 못 타지 않소. 우리가 다 내려 버리면 여기 승객들은 어떻게 할 거요?」

「그럼 여기서 다 죽을 겁니까? 그러기에 기름이 떨어진 걸 알았을 때 진작 결정을 내렸어야죠. 구조선이 올 거라며 미룬 사람은 선장님입니다. 쯧쯧.」

기관사가 무능력한 선장을 무시하는 눈빛으로 바라보았다.

「그러지 말고 조금만 더 기다려 봅시다. 혹시 알아요? 지금이라도 배가 올지.」

「그럼 선장님은 배와 함께 기다리시든가요. 저희는 먼저 가보겠습니다.」

냉정하게 말하는 기관사를 따라 선원들이 모두 밖으로 나가 버렸다.

「젠장!」

혼자 남은 선장은 연신 흐르는 땀을 닦으며 기관실 바닥에 숨겨놓았던 휴대용 무전기를 꺼내 들었다.

표류 열 시간째.

"괜찮아? 너무 애쓰지 말고 여기 앉아서 조금 쉬어."

통화 가능 지역을 찾기 위해 여기저기를 헤매고 다니는 훈민을 잡으며 정음이 말했다.

"난 괜찮으니까, 너야말로 들어가서 쉬어."

훈민이 정음을 다시 선내로 보내려 했지만, 정음은 고개를 저었다.

"싫어."

"고집은 여전하지?"

"너랑 이렇게 같이 있고 싶어서 그래. 잠시만 나랑 같이 있으면 안 돼?"

정음의 말에 훈민이 마지못해 고개를 끄덕였다.

"그나저나 한 시간 안이면 도착한다는 발리는 언제쯤 도착할 수 있대?"

"곧 가게 될 거야."

"응. 그렇구나."

정음은 고분고분 고개를 끄덕였다. 하지만 훈민의 말과는 달리 상태가 점점 나빠지고 있다는 것을 본능적으로 알 수 있었다. 이곳에서 밤을 새게 된다면 바람은 더 거세어지고 파도는 더 높아질 것이다.

"······걱정되지?"

"아니, 괜찮아. 너랑 같이 있잖아. 그리고 오늘 안에는 도착하겠지, 뭐."

겁이 날 텐데도 차분하게 웃으며 말하는 정음을 훈민은 가만히 바라보았다. 두려움과 혼란 속에서도 여전히 맑고 깨끗한 눈빛. 오지랖이라며 구박하고 잔소리를 했었지만, 그녀의 정 많은 수다와 해맑은 눈빛으로 자신을 쳐다보는 아이 같은 눈동자가 좋았었다.

"그래, 그럴 거야."

거친 날씨와 상관없이 어딘가 편안해지는 기분으로 훈민이 정음의 손을 잡았다.

"카오 섬의 개발권도 따내고, 학회의 후원도 계속 이어질 거고. 모든 게 다 해결됐는데. 비만 아니면 우리 여행 온 것처럼 홀가분하고 좋을 텐데. 그치?"

"그럼, 우리 여행 온 기분 내볼까?"

훈민이 정음의 손을 잡고 이끌었다.

"어딜 가는데?"

"아까 구석구석 살피다가 좋은 곳을 찾았어."

훈민이 찾은 곳은 기관실 계단 뒤쪽의 공간이었다. 좁지만 아늑한 곳이었다. 무엇보다 사람들의 시선을 차단할 수 있는 곳이라서 좋았다.

"여긴, 무지 비밀스러운 곳이네."

정음이 주위를 두리번거리며 말했다.

"그러게."

정음의 자리를 털어주는 훈민을 보며 정음이 장난스럽게 웃었다.

"이훈민!"

"왜?"

"나 거기 앉기 싫어."

"왜? 좁아서? 다시 나갈까?"

"아니, 난 여기가 좋아."

정음이 훈민의 무릎 위에 비스듬히 앉으며 두 팔을 들어 그의 목을 감았다. 갑자기 다가오는 그녀의 육탄공세에 훈민이 웃음을 터뜨리며 그녀의 허리를 꼭 껴안았다.

"완전 고마운 자세네."

조심스레 그녀의 이마에 입을 맞추며 훈민이 말했다.

"나야말로 정말 고마워."

"고맙다니?"

자신의 품에 앉아 얼굴을 묻고 있는 정음의 머리를 쓸어주며 훈민이 다정하게 물었다.

"이렇게 다시 만나서 고맙고, 나를 잡아줘서 고맙고, 지금…… 이 순간 함께 있어줘서 고마워."

"뭔가 비장하다."

훈민이 정음의 이마를 손가락으로 밀며 속삭였다. 아주 오래전, 학교에서 그랬던 것처럼.

정음도 그때를 기억하는지 배시시 웃음을 지었다.

"우린, 괜찮을⋯⋯."

훈민이 가볍게 말하려 했지만, 갑자기 정음의 두 눈에 맺힌 눈물을 보며 말을 잇지 못했다. 그녀의 눈물에 가슴이 막혀왔다. 이대로 끝날 것이라는 생각은 꿈에도 하지 않았지만, 그녀가 흔들리고 있다는 생각에 가슴이 아려왔다.

"정음아⋯⋯."

"넌, 넌 나에게 말하고 싶은 거 없어?"

그의 품에 안긴 채 애써 웃음 지으며 정음이 물었다.

"사랑해! 사랑한다. 죽을 만큼 사랑해. 사랑하고 또 사랑해."

"피이. 뭐야."

"정말이야. 나는 네가 정말 좋아."

훈민이 정음을 껴안은 팔에 힘을 더하며 속삭였다. 가슴이 터질 것처럼 아팠다가 벅차오르기를 반복하며 품에 안은 그녀의 머리를 쓸어주고 있을 때였다. 갑판 위에서 시끌벅적한, 요란한 소리가 들려왔다.

"뭐지?"

"글쎄?"

두 손을 꼭 잡고 일어선 두 사람은 급히 소리의 근원지를 찾았고, 갑판 위에서 벌어지는 상황에 놀라 숨을 삼킬 수밖에 없었다.

"헉!"

정음은 놀라 외마디 비명을 질렀고, 훈민은 앞뒤 생각할 겨를도 없이 앞으로 뛰어나갔다.

「이것 봐요. 승객들을 버리고 가다니, 지금 뭐 하는 짓들입니까?」

흔들리는 바다 위로 구명보트를 내린 선원들은 배에서 내릴 준비를 하고 있었고, 급히 달려온 훈민이 거칠게 항의하며 그들을 막아서려 했지만, 혼자 힘으로는 역부족이었다.

「저리 비켜! 태풍이 온 건 우리 잘못이 아니잖아. 우린 살아야겠다고. 그러니 원망을 하려면 저 무능력한 선장을 원망해!」

기관사가 거칠게 소리치며 훈민을 밀어냈지만, 훈민 역시 만만치 않게 버티며 그들을 저지하려 했다. 몇 번의 몸싸움이 오가고 여러 명의 선원들이 한꺼번에 달려들어 훈민에게 공격을 가했다. 무자비한 공격으로 여러 차례 가격을 당한 훈민은 피범벅이 된 얼굴로 바닥에 쓰러졌다.

"아아악! 그만둬요!"

정음이 비명을 지르며 말리려 했지만, 남자들이 미는 힘에 의해 나가떨어질 수밖에 없었다.

「자, 자, 이쯤 하고 그만 타자고.」

비교적 마음이 약한 선원의 말에 훈민을 둘러싼 남자들이 집단 구타를 멈추고 다시 배에서 내리려 할 때였다. 겨우 정신을 차린 훈민이 마지막 남은 기관사의 바짓가랑이를 잡고 늘어졌다.

「안 돼!」

「이거 놔! 이거 안 놔!」

기관사가 발로 훈민을 차며 소리쳤지만, 훈민은 손을 놓지 않았다.

「제발, 제발, 저 여자만이라도 태워줘.」

피를 흘리며 애원하는 훈민의 눈동자를 가만히 바라보던 기관사가 잠시 한숨을 내쉬더니 고개를 끄덕였다.

「우릴 원망하지 마. 우리도 살아야 하니까. 여자는 우리가 안전하게 데려다줄게.」

「유, 육지까지 안전하게 갈 수는 있는 거지?」

숨을 헐떡이면서도 여자의 안전을 걱정하는 훈민을 보며 기관사가 동정 어린 목소리로 말했다.

「여기서 발리까지 불과 30분 거리야. 이렇게 있는 것이 더 위험하다고 말해도 바보 같은 선장이 말을 듣지 않는군. 우리는 시간이 없어. 여자를 살리고 싶으면 어서 태워야 해.」

훈민을 부축해 일으키며 기관사가 안됐다는 듯 말했다.

바닥에 쓰러진 정음에게 비틀거리며 다가온 훈민이 정음을 가까스로 안아 일으켰다.

"왜 이래? 너 왜 이래? 난 안 갈 거야!"

"정음아, 일단 구명보트에 오르자. 응?"

"싫어! 넌 안 갈 거잖아!"

온몸이 피투성이인 훈민을 향해 정음이 소리치며 저항했다.

"가야 해."

"싫어! 너와 함께 있을 거야."

"오정음! 제발. 타. 네가 안전하게 가서 구조선 보내주면 되잖아. 응?"

"싫어. 네가 가. 네가 가서 구조선 보내와."

정음이 몸을 뒤로 빼며 거절했다.

「이것 봐! 미안하지만, 우린 시간 없어. 어서 결정하라고.」

「어서 가요! 우린 여기 있을 거예요. 우린 배에 있을 테니까 가서 구조선을 보내줘요!」

기관사의 말에 정음이 소리 질렀다.

「알았어. 마음대로 하라고.」

기관사가 어깨를 으쓱거리며 배에서 내려 구명보트에 오르자, 작은 구명보트는 재빨리 배에서 멀어졌다.

지지직. 지지직.

선장의 손에 들린 휴대용 무전기가 계속 지직거리며 전파를 찾고 있었다. 유선 무전기는 연결을 끊어놓았기 때문에 가망이 없었지만, 혹시 몰라 휴대용 무전기 하나는 남겨놓았다.

「지금 뭐 하십니까?」

그때였다. 등 뒤에서 들리는 남자의 목소리에 선장은 화들짝 놀라며 뒤를 돌아보았다. 온 얼굴에 피범벅을 한 훈민이 자신을 노려보고 있었다. 선장은 가슴이 철렁 내려앉는 기분이었다.

「이, 이건 까, 깜빡 잊고 있었던 건데…….」

「이리 내놓으십시오.」

「정말이오. 내가 숨긴 게 아니라 깜빡 잊고 있던 거요.」

훈민에게 무전기를 건네며 선장은 변명하듯 말했다.

「나중에 다시 얘기하죠.」

훈민이 차갑게 말한 뒤, 무전기를 건네받았다.

「무전이 잘되는 위치가 있습니까?」

훈민의 물음에 선장이 손을 들어 갑판 위의 제일 높은 곳을 가리켰다. 자신은 숨어서 하느라 외진 곳을 선택했지만, 이제 들킨 마당에 더 이상 숨길 것이 없었다. 무전기를 건네받은 훈민은 선장과 함께 신호가 잘 잡히는 곳으로 가 통화버튼을 눌렀다. 두세 번의 시도 끝에 무전기 너머에서 신호음이 들리기 시작했다.

10. 인연의 고리 (1)

회색빛 시멘트 바닥을 보며 생각에 잠겨 있던 정음은 다가오는 발자국 소리에 고개를 들었다.

「걱정 마세요. 이 커피, 다 마실 때쯤이면 끝날 겁니다.」

인도네시아 해양경찰청에서 파견된 직원 중 한 사람이 비교적 완벽한 영어를 구사하며 정음에게 커피를 내밀었다. 구조선에 오른 뒤, 이것저것을 살피며 친절하게 대해주었던 경찰이었다.

「감사합니다.」

내 나라도 아닌 낯선 나라, 그것도 경찰서 복도에 선 채 훈민과 신 소장을 기다리고 있는 정음에게 향기로운 커피 한 잔은 그 무엇보다 고마운 친절이었다.

「다른 분들과 함께 호텔로 가서 쉬지 그러셨어요.」

「친구가 다쳤어요. 걱정이 돼서…….」

「아, 그 키 크고 잘생긴 분.」

남자의 말에 정음은 미소를 지었다.

극적으로 연결된 무전기 덕분에 훈민과 정음을 비롯한 한국 팀은 즉시 구조가 되었고, 본격적으로 위력을 발휘하는 태풍의 영향을 가까스로 피할 수 있게 되었다. 그들 모두 여덟 시간 넘게 표류했다는 것이 믿어지지 않을 정도로 금세 안정을 되찾았지만, 단순한 사고가 아니라 누군가에 의해 기름이 새고 무전기가 고장 났다는 조사 결과에 따라 훈민과 신 소장은 경위서 작성을 위한 사건진술을 해야 했다.

어차피 태풍이 끝날 때까지 움직일 수 없으니 호텔에서 푹 쉬고 있으라는 말에 나머지 일행은 호텔로 갔지만, 정음은 다친 훈민이 걱정되어 이곳에 남기로 했다.

「한국에서 오셨다고요?」

「네.」

정음의 대답에 남자가 빙그레 미소 지었다. 삼십대 중반쯤 되었을까? 양 볼에 보조개가 잡히는 귀여운 인상의 남자였다.

「반갑습니다. 제 양아버지도 한국분이십니다.」

「아! 그러시군요. 정말 반갑습니다.」

「제 이름은 바르입니다. 한국 이름은 정훈(正訓)이고요. 양아버지께서 올바른 가르침을 펼치라고 지어주셨어요.」

바르라고 자신을 소개한 남자가 수첩을 꺼내 정음의 앞으로 내밀었다.

—정훈(正訓).

한글이 또박또박 쓰인 수첩을 보며 정음은 고개를 갸우뚱거렸다. 정훈. 낯설지 않은, 왠지 익숙한 이름이었다. 누구의 이름이었지? 기억을 더듬던 정음은 한국의 동창들과 지인들을 떠올리며 그중의 누군가일 것이라 재빨리 결론을 내렸다.

「와아! 한국 이름도 있으세요? 정훈. 바를 정(正)에 가르칠 훈(訓). 올바른 가르침이라……. 정말 좋은 이름인데요. 아버지께서 써주신 거예요?」

정음의 말에 남자의 커다란 두 눈에 눈물이 맺혔다.

「제가 썼어요. 저는 한글로 된 표기문자를 쓰고 읽을 줄 알아요. 아버지께서 저희 부족 어린이들에게 문자를 가르쳐 주셨거든요.」

「정말이요?」

「네. 저뿐만 아니라 아버지께 한글을 배웠던 친구들 대부분이 아직도 잊지 않고 사용하고 있어요.」

남자의 말에 정음은 화들짝 놀랐다. 류하에게 말로만 들었던 한글을 쓰는 부족민을 이렇게 눈앞에서 만나게 되다니. 정말 신기하고 놀라운 일이었다.

「와아! 인도네시아에 한글을 쓰는 소수민족이 있다는 얘긴 전해 들었어요. 그런데 이렇게 직접 뵙게 되다니, 정말 영광이네요.」

「부족 어른들 모두가 반대했지만 아버지는 포기하지 않으시고 아이들에게 한글을 가르쳐 주셨어요. 문자가 없는 민족은 오래가지 못한다고. 기록을 남기고 보전해야지 오래오래, 우리가 죽고 없어도 우리의 발자취는 영원히 남길 수 있다고 가르쳐 주셨습니다.」

「정말 훌륭한 분이시네요.」

바르, 아니, 정훈의 말에 정음은 고개를 끄덕였다. 세계 곳곳에 흩어진 대한민국의 이름 없는 국민들은 정부에서는 꿈도 꾸지 못할 일들을 소리 소문 없이 해내고 있는 모양이었다.

「인도네시아를 떠나시기 전까지 열과 성을 다해 저희를 위해 헌신한 분이셨죠. 정작 이 나라 정부도 오지에 버려진 고아들 관리는 전혀 손을 쓰지 못하고 있었는데, 아버지는 그러지 않으셨습니다. 저희에게 은인이신 아버지 나라에서 오신 분들이니 제가 책임지고 처리하겠습니다.」

정훈이 눈물 가득한 얼굴로 환하게 웃으며 말했다.

「정말 감사합니다. 훌륭한 아버지를 두신 훌륭한 아드님이시네요.」

「아버지가 아니었다면, 오늘의 저도 없었겠지요. 섬에서 그냥 그렇게 살아가다 무의미하게 죽었을 제가 이렇게 경찰이 된 것도 다 그분 덕입니다.」

「그렇게 생각하시니 아버지께서 정말 좋아하시겠어요. 아버지께서는 아직 이곳에 사시나요?」

정음의 말에 남자는 슬픈 듯 고개를 저었다.

「아뇨. 양아버지께서는 선교사셨는데, 아쉽게도 다른 선교지로 떠나셔야 했습니다. 지금쯤이면 은퇴하셨을 겁니다. 그분의 근황을 알고 싶은데 죄송하지만, 한국으로 가시면 좀 알아봐 주실 수 있겠습니까?」

자신할 수는 없지만 선교사를 파송하는 단체에 문의해 보면 알 수 있을지도 몰랐다.

「장담은 못 하지만 한번 알아보겠습니다. 그분 성함과 여기 머무신 연도를 알려주세요. 그럼 제가 한번 알아보겠습니다.」

「감사합니다. 양아버지 성함은 오다니엘 선교사님이십니다. 나이는 이제 60대 초반이나 중반쯤 되셨을 겁니다. 아, 그리고 안동이라는 곳에서 태어나셨다고 하셨습니다.」

남자의 말을 받아 적으려던 정음의 손이 갑자기 바들바들 떨리기 시작했다. 정음은 멍한 눈으로 남자를 바라보았다.

「방금…… 뭐라고 하셨어요?」

「왜 그러십니까? 제 양아버지 성함은 오다니엘…….」

양아버지의 이름을 말하던 남자의 두 눈이 무엇을 느낀 듯 튀어나올 듯이 커지더니, 믿어지지 않는다는 듯 정음을 향해 소리쳤다.

「설마…… 당신이 꼬맹이 정음?」

바르를 멍하니 바라보다 천천히 고개를 끄덕이는 정음의 눈에, 그리고 그런 정음을 지켜보던 바르의 눈에도 뜨거운 눈물이 흘러내렸다.

태풍이 몰아치는 어느 날, 그렇게 또 하나의 기적이 이루어지고 있었다.

서울행 비행기 안.

창밖으로 넓게 펼쳐진 구름 사이로 눈부신 햇살이 비치기 시작했다. 승무원들의 부산스러운 움직임이 느껴지더니 비즈니스석 내에 감칠맛 나는 냄새가 번져 가기 시작했다.

"으윽."

단정한 유니폼을 입은 승무원이 예쁜 미소와 함께 내려놓은 스테이크덮밥을 향해 손을 뻗던 훈민이 낮은 신음을 흘렸다.

"많이 아파?"

"응."

훈민이 짧게 대답했다. 흰한 이마에 주름이 잔뜩 잡혀 있는 것을 보니 선원들에게 폭행당한 팔에 통증이 온 모양이다.

"큰일이네. 기내에 진통제 있는지 물어볼게."

정음이 다정하게 말했다. 선원들에게 둘러싸여 폭행을 당하던 처절한 상황에서도 기관사의 바지를 움켜잡으며 저 여자를 구명보트에 태워달라 애원하던 훈민을 생각하면 가슴이 뭉클하고 눈가가 시큰거리는 정음이었다.

"진통제는 됐고, 이거."

훈민이 콧잔등을 찌푸리며 들고 있던 포크를 내밀었다.

"포크는 왜?"

"혼자 먹으니까 맛있냐?"

"응?"

"팔 아프니까 먹여달라고."

고개를 갸우뚱거리는 정음을 보며 그가 쑥스러운 표정으로 말했다. 경찰서에서 돌아온 훈민은 일행 모두가 안전하게 구조되었음을 확인한 뒤론 머리를 감겨달라, 세수를 시켜달라, 물을 먹여달라며 정음에게 투정 아닌 투정을 부리고 있는 중이었다.

"아! 미안."

정음이 엄마 같은 미소를 지으며 그에게서 포크를 건네받았다.

"아, 해!"

"아!"

정음은 고기를 먹기 좋게 잘라 아기 새처럼 입을 벌리는 그에게 먹여주었다.

"맛있지?"

냅킨을 들어 아무것도 묻지 않은 멀쩡한 입가를 닦아주며 다정하게 묻자 훈민이 착한 아이처럼 고개를 끄덕였다.

"물!"

"물?"

피식, 웃음이 터져 나오려 한다. 이건 뭐, 엄살 피우는 초등학생도 아니고.

정음은 여기저기 피멍이 든 채로 어리광을 피우는 그가 안쓰러우면서도 귀엽게 느껴졌다. 카리스마 넘치는 이훈민이 부상을 핑계로 이렇게 아기처럼 굴지 누가 알았겠는가?

정음은 저도 모르게 몸을 기울여 물을 달라는 그에게 '쪽' 하고 입을 맞추었다.

"뭐야?"

뜻밖의 행동에 당황한 듯 그가 물었다.

"귀여워서."

"귀여워?"

훈민이 반항심 가득한 아이처럼 두 눈을 치켜 올렸지만, 정음의 눈에는 그 모습도 귀엽게 보였다.

"응, 완전 귀여워."

"오정음. 너 지금 뭐 하냐?"

"왜? 더 필요한 거 있어?"

"귀엽다며. 하던 거 마저 해."

거만한 어린 왕자처럼 퉁명스럽게 말하면서도 입술을 쭈욱 내미는 훈민을 보며 정음은 여태 참아왔던 웃음을 기어코 터뜨리고야 말았다.

이렇게 행복해도 되는 걸까?

훈민과 함께 이렇게 웃을 수 있다니. 게다가 아주 어린 시절, 인도네시아 섬에서 함께 컸던 오빠를 만난 기쁨도 이루 말할 수가 없었다. 정음보다 여섯 살이 많은 정훈 오빠의 기억은 아주 구체적이었다. 정음은 오빠 덕분에 잊고 있었던 어린 시절의 기억이 새록새록 되살아나는 것을 알 수 있었다.

"있는지도 몰랐던 오빠 찾아서 좋지? 그것도 어마어마하게 근사한 경찰이라니. 네 오빠가 너를 위험에 빠뜨린 리에 일당을 잡아서 처벌하겠다며 다짐하는데, 보는 나도 아주 든든하더라. 앞으로 우리 정음이 울리면 큰일 나겠어."

"후후, 정말 좋아. 어쩜 그렇게 좋은 오빠를 까맣게 잊고 있었을까? 나에게 그런 멋진 오빠를 만들어주셨다니, 우리 아빠…… 진짜 근사하지 않아?"

"인정! 한데 인도네시아뿐만 아니라 세계 각국을 다니시면서 양오빠 하나씩 다 만들어놓으신 거 아닐까?"

"어쩌면 그럴지도. 앞으로 시간 될 때마다 오지 다니면서 오빠나 찾아볼까 봐."

"좋은 생각인데? 그럼 우리 신혼여행은 '꽃보다 오빠 1탄'으로?"

훈민의 말에 정음의 얼굴이 빨갛게 붉어졌다.

"이훈민! 누가 너랑 결혼한대?"

"그럼, 생사고락을 함께한 나 말고 딴 놈이랑 할 생각이었냐?"

"웃기셔. 난 아직 결혼할 생각 없으니까 꿈 깨!"

"이게 진짜. 예쁘다 예쁘다 하니까 진짜 예쁜 줄 알고 튕기는 거지? 조심해라. 요즘 남자들 눈 무지 높다. 그러다 진짜 노처녀 되는 수가 있어. 내가 오라고 할 때 곱게 와!"

"이거 왜 이러셔. 나 좋다는 남자 무지 많거든. 한국 가자마자 다 만날 거야."

혀를 날름 내밀며 일어난 정음이 화장실로 줄행랑을 쳐버렸다.

"뭐야? 또 딴 놈이 있는 거야? 너 이리 와!"

훈민이 벌컥 화를 내며 따라가려 했지만, 안전벨트를 푸는 사이 정음은 이미 화장실로 숨어버린 뒤였다. 티격태격, 잠시도 조용할 틈이 없는 두 사람이었다.

어색함에 시간이 더디게만 느껴졌던 출국과 달리 귀국 시간은 눈 깜짝할 사이에 지나가 버렸다.

비행기가 이륙하자 정음은 병원으로, 훈민은 괜찮으니 집부터 먼저 가자고 실랑이를 벌이는 중이었다.

"태워줄게. 가자."

"안 돼. 병원부터 가."

정음이 단호하게 말했다. 손가락 끝으로 부어오른 훈민의 얼굴을 조심스레 만지자 훈민이 휴우, 한숨을 내쉬었다. 구조선에 올라 임시방편으로 치료를 하기는 했지만 워낙 여러 명의 선원들에게 폭행을 당한 터라 마음이 놓이지 않았다.

"불편한 데 없어. 네가 내내 지켜봤잖아."

훈민의 말처럼 정음은 한국까지 오는 내내 그의 옆을 지키며 열이라도 나지 않는지 살폈고, 다행히 별다른 이상 증상은 보이지 않았다.

"그래도 병원부터 가야 해."

정음의 고집에 훈민이 마지못해 고개를 끄덕였다.

"알았어. 일단 밥은 먹고 가자. 난 지금 당장 매콤한 김치찌개가 먹고 싶어."

정말 김치찌개가 먹고 싶은지 훈민이 입맛을 다시며 말했다.

"알았어. 그럼 먹고 바로 병원으로 가야 해."

"잘됐다. 김치찌개 겁나게 잘하는 집을 알거든. 공항 주차장에 차 세워놨으니까 바로 거기로 가자."

훈민이 입국 수속장으로 향하는 부비트랩 위를 성큼성큼 걸어가기 시작했다.

"혹시, 김치찌개 잘하는 그 집이 파주에 있는 건 아니지?"

"너 어떻게 알았나? 그 집이 공교롭게도 파주에 있다."

"야! 너 병원부터 가야 한다니까."

"일산에 병원 많잖아. 너 데려다주고 일산에서 가면 돼."

"정말 말 안 들어."

정음이 훈민을 노려보며 중얼거렸다.

"아이구. 어쩜 우리 오정음은 노려보는 것도 이렇게 예쁘냐?"

훈민이 장난스레 말하며 정음의 머리를 흐트러뜨리는데, 뒤에서 따라오던 신숙주 소장이 헛기침을 하며 두 사람 사이에 끼어들었다.

"흠흠. 이 실장님, 정음 씨, 두 분 다정하게 얘기 나누시는 데 죄송하지만, 저희는 먼저 가보겠습니다."

"아! 소장님, 그러시겠어요?"

일행이 지켜보고 있는지도 모른 채 티격태격 다투느라 정신이 없었던 정음은 그제야 주위를 둘러보고 겸연쩍은 미소를 지었다.

"그래, 정음 씨. 내일은 푹 쉬고 이틀 뒤에 봐요. 생각 같아서는 이번 주 푹 쉬라 하고 싶은데 우리도 보고서 작성하고 홍보 자료도 만들어야 하고 밀린 사무실 일도 해야 하니까. 아무리 생각해도 언론에 알리지 않고 처리한 건 참 잘한 일 같단 말이야. 하하하."

카오 섬의 감격이 다시 떠오른 듯, 신 소장이 뿌듯함을 감추지 못하며 말했다.

"그러게 말이에요. 지난번처럼 언론이 설레발쳐서 실패하지 않게 참 잘하셨어요."

정음도 신 소장의 말에 동의했다.

"자, 말씀 중에 죄송한데 전 가족들이 밖에서 기다린다네요. 이 실장님! 신 소장님! 밖에 나가면 각자 가족들도 기다리고 있고 정신도 없을 테니, 그냥 여기서 인사 나누고 헤어지죠."

"그게 좋겠네요."

고우리 팀장의 말에 모두들 고개를 끄덕이며 모여들었다.

"그동안 정말 고생 많으셨습니다. 북을 치고 나팔을 불며 아이들을 모으고, 익숙지 않은 음식과 잠자리, 불편하고 냄새나는 화장실을 이용하면서도 얼굴 한 번 찡그리지 않던 여러분들의 헌신적인 수고, 회사에 꼭 보고하도록 하겠습니다."

"실장님! 꼭 그래 주셔야 해요."

훈민의 인사에 종대가 환호하며 말했다.

"그래요. 특히 우리 종대 씨와 주현 씨는 두 숙녀분을 위해 이름 모를 벌레에게 물려가면서 숙소 주위에 풀을 다 베고 쾌적한 환경을 만들어주지 않았습니까? 이 실장님, 이 부분도 빼놓으시면 안 됩니다."

신 소장의 말에 모두들 웃음을 터뜨렸다.

"정말 아쉽지만, 저는 먼저 들어가요. 정음 씨, 조심해서 잘 들어가고, 이 실장님은 속히 쾌차하세요. 종대 씨, 주현 씨, 두 분도 잘 가세요."

제일 먼저 고우리 팀장이 도도하게 손을 흔들며 사라져 갔다.

"고 팀장! 같이 가요. 그럼, 저도 가보겠습니다."

신 소장도 고 팀장의 뒤를 따랐다.

"실장님, 빨리 나아서 우리 뒤풀이합시다."

"그거 좋은 생각인데요. 실장님, 빨리 나으세요. 그럼, 저희도 가보겠습니다."

보름이 되지 않은 짧은 시간 동안 함께 한글을 가르치고 일본

과 경쟁하며 하나가 된 카오팀 멤버들은 아쉬움을 뒤로하고 각
자의 집으로 향했다.

훈민과 정음 역시 멤버들과의 이별을 아쉬워하며 인천공항
입국장을 빠져나왔다.

그동안 미뤄왔던 일들과 혼자 남은 류하에 대한 걱정, 집에
가서 해야 할 일들에 대해 두런두런 이야기를 나누며 나올 때까
지는 더없이 좋은 분위기였다.

"훈민아! 이훈민!"

입국하는 사람들을 기다리고 있던 대기선에서 우정이 뛰어나
와 훈민에게 안겨들 때까지는.

입국장을 나오는 훈민을 발견한 우정은 무작정 달려가 그의
품에 안겼다. 보고 싶고 만지고 싶고 목소리가 듣고 싶었다. 그
가 그리웠다. 그리워 죽을 것만 같았다. 그런데 2주 만에 나타난
훈민은 단호하게 우정을 떼어냈다. 그리고 차가운 눈빛으로 그
녀를 바라보았다.

"앞으로는 이런 행동 안 했으면 좋겠다. 정음이가 오해하는
거 싫어."

그 순간부터 우정은 제대로 숨을 쉴 수가 없었다. 급체를 한
것처럼 숨이 막혀왔다.

어떻게 이훈민이 나에게 이럴 수가 있지? 어쩌면 이렇게 잔인하게 굴 수가 있지? 믿어지지 않는 현실에 멍하니 있는 우정을 달랜 것은 정음이었다.

"저기…… 훈민이가 많이 다쳤어요. 그래서 무척 예민해져 있거든요. 그러니 이해해 주세요."

"다…… 다쳐요?"

멍하니 되물으며 훈민을 바라보았다. 그제야 팔에 감긴 붕대와 울긋불긋한 멍들이 눈에 들어왔다.

"어떻게 된 거야?"

"별일 아니야. 이우정, 여기까지 와준 것은 고맙지만, 이제 그만 가줬으면 고맙겠다."

"훈민아!"

야속하기만 한 훈민의 말에 우정의 눈가가 다시 시큰거렸다.

"이훈민, 우정 씨가 일부러 나와 줬잖아. 그러지 말고 어디 가서 차분히 얘기해. 난 차에 가서 기다리고 있을게. 응?"

정음의 부드러운 설득에 우정은 재빨리 훈민을 잡아끌었다. 단둘이, 그와 둘이서 이야기를 나누어야 했다.

스카이라운지에 자리한 카페까지 마지못해 따라온 훈민은 냉정한 모습을 풀지 않았다. 그의 변함없는 냉랭함에 우정은 목이 탔다. 가슴까지 치솟는 불길이 온몸을 태울 듯 맹렬하게 타올랐다.

"제발…… 훈민아! 너 없으면 나는 안 돼."

"나 역시 그래. 정음이 없으면 나도 안 돼."

간절히 매달렸지만 훈민은 여전히 차가운 모습으로 그녀를 마주하고 있었다. 훈민의 매정한 눈빛이 닿는 곳마다 시리도록 아파왔다. 우정은 울먹이며 탁자 위에 놓인 훈민의 소매 깃을 잡았다.

"너 나한테 왜 이래? 어떻게 이렇게 차갑게 굴 수가 있어. 저 여자 때문에 정말 이렇게 잔인하게 굴어야 해?"

"우리 사이에 정음이는 아무런 상관도 없어. 너를 위해서도 내 마음을 바로 전하는 게 낫다고 생각했을 뿐이야."

"훈민아! 제발, 제발 이러지 마."

훈민을 잃을지도 모른다는 불안감과 절망에 목소리가 떨려왔다. 우정은 눈물이 가득한 눈으로 그를 붙잡았다.

"괜한 희망고문으로 너를 더 힘들게 하고 싶지 않아. 친구로서 해줄 수 있는 최대한의 배려야."

훈민은 요지부동이었고 우정은…… 절망했다.

전화기 너머로 들리는 이 원장의 굳은 목소리에 영민의 움푹 파인 주름살이 미세하게 꿈틀거렸다.

"알겠습니다. 이번 주에 한 번 만나뵙도록 하지요."

할 얘기가 있어 만나자고 하는 것을 보니 보나 마나 우정과 훈민의 이야기일 것이다. 영민은 답답한 마음에 자리에서 벌떡 일어나 창가로 다가갔다. 멀리 보이는 유람선의 하얀 꼬리가 한 강 위로 길게 이어지고 있었다.

"휴우…… 짧지 않은 세월이구만……."

낮은 한숨을 내쉰 영민은 담배 한 개비를 뽑아 물며 하늘을 보았다. 새파란 하늘이 꼭 예전 중국의 그것과 닮아 있었다.

20년 전, 심양.

밤새 천둥번개가 치더니 새벽 무렵이 되자 하늘이 맑게 개기 시작했다. 참말 다행이다, 생각하면서도 출근길이 그리 가볍지만은 않았다. 요즈음 자신을 쳐다보는 노동자들의 눈빛에 등허리가 서늘할 때가 한두 번이 아니었다.

"직원들의 낌새가 심상치 않습니다. 아무래도 오늘은 그냥 들어가시는 게 좋을 듯합니다."

아니나 다를까, 출근을 하자마자 분위기가 심상치 않다는 이 전무의 보고를 받았다.

"설마…… 그렇게까지."

"설마가 아닙니다. 어제저녁 소식 못 들으셨습니까? 연길에서 사업하시는 김 대표님이 노동자들의 습격을 받고 병원에 입원하셨답니다."

"김 대표가? 상태는 어때요? 얼마나 다쳤답니까?"

영민의 물음에 이 전무의 얼굴이 어두워졌다.

"중태랍니다. 병원에서는 가능성이 없다고 하네요. 지금 사정이 너무 안 좋습니다. 노사분규가 전염병처럼 번지고 있어요. 일단 몸을 피하십시오."

설마 자신에게까지 그런 일이 닥칠까 고민했지만, 실무를 책임지고 있는 이 전무의 말을 믿기로 했다.

"그럼 이 전무가 사태 파악해서 다시 연락 줘요."

영민이 발길을 돌려 사장실을 막 나서려던 참이었다.

"헉!"

"왜 그러십니까?"

"이미 늦은 모양이네요."

절망적인 그의 목소리를 신호 삼기라도 한 듯, 사람들이 벌써 사장실 앞으로 몰려들고 있었다. 때에 전 작업복에서 풍기는 시큼한 땀 냄새, 성난 이리떼와 같이 번득이는 직원들의 눈빛이 영민과 마주했다.

「사장을 잡아라!」

「가만두지 마라!」

「본때를 보여줘라!」

뒤쪽에 둘러서 있는 직원들의 아우성이 이어졌다. 그들에게서 뿜어져 나오는 분노는 금방이라도 공장을 집어삼킬 듯했고, 손에 쥐어진 몽둥이와 쇠파이프는 금방이라도 내려칠 것처럼 살벌해 보였다.

「우리 돈을 떼먹은 저 뻔뻔한 낯짝을 보라고.」

「저 짐승 같은 낯짝을 뭉개 버리자고!」

힘의 우위가 바뀌었다는 것을 눈치챈 순간, 오랫동안 군림당하던 그들의 광기는 폭발하듯 힘을 더해갔다.

「이, 이 사람들. 이거 왜 이러나! 내 최대한 빨리 돈을 마련해 봄세.」

「흥. 뻔뻔한 입을 잘도 놀리는구만.」

간담을 서늘하게 하는 공포가 밀려왔다. 이대로 가다가는 그들의 손에 맞아 죽거나 칼을 맞을 것이 불을 보듯 뻔한 일이었다.

한국에서 유행처럼 번진 노사분규와 파업 등으로 노동자의 목소리가 점점 커지고 임금이 점점 오르게 되자, 많은 한국 기업들이 중국으로 눈을 돌리기 시작했다.

영민의 회사 또한 중국 진출을 앞당겼다. 값싼 노동력을 기반으로 많은 이익을 내리라 예상했지만, 날로 치솟는 원자재가의 상승과 인건비, 거기다 터무니없는 뇌물 요구까지. 중국 진출은 생각보다 어려움이 많았다.

그렇게 근근이 버텨오던 회사에 문제가 생겼다. 결제대금을 미룬 중국 업체가 고의적인 부도를 낸 것이다. 덕분에 회사 또한 어려움에 빠졌다. 본사에 이 상황을 알려야 했지만, 능력도 없는 주제에 회장 아들이라는 신분 때문에 초고속 승진을 한다며 마땅찮아하는 이사회와 자신에 대해 실망하는 아버지를 보는 것이 쉽지 않은 일이었다.

영민은 얼마간의 활동비만 안겨주면 일을 해결해 주겠다는 공안을 믿고 직원들을 설득했다. 그렇게 한두 달을 참고 견디던 직원들이 석 달째에 드디어 폭발해 버린 것이다.

「이익이 난 만큼 직원들에게 월급을 지급해 달라!」

「한국 본사에 말을 해서라도 돈을 달라!」

「무능한 사장은 한국으로 돌아가라!」

후미에서 다시금 구호 소리가 들리기 시작했다.

이대로 끝나는 것인가? 두 눈을 감고 체념에 빠져 있을 때, 영화 속의 한 장면처럼 사람들을 헤치며 그가 나타났다.

「잠시만요, 여러분!!」

「뭐야?」

「누구야?」

「쉿! 오 선생님이야!」

그를 알아본 사람들의 속삭임이 파도처럼 번져 나가며 주위는 순식간에 조용해졌다.

「지금처럼 흥분해서는 일을 해결해 나갈 수가 없습니다. 먼저 흥분을 좀 가라앉히세요!」

사람들을 향해 외치는 오 선교사의 말에 신기한 일이 벌어졌다. 영민을 위협하던 직원들이 천천히 뒤로 물러나는 것이 아닌가. 영민은 자신을 집어삼킬 것처럼 덤벼들던 사람들이 순식간에 차분해지는 것을 보고는 가슴을 쓸어내려야 했다.

오 선교사의 위력이 이 정도였던가?

「오 선생님! 여기엔 어쩐 일이십니까?」

사람들을 물리며 노조위원장 송리안이 급히 오 선교사에게 다가섰다. 종교 활동이 금지되어 있는 중국에서는 선교사라는 호칭 대신 선생이라 부르고 있었다.

「지난번에 회사 복지팀에서 후원해 준 성금으로 고아원에 선풍기 설치를 잘 했습니다. 감사 인사를 하러 잠깐 들렀는데, 이런 일이…….」

오 선교사는 이곳에서 약한 사람들을 돕는 '오 선생님'으로 통하고 있었다. 노조위원장의 딸이 심장병으로 목숨이 위태로울 때, 그의 노력으로 한국에서 무료 심장 수술을 받아 건강을 되찾아준 일이 있었다. 그 일을 계기로 두 사람 사이는 가족 이상으로 더욱 돈독해지며 가까워졌고, 오 선교사를 존경했던 송리안은 그의 말이라면 무조건 신뢰하고 있었다.

「여긴 위험합니다. 어서 나가시지요.」

「위원장님, 폭력으로는 아무것도 해결하지 못합니다. 여러분 마음을 진정시키고 내일 다시 이야기를 하시면 안 될까요?」

오 선교사가 말했다.

「그럽시다, 여러분, 이런다고 얘기가 되겠습니까? 내일 꼭 여러분들이 원하시는 요구를 수용하도록 하겠습니다.」

언제라도 저들의 몽둥이가 자신의 머리통을 후려칠지 몰라 영민의 옆에서 바들바들 떨고 있던 이 전무도 조심스레 맞장구를 쳤다.

「안 됩니다!」

「맞아요. 사장은 계속 도망만 다녔어요.」

「옳소! 여기서 끝장을 봅시다.」

「맞아요. 우리가 싼값에 일해줘서 돈도 많이 벌었다는데 다른 공장에 비해 월급도 아주 적어요.」

「옳소!」

「옳소!」

우당탕탕탕…….

주변에 있는 집기들을 내려치는 사람들이 보였다.

영민을 둘러싸고 있던 사람들의 눈빛이 다시 순식간에 사나워졌다. 사람들의 고함 소리에 잔뜩 굳어 있는 영민을 오 선교사가 부르더니 귓속말을 속삭였다. 겁에 질린 눈으로 한참을 듣고 있던 영민이 천천히 고개를 끄덕이자, 오 선교사가 그의 손을 마주 잡아주었다.

"이 사장님, 걱정하지 마세요. 제가 돕겠습니다."

"고, 고맙습니다, 선교사님."

영민을 향해 따뜻하게 미소를 지은 오 선교사가 다시 사람들에게로 돌아섰다.

「여러분!! 그러면 이런 건 어떻습니까?」

오 선교사의 외침에 사람들의 시선이 다시 모였다.

「제가 사장님을 대신해서 여기에 남겠습니다. 그러니 사장님은 우선 보내 드리고 내일 여러분들의 요구 사항을 수용하신다는 각서를 받으면 안 되겠습니까?」

오 선교사의 제안에 노조위원장이 나섰다. 자신을 믿고 선교사님의 말에 따르자는 강력한 중재 덕분에 직원들은 가까스로 분노를 잠재우기 시작했다.

띠리리리.

공장을 벗어난 영민은 부들부들 떨리는 손으로 전화기를 집어 들고 번호를 눌렀다.

한두 번 신호가 가더니 곧 사람의 음성이 들려왔다.

[웨이.]

『여보세요? 혹시 공안에 근무하시는 심 과장님 계십니까?』

[네, 제가 심 과장입니다만.]

『저는 심양주식회사의 이영민입니다.』

[아, 이 사장님. 오랜만입니다. 그런데 이 밤에 어쩐 일입니까?]

『노사분규가 생겨 도움을 요청하려고 합니다.』

막 공장을 빠져나온 영민은 떨리는 목소리로 공장 안에서 벌어지고 있는 일을 유창한 중국말로 설명해 나갔다.

[이런, 정말 큰일 날 뻔하셨습니다. 걱정 마십시오. 저희가 처리하겠습니다.]

거듭 미안해하며 전화를 끊는 심 과장과의 통화를 끝내며 영민은 안도의 한숨을 내쉬었다.

"내일까지 임금의 일부라도 마련해 주실 수 있습니까?"
흔들림 없는 눈빛으로 자신을 바라보던 오 선교사의 질문에 저
도 모르게 고개를 끄덕였다.
"그럼요. 그렇게 하고말고요."
"약속을 꼭 지켜주셔야 합니다."

온화하게 미소 지으며 자신의 손을 잡아준 오 선교사에 대한
도리가 아니었다. 하지만 자신이 먼저 살아야 했다.
"오 선교사님은 괜찮으시겠죠?"
홀로 남은 오 선교사가 마음에 걸렸는지 이 전무가 걱정스러
운 목소리로 물었다.
"그 사람에게는 미안한 일이었지만, 저들의 요구를 들어주기
시작한다면 끝이 없을 거야. 그리고 나쁜 싹은 초장에 잘라내야
한다고. 우리 회사에 저런 불손한 세력들이 활개를 치게 놔둘
수는 없어."
영민이 낮은 목소리로 대답했다.
중국은 경제 개방을 선언한 이후로 외국 기업을 유치하기 위
해 많은 노력을 기울이고 있었다. 기업가들의 편에 있는 정부에
게 도움을 청하는 것은 당연한 이치였다. 오늘을 위해서 공안
관계자들에게 많은 향응을 제공하며 씨를 뿌려두었으니, 이제

그 열매를 거둘 때가 되었다고 영민은 생각했다.

채 십여 분이 지나지 않아 중국 공안을 태운 차들이 요란한 사이렌 소리와 함께 회사 안으로 들어가는 것이 보였다. 곧이어 체포된 사람들이 줄지어 나왔다.

"휴……."

이마 위로 흐르는 식은땀을 닦아내며 안도의 한숨을 내쉬는 찰나, 자동차 한 대가 쏜살같이 회사를 빠져나가는 모습이 보였고, 그 뒤를 경찰차가 부리나케 뒤쫓았다. 한밤의 추격전처럼 요란한 소리와 함께 사라진 두 대의 차량을 보며 영민은 불길한 기분에 사로잡혔다.

"저건 뭐지?"

"글쎄요. 아마 몇몇이 도망을 치나봅니다. 걱정 마십시오. 여기저기 공안이 깔렸을 텐데 도망을 쳐봐야 얼마 못 갈 겁니다."

이 전무의 말에 영민은 고개를 끄덕였다. 극한의 공포를 경험한 흥분한 가슴이 좀처럼 차분해지지 않았지만, 그는 아무런 내색을 하지 않고 차를 몰아 집으로 향했다.

다음 날, 공안의 경호 속에 회사로 출근한 영민은 어제 자신의 방으로 몰려들었던 노조 간부들이 다 체포되었다는 소식을 보고받았다.

"다행이군요."

고개를 끄덕이던 영민에게 이 전무가 머뭇거리며 입을 열었다.

"그런데 사장님, 한 가지 더 보고할 일이 있습니다."

"보고할 일이라니?"

"어제 그 차 말입니다."

"그 차?"

"공안을 피해 달아나던……."

"아, 그 검정색 차량 말입니까?"

이 전무의 말에 영민은 어제 급하게 도망을 가던 차량을 떠올렸다.

"어제 그 차에 노조위원장과 부위원장, 그리고 오 선교사가 타고 있었답니다. 위험하니 선교사님은 남아 계시라고 했는데도 자신이 없으면 더 큰 고초를 당할 거라며 고집을 피우고 따라가셨답니다."

"그래서?"

"같이 차를 타고 공안의 추적을 피하다 마주 오는 트럭과 정면충돌을 했답니다. 오 선교사님과 부위원장은 그 자리에서 목숨을 잃고 노조위원장은 크게 다쳤다고 합니다."

이 전무의 말에 영민은 잠시 생각에 잠겼다. 자신을 바라보며 따뜻하게 웃던 선량한 눈빛과 힘차게 잡아주던 거친 손바닥. 말로 표현할 수 없는 미안함과 죄책감이 그를 사로잡았다.

"그 양반 참 운이 없지 뭡니까. 가만 계셨어도 공안이 풀어줬을 텐데. 제 생각이긴 하지만 이 일이 외부로 알려져서 좋을 건 없을 것 같습니다."

"알겠습니다. 어쨌든 고인이 되셨다니 장례비라도 좀 챙겨 보내주세요."

자신과는 무관한 일인 것처럼 사무적으로 말했지만, 자꾸만 가슴 깊은 곳에 찌를 듯한 통증이 일었다.

"네, 알겠습니다. 그리고 오늘부터 당분간 공안이 저희 회사의 치안을 살펴준다고 합니다."

"네, 그만 나가보세요."

꾸벅, 인사를 하며 나가는 이 전무의 뒷모습을 영민은 멍하니 바라보았다.

창밖으로 바라보이는 한강을 내다보며 영민은 과거의 기억에서 다시 돌아왔다.

그렇게 끝난 줄 알았던 과거가 지금까지 이어져 자신의 발목을 잡을 줄 누가 알았겠는가?

송리안을 치료했던 의사는 북경에서 한의학과 양약을 함께 공부하던 한국의 유학생으로, 그가 바로 우정의 아버지인 이 원장이었다.

대학생들이 닮고 싶어 하는 성공한 사회지도층이자 존경받는 기업인인 자신이, 젊은 시절 중국 노동자들의 임금을 체불한 자신의 목숨을 구해준 선교사를 죽게 했다는 약점은 야심 많은 이 원장에게 날개를 달아준 거나 다름없었다.

인연의 연결 고리는 끝없이 이어져 가고 있었다.

깔끔하고 세련된 감각의 인테리어와 최소한의 가구와 전자기기, 횅한 느낌이 들 정도로 간소한 살림살이였지만, 구비된 제품 하나하나가 최고급품인 그의 오피스텔은 딱 이훈민스러웠다.

어색하게 그를 따라 들어온 정음이 주위를 둘러보며 낮게 휘파람을 불었다.

"와!"

"와?"

"완전 깔끔해."

"칭찬이지?"

주방으로 향한 훈민이 와인을 따르며 물었다. 검은 대리석으로 꾸며진 간결한 주방과 그 속에서 자연스레 와인을 따르는 훈민은 마치 집의 일부분인 것처럼 완벽하게 잘 어울렸다.

"그럼. 어쩜 집과 사람이 이렇게 잘 어울려?"

"그런가?"

"응. 완벽히 일치를 이루는 것 같아. 깔끔하고 완벽한 이훈민과 왠지 먼지 한 톨 없을 것 같은 이 집이 하나인 느낌?"

"평소에는 본가에서 생활하니까. 일이 늦어지거나 일거리가 많을 때만 회사와 가까운 이곳을 이용하거든."

"으흠…… 부자라 이거지?"

정음이 장난기 가득한 얼굴로 그를 바라보며 웃었다.

"뭐야, 그 표정은?"

"뭐냐니? 좋아서 그러지."

"오정음! 너 지금 내 배경 보고 나 좋아하는 거야?"

"헉! 그걸 이제야 눈치챈 거야?

"의심은 했었지만. 정말 그런 거야?"

"어휴, 네가 바보지. 나 돈 완전 좋아해! 사람은 머니 머니 해도 머니가 있어야지. 안 그래?"

"우와! 나 완전 자존심 상하려고 해. 이렇게 자존심 상하게 한 여자는 네가 처음이야! 완전 반했어. 이리 와!"

붉은 와인이 든 투명 글라스를 든 훈민이 창밖이 내려다보이는 창가에 앉아 자신의 앞자리를 톡톡 두드렸다.

"뭐야? 지금 나 유혹하는 거?"

"유혹하면, 오정음이 넘어오나?"

이래서 훈민이 좋았다. 차갑고 냉정해 보이지만 둘만 있을 때는 유치한 장난에 맞장구를 쳐주는 그의 너그러움이.

"하는 거 봐서."

그에게서 투명한 유리 글라스를 건네받은 정음은 반들거리는 대리석 벽 대신 비스듬히 앉아 있는 훈민의 품에 기대고 앉았다. 그의 품은 세상 어느 곳보다 따뜻하고 포근했다.

"음, 좋은데. 앞은 도시가 훤히 내려다보이는 유리창, 뒤는 오리털보다 더 따뜻하고 포근한 이훈민. 달콤하고 쌉싸래한 와인."

"봐. 네 말 듣고 오늘 우정이 따라갔으면 어쩔 뻔했어?"

"네가 우정이를 따라가고, 시간이 흘러서 우리의 인연이 끊어지고 우리가 남남이 된다 해도 난 너를 잊지 않을 거야. 먼 훗날 머리가 하얗게 센 할머니가 되어서 내 이름이 기억 속에서 희미해질 때가 되어도 '그때 그런 사람이 있었지. 그때 이훈민이라는 멋진 남자가 있었어.' 이렇게 기억할 거야."

도시가 한눈에 보이는 창가 옆, 하얀 대리석 바닥에 푹신한 카펫을 깔고 앉은 정음이 투명한 유리 글라스에 와인을 따르며 중얼거렸다.

"그럴 일은 없을 거야. 우리는 먼 훗날이 되어도 지금처럼 함께 있을 거야. 머리가 하얗게 세고 허리가 굽어진 꼬부랑 할머니, 할아버지가 되어도 이렇게 딱 붙어 있을 거라고."

정음을 안은 채로 반쯤 잠이 들어 있던 훈민이 정음의 이마에 입을 맞추며 속삭였다.

"장담하지 마셔. 사람의 앞날은 아무도 모르는 거야."

"그러니까 앞날을 확실하게 하기 위해 오늘 사고 한번 칠까?"

훈민이 정음의 목덜미에 입술을 묻으며 말했다.

"뭐 하는 거야? 사고라니?"

자신에게로 다가오는 훈민의 입술을 피하며 정음이 키득거렸다.

"혼수 장만하자고."

"혼수?"

"요즘 아기 혼수가 필수라며? 것도 모르냐?"

정음은 하하거리며 그의 얼굴을 밀어냈다.

"이거 왜 이러셔. 이래 봬도 내가 선교사 딸이거든."

"그래서? 선교사 딸은 사랑하면 안 돼? 선교사 딸쯤 되면 남들보다 더 열심히 사랑해야지."

"으이그, 선교사 딸내미가 배불러서 식장에 들어가면 아주 좋겠다. 응?"

정음의 말에 훈민이 큭큭 웃음을 지었다. 그의 웃음과 함께 달콤하던 대기가 경쾌하게 바뀌고 있었다.

"아! 생각만 해도 우습다. 배불러서 뒤뚱뒤뚱. 오정음! 너 그러니까 나랑 결혼할 마음은 있는 거지?"

"바보!"

정음은 그를 향해 심술궂게 내뱉고 고개를 돌렸고, 그런 정음을 보며 훈민은 또다시 웃음을 터뜨렸다. 인도네시아 다녀온 후로 웃음이 많아졌다는 동진의 말처럼, 요즘 들어 웃을 일이 많아진 것을 스스로도 느낄 수 있었다.

만약 정음을 만나지 못했다면 어떻게 됐을까?

생각할수록 정음의 존재가 소중해지는 훈민이었다.

11. 인연의 고리 (2)

쌉싸래한 커피 향이 주방을 가득 채웠다.

훈민은 거품을 일으키며 내려지는 커피를 건성으로 체크하며, 휴대전화기만 뚫어지게 바라보았다. 지금 뭐 하냐? 라는 문자메시지를 보낸 지 한참이나 지났지만, 정음은 묵묵부답이었다.

벌써 잠들었나? 전화를 해볼까? 통화버튼을 누르려던 훈민은 여행의 피로 때문에 메시지가 온 것도 모른 채 잠들어 있을 정음을 생각하며 애써 마음을 다잡았다. 푹 자게 놔둬야지. 아쉬운 마음으로 잔을 들고 몸을 돌리려 할 때였다.

딩동! 메시지 알람이 들어왔다. 반가운 마음에 얼른 들여다

보니,

　—문자했네~ 씻고 있었지롱. 지금은 커피 내리고 있는 중. 따뜻한 차 한 잔 하고 책 좀 읽다가 잘 거야. 너도 잘 자! 굿 밤!

　그녀답게 경쾌한 메시지가 들어와 있었다.
　훈민은 자신의 손에 들린 하얀색 머그를 보며 빙그레 미소를 지었다. 다른 공간, 다른 장소에 있는 그녀도 자신처럼 커피를 마시고 있을 것을 생각하니 텔레파시가 통한 것은 아닐까 하는 생각이 들었다.

　—잘 자!

　짧게 답을 보내고 주방을 나서는 그의 귓가에 아버지 이영민 회장의 목소리가 들려왔다.
　"훈민이냐?"
　"네."
　"이리 좀 앉거라."
　무슨 일이시지? 매일 저녁 11시면 잠자리에 드시는 아버지가 12시가 넘은 이 시각까지 깨어 계신 것이 의아했다. 훈민은 2층으로 향하려던 걸음을 멈추고 거실로 발걸음을 돌렸다.
　"늦은 시각에 커피를 마시는구나."

"네. 저녁에 봐야 할 서류가 좀 있어서. 아버지는 이 늦은 시각까지 왜 안 주무셨습니까?"

"나이가 드니까 잠이 없어지는 모양이다. 차나 한잔하자고 불렀다. 너도 커피 말고 차나 한잔할 테냐?"

영민의 말이 끝나기가 무섭게 이 회장의 간호사 겸 집사인 박 여사가 다기 세트를 들고 나타나 차근차근한 손길로 차를 우리기 시작했다.

"연잎 차예요. 도련님도 한잔하시겠어요?"

"아닙니다. 저는 커피가 좋습니다. 뒷정리는 제가 할 테니 여사님은 이제 그만 들어가서 쉬세요."

어머니가 없는 이 집에서 안주인 역할을 하는 박 여사를 향해 훈민이 부드럽게 말했다.

"그러시오, 박 여사. 오늘은 우리 둘이 얘기 좀 하다 잘 테니."

허리를 굽혀 인사한 후 박 여사가 조용히 물러났다. 언제 봐도 단아하고 차분한 몸짓인 박 여사가 사라지고 고즈넉한 침묵이 감도는 넓은 거실 안에는 두 부자만이 남게 되었다.

"어제는 오피스텔에서 잔 게냐?"

아들과 단둘이 마주 앉아 차를 마시는, 익숙하지 않은 시간의 멋쩍음에 이 회장이 나지막이 물었다.

"네."

"잠은 웬만하면 집에서 자도록 해라."

"명심하겠습니다."

훈민이 남에게 하듯 깍듯이 인사를 하자, 이 회장은 섭섭함을 느꼈지만 내색하지 않았다.

막강한 일본의 로비를 이기고 카오 섬의 개발권을 따내리라고는 회사 내 누구도 예상하지 못한 일이었다. 그래서인지 성공의 기쁨은 더 컸고, 언론에 알릴 홍보자료를 돌리기도 전에 우주그룹의 주가는 연일 상종가를 치고 있었다. 이 모든 것이 자신의 아들인 훈민이 이룩한 일이었다.

딸을 가진 이사들 중 훈민을 사위로 탐내는 이가 하나둘이 아니었다. 자신의 아들이라서가 아니라 참으로 반듯하고 바르게 자라주었다. 이렇게 멋지게 성장할 동안, 마주 앉아 차 한 잔 마시는 일이 뭐가 그렇게 어렵다고 이 좋은 걸 못 하고 지냈는지……. 이 회장은 앞만 보고 달려온 자신의 지난날이 내심 후회스러우면서도 잘 자라준 아들이 고맙고 대견했다.

"카오 섬 개발권…… 잘했다. 고생했어. 이사회에서 칭찬이 자자하더구나."

"팀원들 모두 고생한 덕분입니다. 특히 한글학회 분들의 고생이 많으셨습니다."

"얘기 들었다. 약속한 대로 학회 후원은 끝까지 하도록 해라."

"네, 그래야죠. 그런데 뭐, 다른 하실 말씀이라도 있으십니까?"

빨리 일어나고 싶은 모양인지 훈민이 다시 물었다.

"우리가 꼭 할 얘기가 있어야만 마주 앉을 수 있는 사이냐?"

섭섭함에 영민의 대답이 퉁명스러워졌다. 아들이 자신을 어려워할수록 이 회장은 아들과 더 가까워지고 싶었다. 나이가 들어보니 돈보다, 명예보다 더 소중한 것은 가족이었다. 누군가 옆에서 관심 가져 주고, 함께 웃고 즐거워하며, 아픔과 슬픔을 나누는 그 소중한 것들을 잊고 지내며 살고 있었다.

"많이 바쁜 모양인데 내 본론을 얘기하마."

영민의 말에 훈민이 자세를 바로잡고 앉았다. 한층 더 깊어진 아들의 두 눈을 보며 영민은 천천히 말을 이어갔다.

"뭐, 새삼스러울 것도 없는 얘기다만, 네 나이도 적지 않으니 이제 그만 가정을 꾸려야 하지 않겠니. 나도 나이가 들었는지 자꾸 손주 녀석을 안아보고 싶은 생각이 드는구나. 그래서 말인데, 넌 우정이와 언제쯤 식을 올릴 생각이냐?"

"……."

훈민은 아버지의 말에 말문이 막혀 버렸다. 도대체 아버지는 무슨 생각을 하고 계시는 걸까? 우정이와는 결혼하지 않겠다는 말을 분명히 했었는데 듣지 못한 사람처럼 구는 아버지를 도무지 이해할 수가 없었다.

"제 입장은 분명히 말씀드렸습니다. 전 우정이와 결혼할 수 없습니다."

단호한 훈민의 말에 이 회장의 얼굴이 가면을 쓴 것처럼 무표정하게 변해갔다.

"오정음이라는 아가씨 때문이냐?"

이 회장이 너무도 태연히 정음을 들먹이자, 훈민의 얼굴 또한 딱딱하게 굳어갔다.

"아버지가 정음이를 어떻게 아십니까?"

"쯧쯧. 한 팀이 되어 생사고락을 함께했다고 해도 우주그룹 직원들은 내 월급을 받아먹고 산다는 걸 잊지 마라."

종대와 주현……. 순수하고 열정적인 그들은 본 대로, 들은 대로 정직하게 이야기했을 것이다.

"그럼 정음이가 얼마나 멋지고 괜찮은 여자인지도 들으셨겠네요."

아들의 말에 이 회장은 으음, 낮은 신음을 내뱉었다.

사람을 시켜 알아본 오정음의 가정사를 알게 된 영민은 기가 막혀 아무런 말도 할 수가 없었다. 왜 하필 하고많은 사람들 중에 그 아이와 엮였을까? 훈민이 사랑하는 여자가 현옥의 조카이자 오 선교사의 딸이라니.

한국에 돌아와 중국에서 죽은 오 선교사가 자신이 사귀다 버렸던 현옥의 오빠라는 것을 알고 난 뒤, 영민은 큰 충격에 빠졌었다. 한때는 정말 사랑한 여자였다. 집안 반대에 부딪쳐 그녀를 배신하고도, 염치없게 잘 살아줬으면 하고 간절히 바랐던 여자였다. 그런 여자의 오빠를 자신이 죽게 했다니. 악연도 이런 악연이 없을 것이다.

"배우자란 아주 먼 길을 함께 갈 든든한 길동무가 되어야 한다. 그러니 신중하게 고르도록 해라."

영민은 아픈 마음을 갈무리한 채 훈민에게 말했지만, 아들의 눈빛은 여전히 뜻을 굽히지 않겠다는 의지로 가득 차 있었다.

"저도 아버지 말씀처럼 먼 길을 가야 할 동반자를 원합니다. 제가 신뢰하고 믿고 함께 걸으며 웃을 수 있는 그런 여자를 배우자로 맞이하고 싶습니다. 한데 신뢰하고 사랑하는 여자를 놔두고 누구와 결혼한단 말입니까?"

"일시적인 감정에 흔들리지 마라. 네가 말한 그 모든 것이 완벽한 우정이가 있지 않니?"

"아버지, 전에도 말씀드렸습니다. 우정이는 그냥 가족 같은 아이일 뿐입니다. 여동생처럼 그런 가족이요. 여동생이랑 결혼하지는 않잖아요?"

"이런 어리석은 놈! 가족처럼 편안한 느낌이 얼마나 좋은 건데. 결혼을 아무하고나 할 수는 없는 일이니 우정이처럼 모든 면이 너와 맞는 짝을 만나거라."

"싫습니다."

훈민이 단호하게 말했다.

"너에게 도움이 될 아이다."

"제게 도움이 될 사람을 찾으시면 재계 쪽에서 찾으시지 그래요?"

"우정이 외가 정도면 우리랑 도움을 주고받을 수 있는 사이야. 그리고 며느리는 조금 못 한 데서 데려오라는 말도 있다."

"아버지, 왜 제 결혼을 아버지가 이래라저래라 하십니까? 결혼만큼은 정말 제가 좋아하는 사람이랑 하고 싶다고 늘 말씀드렸습니다."

"제발 정신 좀 차려라. 네가 먹여 살려야 할 식구 수가 얼마나 되는 줄 알아? 네 결정 하나하나에 그 많은 식솔들이 거리로 나앉을 수도 있다. 되도 않은 사랑타령은 이제 그만해라. 아무 소리 말고 이번 가을에 식 올리는 걸로 해라. 이번 달 말쯤 약혼식을 하고. 그렇게 알고 그만 올라가 봐."

"싫습니다."

"네가 내 아들로 사는 이상, 그 아이랑은 절대 안 된다."

이 회장의 말에 훈민의 얼굴이 딱딱하게 굳어졌다.

"그럼 제가 아버지 아들을 포기하면 가능하겠네요."

"이훈민!!"

영민이 버럭 소리를 질렀다.

"얼마나 괜찮은 사람인지 한 번 만나보기라도 해주세요."

"그 아가씨는 네 짝이 아니야. 여러 소리 말고 우정이랑 약혼 준비나 서둘기나 해."

차갑게 돌아서는 아버지의 등을 보며 훈민의 마음은 생채기가 생긴 것처럼 쓰려왔다.

완고한 아버지에게 어떤 카드를 내밀어야 승산이 있을지, 훈민은 식어버린 커피 한 모금을 들이켜며 생각에 잠겼다.

❖   ❖   ❖

　나른한 오후, 존폐 위기에서 벗어난 한글학회는 모처럼 한가로움을 즐기며 전 직원 커피타임을 갖는 중이었다.

　부르르, 책상 위에 올려놓은 정음의 휴대전화기가 요란하게 몸을 떨어댔다.

　"뭐야? 정음 씨! 또 이 실장님 아냐? 둘이 정말 사귀는 거 맞지?"

　"어머! 정음 언니가 이 실장님이랑 사귄다고요? 언니! 고 팀장님 말이 사실이에요?"

　고 팀장의 짓궂은 질문에 사무실 막내인 조소화가 외마디 비명을 질러댔다.

　"말도 마. 이 실장, 차가운 사람인 줄로만 알았는데 카오 섬에서 어찌나 정음 씨만 챙기던지. 한 번은 둘만 사라지고 없는 거야. 설마 했는데 역시, 정음이 얼굴이 불그스름해져서는 인적 드문 산에서 내려오고 있는 거 있지."

　고 팀장의 말에 소화가 꺅꺅거리며 비명을 질러댔고, 정음은 자신은 상관없는 일이라는 듯 어깨를 으쓱이며 책상 위 전화기를 집어 올릴 뿐이었다. 미국에서 온 전화였다.

　"여보세요."

　정음이 전화를 받자 귀에 익숙한 정겨운 목소리가 들려왔다.

[정음이냐? 나다, 할미.]

"할머니? 설마…… 교수님?"

[그래, 나다. 잊지 않고 있었구나. 내가 다음 주에 한국을 들어가려고 하는데 어째, 시간이 되겠어? 이 할미 만나줄 수 있겠니?]

전화기 너머 신정숙 교수님의 정겨운 목소리가 들려왔다.

"정말이요? 정말 오시는 거죠?"

정음은 울컥, 목이 메는 것을 참으며 서둘러 시끌벅적한 사무실을 벗어났다.

[이 할망구가 죽을 때가 됐나, 왜 보자고 하는 거야, 이러면서 귀찮아하는 건 아니지?]

세월이 흘러도 변함없는 넉살에 정음의 눈가가 시큰해졌다.

"그럴 리가요. 제가 교수님을 얼마나 보고 싶어 했는데요."

[정말이냐? 거짓부렁 아니지?]

"완전이요! 완전 보고 싶어요! 교수님 뵙고 싶어서 눈이 막 짓무르려 그래요. 엉엉엉."

장난스럽게 우는 시늉을 했지만, 정말 눈물이 흘러내렸다. 생활고에 허덕이는 고모와 자신을 위해 끊임없이 일거리를 만들어주시던 고마운 교수님을 어떻게 잊을 수가 있겠는가.

"언제 오셔요? 괜찮으시면 공항에 마중 나갈게요."

정음은 오랜만에 만나게 될 신 교수와의 재회에 들떠 기분 좋게 조잘거렸다.

❖　❖　❖

　"이런 것도 만들 줄 알아?"

　오향장육과 잘게 채 썬 여러 종류의 야채, 연하게 끓인 된장
국과 맛깔스럽게 썰어놓은 김치가 정갈하게 차려진 식탁 앞에
앉은 훈민은 선뜻 젓가락을 들 수가 없었다. 이렇게 정성스럽게
차려진 음식을 어떻게 먹을 수가 있지? 가슴 벅찬 감격에 말문
이 막힐 정도였다.

　"왜 안 먹어. 어서 먹어봐."

　음식을 만드느라 붉어진 얼굴로 마주 앉은 정음이 기대에 찬
음성으로 재촉을 했다.

　"이런 건 어디서 배웠어?"

　"후후후. 인터넷 뒤지면 다 나와."

　정음이 배시시 미소를 지었다.

　사랑스러운 여자가 자신만을 위해 차린 정성스러운 식탁과
은은한 불빛, 잔잔하게 들려오는 모차르트의 디베르티멘토
(Divertimento)까지.

　이곳이 정말 자신의 오피스텔이 맞을까? 이래서 사람들이 결
혼을 하고 가정을 이루려고 하는구나, 이 좋은 기분을 매일 느
낄 수 있으니까. 훈민은 먹지 않아도 배가 부른 이상한 현상을
정음에게 뭐라 설명해야 할까 잠시 망설였다.

"왜 안 먹어? 맛없을까 봐? 먹어봐. 사람들이 다 맛있다 그랬 단 말이야."

정음의 말에 훈민은 눈살을 찌푸렸다. 나 말고 다른 사람에게 도 이런 음식을 차려줬단 말이야? 누구한테? 대체 어느 놈에게? 한껏 부풀어 올랐던 가슴이 바람 빠진 풍선마냥 급격히 쪼그라 들기 시작했다.

"안 먹어!"

훈민이 젓가락을 놓으며 말했다.

어째 사람이 이렇게 유치해지는 걸까? 스스로 생각해도 민망 했지만, 훈민은 이렇게라도 투정을 부려 자신의 상한 감정을 알 리고 싶었다.

"안 먹어? 왜?"

"그냥 입맛이 없어졌어."

툴툴거리는 훈민을 가만히 바라보던 정음이 고개를 갸웃거리 며 생각에 잠기더니 '아' 하고 미소를 지었다.

"기분 나빴어? 다른 사람들 먼저 해줘서?"

하여간, 눈치 빠른 건 알아줘야 해. 훈민은 안 그런 척하며 고 개를 돌렸지만, 붉어진 귓불을 감출 수가 없었다.

"어쩔 수 없었잖아. 너를 다시 만나기 전의 일인데 뭘. 쪼잔하 게 그럴 거야? 자꾸 그럼 아무리 돈이 많아도 확 버려 버린다."

"뭐야? 지금 협박이야?"

"아니, 애원이지. 만든 성의를 봐서라도 먹어봐."

정음이 애교스럽게 웃으며 말했다.

저 고약한 미소. 어차피 먹을 음식, 훈민은 더 이상 투덜거릴
수가 없었다.

"맛만 없어봐라."

훈민은 젓가락을 들어 고기 한 점을 입에 넣어보았다.

"어때? 고기 삶을 때 회향, 계피, 산초, 정향, 팔각이라는 다
섯 가지 향신료를 넣어서 오향장육이라고 하는 거야. 푹 삶은
고기를 간장양념에 다시 조리면 돼."

조잘조잘 거리는 정음의 설명을 들으며 훈민은 고기를 씹어
보았다. 독특한 향이 입안 가득 퍼져 나갔다. 아삭거리는 야채
도, 소스도, 양념도 더없이 훌륭했다.

젠장! 이 맛있는 걸 딴 놈에게 해줬다고? 훈민의 두 눈에 저
절로 힘이 들어갔다.

"왜? 입맛에 안 맞아?"

고개를 갸웃거리며 정음도 젓가락을 뻗었다. 훈민은 급히 그
녀의 젓가락을 막으며 접시를 자신의 쪽으로 잡아당겼다.

"내 거야! 먹지 마!"

"헐!"

애가 대체 왜 이러나, 싶은 얼굴로 쳐다보는 정음을 노려보며
훈민은 열심히 고기를 씹었다.

"야! 이거 내가 만들었거든."

"나 주려고 만든 거잖아. 그럼 내 거지."

"헐! 유치한 초딩!"

"넌 김치 먹어. 유산균이 많아서 몸에 좋단다."

자신보다 다른 놈에게 먼저 해준 음식을 맛보는 게 자존심 상한다고 차마 말을 할 수가 없었다.

"먹는 거 가지고 치사하게!"

투덜거리며 자리에서 일어나는 정음을 훈민은 재빨리 저지시켰다.

"어디 가게?"

"놔! 집에 갈 거야."

"삐쳤냐?"

훈민은 정음이 가지 못하게 꼭 껴안았다.

"이거 안 놔?"

"미안! 미안. 질투 나서 그랬어!"

훈민의 품을 벗어나려고 바둥거리는 정음을 움직이지 못하게 더 꼭 껴안은 훈민이 다급히 외쳤다.

"뭐? 질투라니?"

훈민의 품에 폭 파묻힌 정음이 가슴팍에 얼굴을 묻은 채 웅얼거렸다.

"다른 놈에게도 해준 음식이라며."

"다른 놈? 다른 놈 누구?"

"그거야 해준 사람이 알지, 내가 알겠냐?"

푸흡, 정음이 웃음을 터뜨렸다.

"우스워? 그래, 우습겠지. 고작 먹는 거 하나로 질투나 하고. 아! 인간 이훈민이 왜 이렇게 됐냐."

민망함을 이기지 못한 훈민이 부끄러워하자, 정음은 손을 뻗어 그의 두 뺨을 감쌌다.

"왜, 왜 이래?"

"으이구! 귀여워! 귀여워서 그런다, 왜?"

정음은 감싼 팔을 잡아당겨 그의 얼굴에 쪽 하고 입을 맞추었다.

"밥통! 내가 다른 사람이라 그랬지, 언제 다른 놈이라 그랬어?"

"그게 그거지."

"우리 학회 직원들. 직원들 초대해서 한 번 해줬어. 됐지?"

"이게, 너 지금 나 희롱하냐?"

빨갛게 달아오른 훈민의 얼굴을 보며 정음은 웃음을 터뜨렸다.

이렇게 행복해도 되는 걸까?

어감조차 은혜로운 토요일, 섬에서의 활동보고서를 마지막으로 밀린 일 처리를 모두 마친 정음의 바람은 폭신하고 까슬까슬한 침대에 누워 하루 종일 뒹구는 것이었다. 물론 혼자서 말이다.

하지만 그녀의 소박한 바람은 활력이 넘치는 훈민에 의해 산산조각이 나버렸다.

딩동딩동, 울리는 현관 벨 소리에 화들짝 놀라 일어나 보니 새벽 6시 30분.

"이훈민! 너 지금 몇 신 줄 알아?"

벨이 울리니 본능적으로 문을 열어주긴 했지만, 정음은 괜히 열어줬나 후회를 하며 그를 노려보았다. 세수나 하고 열어줄걸. 설마 눈곱이 낀 건 아니겠지? 맨발에 헐렁한 박스티와 반바지를 입은 자신의 행색을 의식하며 정음은 두 눈을 질끈 감았다. 두 사람은 족히 들어가고 남을 커다란 박스티에 장난꾸러기처럼 헝클어진 부드러운 머리카락, 자다 깨어난 바람에 핏기 없이 창백한 피부가 얼마나 사랑스러운지 본인은 알 길이 없는 정음이었다.

"6시 30분."

정음은 천연덕스럽게 대꾸하는 훈민을 노려보았다. 꼭두새벽에 남의 집에 쳐들어온 주제에 어쩌면 저렇게 뻔뻔스러울 수가 있을까?

"그렇지. 새벽 6시 30분이야. 다른 날도 아닌 토요일 새벽 6시 30분. 직장 일에 지친 아빠도 주무시고, 가사 일에 파김치가 된 엄마도 주무시고, 학업에 시달린 언니 오빠, 하물며 유치원 다니는 동생까지 꿈나라를 헤매는 토요일 새벽이라고."

화를 참지 못한 정음이 방언처럼 짜증을 터뜨렸다.

"진정해. 토요일 새벽이니까 이러는 거지, 월요일 새벽이면 내가 이러지도 않아."

이훈민이 너무도 당당하게 정음을 끌고 화장실로 갔다.

"왜 이래? 뭐 하려고?"

"뭘 하긴, 씻어야지."

"그니까, 내가 왜 씻어야 하는데?"

"부산 가려고."

훈민이 씨익 웃으며 그녀의 손을 잡아끌었다. 정음은 욕실로 끌려가지 않으려 문틀을 잡고 버텼지만, 역부족이었다. 버티는 반동에 의해 도리어 그의 품에 푹 안기는 꼴로 세면대 앞에 서게 되었다.

"부산? 갑자기 부산은 왜?"

정음은 그가 짜준 치약 묻은 칫솔을 받아 들며 물었다.

"네가 꼭 봐야 할 게 있어."

"봐야 할 거라니?"

"비행기 놓치겠다. 얼른 준비하자."

가타부타 설명도 없이 서두르는 훈민을 보며 정음은 고개를 저었다.

"그거 꼭 봐야 해? 나 아무 데도 안 갈래. 피곤해서 싫어."

훈민은 흔들리는 눈빛으로 정음을 바라보았다. 창백한 얼굴에 바짝 마른 입술이 마음에 걸린다. 게다가 초롱초롱 빛나던 눈동자에는 피곤이 가득하다. 훈민의 두 눈에 레이저 같은 불꽃이 일었다.

"그래, 지금 부산이 중요한 게 아니네. 일단 병원 가서 검사부터 하자."

"혈. 병원?"

"일단 응급실부터 갔다가 움직이는 게 낫겠어."

대체 무슨 일인데 이훈민이 이렇게 꼭두새벽부터 야단인 걸까? 정음은 포기의 한숨을 내쉬며 나직이 내뱉었다.

"부산으로 가자."

병원보다는 훨씬 나을 테니까.

바다가 목적인 줄 알았다.

끝없이 펼쳐진 바다를 보며 싱싱한 회 한 접시를 먹고 바다를 끼고 걸을 수 있는 동백섬을 산책하는 정도의 데이트를 예상했다. 아침잠을 방해했다고 화를 냈지만, 카오 섬과는 또 다른 화려하고 세련된 바다를 볼 수 있다는 생각에 김해공항에 다다랐을 때는 설렘의 강도가 더 짙어지기까지 했다. 하지만 이훈민은 언제나 정음의 상상을 깨곤 한다.

영도다리로 유명한 지역의 언덕길을 오를 때만 해도, 대체 훈민이 어디를 가려고 이러나 싶어 의아했다. 부산까지 왔으면 응당 해운대를 가야지. 어딜 가는 거야?

"다 왔어."

훈민이 다정하게 손을 내밀었다. 차에서 내려 눈앞에 펼쳐진 건물을 보는 동안에도 그의 의도를 짐작하지 못했다.

"여기가?"

"고신대학교."

"고신…… 대학교?"

"응."

훈민이 고개를 끄덕이며 그녀의 손을 잡아끌었다.

고신대학교를 왜? 의아해하며 엘리베이터에 오르는데, 갑자기 가슴이 철렁 내려앉더니 눈물이 툭, 떨어졌다. 걷잡을 수 없는 그리움에 가슴 한곳이 사무쳐 왔다. 잊었다고 생각했는데. 아무렇지 않게 씩씩하게 잘살고 있다고 생각했는데 아니었나 보다.

"여긴가 보다."

훈민이 부드러운 목소리로 말하며, 정음에게 먼저 들어가라고 손짓했다.

자료 전시관 안으로 들어선 정음은 진열된 흑백사진을 훑어보다 한 곳에 멈춰 섰다. 이제는 낯설기까지 한 얼굴. 인자하고 부드러운 미소를 지으며 정음을 바라보는 남자의 사진을 보았다. 가슴이 떨려왔다. 소용돌이치듯 그리움이 밀려왔다.

"오 다니엘 선교사님은 평생 사랑을 품고 사신 분이시다. 소수민족들을 위해 젊음을 바치신……."

훈민이 정음을 대신해 사진 밑에 적힌 글을 읽어 내려갔다.

뭐라고 말을 해야 할까?

눈물 그렁한 눈으로 자신을 바라보는 정음을 보며 훈민은 울컥거리는 뜨거움을 삭여야 했다.

"고마워. 정말 고마워."

나직이 속삭이는 정음을 꼭 안아주었다. 잔잔하게 흔들리는 작은 등을 부드럽게 토닥여 주며 괜찮다는 말 대신 정말 사랑한다고 속삭여 주었다.

"아버님이 얼마나 훌륭한 분이신지, 얼마나 존경스러운 분이신지 잊지 마."

"응."

그의 품에 안긴 정음이 코맹맹이 소리로 작게 대답했다. 아직도 가늘게 떨리는 그녀가 너무나 사랑스러워 훈민은 가슴이 터져 버릴 것만 같았다.

"목숨을 바쳐 나라를 구하고, 인류의 발전을 위해 수없이 많은 업적을 남긴 분들 못지않게 훌륭한 분이셔."

"응."

"아무도 관심 가지지 않는 가난한 나라, 부모 없는 고아들의 아버지가 되어주신 분, 글을 가르치고 꿈을 꿀 수 있도록 도와주신 분이 바로 오정음의 아버지셔. 그걸 잊지 마."

"응, 그럴 거야."

천천히 고개를 끄덕이는 사랑스러운 정음을 훈민은 꼭 안아주었다.

❖　❖　❖

　하루하루 온도 차가 느껴지더니, 달이 바뀌자 아침저녁으로 찬바람이 불기 시작했다.

　카오 섬에 관한 언론 홍보자료와 호주에서 새로이 발견된 한국 홍보책자에 관한 오류 바로잡기까지, 눈코 뜰 새 없이 바쁜 하루를 보낸 정음은 퇴근 무렵 우정의 문자메시지를 받고 적잖이 당황했다.

　—이우정입니다. 우리 좀 봐요. 학회 근처의 **카페에 와 있어요.

　헐, 훈민이랑 영화 보러 가기로 했는데. 일방적인 약속에 난감하기는 했지만, 언젠가 한 번은 만나야 할 사람이었다. 정음은 훈민에게 전화를 걸었다.

　[좀 있으면 볼 건데 그사이를 못 참고 전화했냐? 그렇게 내 목소리가 듣고 싶었어?]

　카리스마 넘치는 이훈민은 점점 이상해지고 있었다. 정음은 피식, 터져 나오는 웃음을 삼켰다.

　"무지하게 목소리가 듣고 싶은 건 맞는데, 전화를 건 용건은 아니야. 우리 약속 시간 좀 늦추자. 친구가 회사 근처에 와 있다 그러네.

　[친구? 친구 누구?]

"있어. 무지하게 예쁜 친구."

[오홀. 오정음 친구 중에 그렇게 예쁜 친구가 있었단 말이지? 나도 갈까? 얼마나 예쁜지 함 보게.]

"닥치고 끊으셔. 많이 늦진 않을 거야. 한두 시간 정도?"

[알았어. 회사서 일 좀 더 하고 있지 뭐. 친구 만나고 후다닥 뛰어와라.]

"응."

[약속도 늦춰줬는데 고마움을 듬뿍 담은 사랑해 고백 한번 하지.]

"끊어!"

[사랑해는?]

키득, 정음은 웃음이 터져 나왔다.

"네가 금방 했잖아."

[내가 말고 네가 하라고!]

훈민이 버럭 소리를 질렀다.

"응. 고마워! 나중에 봐!"

못 들은 척, 능청을 떨며 전화를 끊어버렸다. 투덜거릴 훈민을 생각하며 고소해하는데 책상에 얼굴을 박고 눈물을 폭포수처럼 흘리는 오리 이모티콘 메시지가 날아왔다.

훈민은 점점 나를 닮아가는 것 같아. 정음은 입가에 번지는 미소를 애써 지우며 우정이 기다리는 카페로 향했다. 그리 유쾌한 만남은 아닐 것이다. 어쩌면 드라마의 한 장면처럼 물을 뒤

집어쓸지도 모른다는 불길한 상상을 하며 카페 안으로 들어섰다.

커다란 창가에 외롭게 앉아 있는 우정의 모습이 보였다. 같은 여자가 봐도 부럽기 짝이 없는 완벽한 몸매와 우유 빛깔 피부까지. 우정은 여전히 명불허전의 미모를 소유하고 있었다. 정음은 깊은 심호흡을 하며 천천히 우정에게 다가갔다.

"오랜만이에요."

"앉으세요."

방긋 웃으며 인사를 했지만, 조각처럼 생긴 우정은 안부 따윈 가볍게 무시하는 센스를 발휘한 뒤 차가운 목소리로 자신의 앞자리를 가리켰다.

"네, 그럽시다."

정음은 자신의 앞에 앉은, 지나치게 예쁜 여자를 물끄러미 바라보았다. 이렇게 예쁜 여자가 뭐가 아쉬워서 남자에게 목을 매는 걸까? 훈민이 그만큼 멋진 까닭도 있겠지만, 오랜 시간의 우정이나 집착을 사랑이라 착각하는 것일 수도 있겠다라는 생각이 들었다.

"주문하시겠습니까, 손님."

머리를 곱게 빗어 넘긴 여자 직원이 다가와 물었다.

"커피요."

"같은 걸로요."

허리를 반쯤 굽힌 직원이 사라지고, 한동안 어색한 침묵만이 두 사람 사이를 맴돌았다. 갑갑함을 견디지 못하고 '그동안 잘 지냈냐?' 물으려는 찰나였다.

"긴 말은 필요 없을 것 같고, 본론만 말할게요."

미용실에서 막 나온 사람처럼 완벽하게 세팅된 머리카락을 목 뒤로 넘기며 우정이 말했다.

"훈민이랑 저, 곧 약혼할 거예요. 결혼은 가을쯤에 진행할 거구요."

대체 우정은 무슨 근거로 이런 말을 하는 걸까? 정음은 머리를 한 대 맞은 것처럼 멍한 기분에 휩싸였다.

"그게 무슨……?"

"한국말 몰라요? 훈민이랑 저 약혼한다고요. 훈민이가 말 안 하던가요?"

정음은 되묻는 우정을 뚫어져라 바라보았다.

"표정을 보니까 몰랐나 보네요. 훈민이랑 나, 예전부터 결혼하기로 집안끼리 약속되어 있었어요. 그쪽이 등장하기 전까지는 아무 일도 없이 순조롭게 진행되고 있었고요. 그쪽 때문에 일이 좀 이상하게 틀어지긴 했지만, 아버님이 아시고 모든 일들을 제자리로 돌리고 있는 중이에요. 그러니까 그쪽이 훈민이만 정리하면 모든 상황이 깔끔하게 마무리돼요. 내 말 이해하죠?"

우정이 긴 대사를 뱉어내는 연기파 여배우처럼 리드미컬하게 말했다.

정음은 천천히 심호흡을 했다. 마치 커다란 벽 앞에 앉아 있는 것처럼 갑갑해졌기 때문이다. 맑은 공기가 필요해. 우월한 표정으로 지켜보는 우정을 개의치 않고 창밖으로 시선을 돌렸다. 옅은 먹물을 뿌린 것처럼 조금씩 어두워지는 거리를 보며 정음은 자신의 앞에서 거만하게 눈동자를 돌리는 인형 같은 여자를 이해하려 노력했다.

"훈민이도 같은 마음인가요?"

한참 만에 차분한 음성으로 물으니 우정의 눈꼬리가 살짝 치켜올라 갔다.

"같은 마음이니까 결혼을 하려는 거 아니겠어요?"

"훈민이는 저에게 우정 씨와 친구 이상은 아니라고 하던데요. 가족처럼 아주 가깝지만 연애 감정은 없는 그런 사이라고요."

"가족이든 이성이든 그쪽이랑은 상관없는 일이에요. 내가 훈민이과 결혼할 거라는 게 우리 사이에 정해진 미래니까요."

우정이 도도하게 말했다. 세상 모든 것이 자기중심으로 돌아간다고 생각하는 사람도 있게 마련이지. 정음은 깊은 한숨을 내쉬었다.

"이봐요, 우정 씨. 그쪽을 보니 꼭 어린아이와 말을 하고 있는 것 같은 기분이 들어요."

"뭐라고요?"

우정이 날카롭게 소리쳤다.

"결혼은 당사자 간의 합의가 있어야 하는 거잖아요. 그런데 훈민이는 당신과 결혼하겠다는 뜻이 전혀 없는 사람처럼 보였거든요."

"훈민이도 남자예요. 한순간 바람 피우는 당사자인 당신에게 그런 걸 구구절절 말하고 싶지 않았겠죠."

"전 훈민이를 믿어요. 잘 알지 못하는 당신의 말과 내가 믿고 신뢰하는 훈민의 말 중 제가 누구 말을 믿어야 할까요?"

정음의 말에 컵을 쥐고 있던 우정의 손이 부르르 떨리는 것을 느꼈다. 물이라도 끼얹은 것이 아닐까, 마음의 준비를 하는 순간 우정이 분노를 삭이듯 숨을 몰아쉬며 말했다.

"정음 씨! 생각보다 순진하시네요. 댁의 말처럼 당사자끼리 마음 맞춰 하는 결혼은 댁 같은 사람들이나 하는 결혼이고요, 훈민이나 저 같은 집안에서는 가문의 결합을 더 중요하게 생각한답니다. 훈민이 집에서 정음 씨를 마음에 들어 할까요? 아버님은 절대 당신을 며느리로 맞을 생각이 없다고 나한테 분명히 말씀해 주셨어요. 알겠어요?"

훈민의 아버지가 자신을 마음에 들어 하지 않는다는 말에 정음은 더 이상 할 말이 없었다. 훈민이 한 번도 입 밖으로 말한 적은 없지만, 그 부분은 분명 사실일 테니까.

반박하지 않고 바라보기만 하는 정음을 보며 우정은 비로소 여유를 찾는 모습이었다.

"훈민의 외모, 재력, 어느 거 하나 매력적이지 않는 게 없죠? 훈민이 가진 우주그룹의 후계자란 배경이 더 마음에 들었는지 모르지만, 훈민은 자신의 마음만 고집할 입장이 아니에요. 그런

위치에 있는 사람이에요, 훈민이는. 당신 때문에 그 애가 집안에서 곤란해지는 일은 없었으면 해요. 이쯤 하면 무슨 말인지 충분히 알아들었을 거라 믿어요."

장황하게 설명하는 우정의 말에 정음은 아무런 대꾸 없이 작은 미소를 지었다. 그런 집에서 자신을 탐탁하게 여길 수가 없다는 우정의 말이 적극 공감되는 바였다. 훈민의 마음이 어떤지 잘 알고 있는 그녀였지만, 지금 상황은 자신에게 너무도 불리하게 돌아가고 있다는 것을 잘 알고 있었다.

"당신과의 감정은 잠시 불다 사라지는 바람 같은 거예요. 하루도 못 가서 사라지고 마는 미미한 바람. 그러니 더 추해지기 전에 당신이 알아서 조용히 물러나 주면 좋겠네요. 여기까지가…… 그래도 한때는 친구였던 저의 호의예요."

우정이 당당하게 말했다. 정음은 소리 없이 미소 지으며 종업원이 가져다 놓은 차를 한 모금 마셨다. 점심을 짜게 먹었는지 자꾸만 갈증이 일었다.

12. 달이 차다

특별한 날이었다.

오전 8시, 야외주차장에 세워놓은 차는 누군가에 의해 후미가 긁혀 있었고, 제법 여유 있게 나선 출근길은 한 번도 거르지 않고 빨간 신호를 뿜어내는 신호등에 의해 발이 묶여야 했다. 덕분에 입사 이후로 한 번도 하지 않았던 지각을 할 뻔했다.

오전 11시경, 전쟁 같은 회의를 마치고 한숨 돌리는 사이 이사들의 갑작스러운 호출을 받았다. 훈민은 점심도 거른 채 섬에 대한 자료를 정리해야 했다.

오후 2시경, 긴장된 분위기 속에 진행된 회의는 훈민이 예상했던 대로였다. 늙은 염소 같은 이사들은 카오 섬에 대한 지원을 조금 더 축소시킬 수 없냐며 그를 다그쳤고, 그는 쇠심줄 같은 이사진의 고집을 꺾기 위해 장시간 설득을 해야 했다.

그리고 마지막 하이라이트!

오후 5시경, 회장실에 불려 올라가 '대체 언제 약혼 날짜를 잡을 것이냐.' 는 아버지의 닦달을 듣고 내려오는 훈민을 반긴 것은 함께 저녁이나 하자는 우정의 아버지 이 원장의 메모였다. 그럼 그렇지, 이대로 하루의 일과를 마감하면 아침부터의 징조가 너무 밋밋할 터였다.

"실장님, 괜찮으세요? 너무 피곤해 보이세요."

"식사도 거르셨죠? 샌드위치라도 사다 드릴까요?"

부하 직원들이 창백해진 훈민의 얼굴을 보며 걱정했다.

"아닙니다. 시간 되면 퇴근들 하세요. 저는 한글학회에 들렀다 퇴근하겠습니다."

부하 직원들에게 양해를 구한 뒤, 훈민은 갑갑한 회사를 벗어났다. 정음의 상큼한 웃음소리를 들으면 막혀 있던 가슴이 뚫릴지도 모를 일이었다.

[어쩐 일이야?]

휴대전화기 너머로 활기찬 정음의 목소리가 들려왔다. 밝은 그 목소리를 듣는 순간, '아! 좋다.' 라는 감탄사가 저도 모르게 터져 나왔다.

"나 지금 운정 호수공원에 있어."

[정말? 잠시만 기다려. 지금 나갈게.]

까르르 웃음소리가 들려왔다.

"천천히 와도 되니까 전화 끊지 말고 와."

[응?]

"목소리 듣고 싶으니까, 이어폰 꽂고 통화하면서 나오라고."

[아아, 알았어.]

키득거리는 소리와 함께 부산스러운 움직임이 전화기를 통해 들려왔다.

"안 되겠다. 전화 끊자."

[왜?]

"위험해. 덤벙대다가 넘어지겠어."

[이어폰 찾느라고, 아! 안 되겠다. 이어폰 찾다가 시간 다 가겠어. 전화 끊어. 택시 타고 후다닥 달려갈게.]

전화를 끊자 놀라울 만큼 허전함이 밀려왔다. 가슴 한곳이 서늘한…… 이런 기분을 어떻게 표현해야 하지? 마약에 중독된 것처럼 정음이에게 점점 중독되어 가는 것 같아. 훈민은 자신의 낯선 반응이 믿어지지 않았다. 아무래도 이상해. 절레절레 고개를 흔들면서도 정음이 다가올 방향만 뚫어지게 바라보고 있는 자신을 깨달으며 그는 어이없는 듯 웃음을 터뜨렸다.

한 시간 같은 10분이 흘렀다. 왜 이렇게 늦지? 엎어지면 코

닿을 거린데. 오다가 무슨 사고라도 난 건 아닐까? 훈민은 초조한 마음에 전화기를 꺼내 들었다. 그때였다, 그리운 목소리가 들려온 것은.

"훈민아!"

벤치에 앉아 있는 훈민을 향해 환하게 웃으며 다가오는 정음의 뒤로 이제 막 떨어지기 시작한 부드럽고 진한 주홍빛 햇살이 번지기 시작했다.

이 여자는 어쩌면 이렇게 한결같이 눈이 부실까? 보일 듯 말 듯 미소를 지은 훈민은 생각했다. 언제부터였을까? 그녀에게 마음을 빼앗긴 것이. 어쩌면 처음부터였는지도 모르겠다. 할머니의 정원에서 잔디를 깎으며 어메이징 그레이스를 구성지게 불러대던 그때부터 그녀에게 마음을 빼앗겨 버렸는지도 모르겠다. 지렁이와 아이컨택을 하며 안전한 곳으로 피신을 시키고, 고슴도치를 위해 자신보다 덩치가 세 배나 큰 관리인 아저씨와 용감히 맞서던 당찬 소녀. 오즈의 마법사에 나오는 도로시처럼 빨간 구두를 즐겨 신고서는 친구의 유학 생활을 위해 이것저것 잔소리해 대며 따라다니던 고교 시절의 오정음을 떠올리는 훈민의 입가가 저도 모르게 벌어지고 있었다.

오정음이 없었더라면 인생이 얼마나 삭막했을까? 훈민은 부드러운 한숨을 토해내며 자신의 옆자리에 정음을 앉혔다.

"연락이라도 하고 오지. 무슨 일 있어? 설마 이제 와서 후원을 끊겠다는 소식 전하러 온 건 아니지?"

정음이 눈살을 찌푸리며 물었다.

"설마, 그럴 리가."

"그럼 어디 아픈 거야?"

호기심 많은 정음이 다시 물었다.

"아니."

"그럼 무슨 일인데?"

"보고 싶어서."

밑도 끝도 없이 던진 말에 정음이 피식, 웃음을 토해냈다.

"능청은……."

정음이 얼굴을 살짝 붉히며 피식거렸다. 사랑스러운 그 모습에 훈민은 팔을 뻗어 정음을 와락 끌어안았다. 그리고 그녀의 머리를 가만히 쓸어내렸다.

"이훈민, 너 정말 무슨 일 있는 건 아니지?"

훈민의 품에 안긴 정음이 걱정 가득한 목소리로 웅얼거렸다. 와이셔츠에 꼭 맞닿은 그녀의 입술이 달싹일 때마다 그의 가슴이 간질거렸다. 피부를 통해 심장까지 흘러온 그녀의 입김이 하루 종일 지쳐 있던 그의 심장을 부드럽게 어루만져 주었다.

말랑말랑해진 심장이 그에게 다시 활력을 불어넣어 주었다. 그는 꼭 안고 있던 정음을 천천히 떼어냈다.

"이제 가야겠다."

말은 그렇게 하면서도 그녀를 놓기 싫은 이율배반적인 마음. 하지만 크고 험한 산을 넘어가야 할 때가 되었다. 그 길은 그녀

모르게, 조용히 혼자 가야 할 길이었다.

"갈게. 오늘은 못 데려다주겠다. 조심해서 가."

"너 정말 괜찮은 거지?"

걱정스러운 눈빛으로 쳐다보는 그녀를 뒤로하고 훈민은 자신의 차가 있는 곳으로 천천히 걸음을 옮겼다.

회사 근처의 일식집을 들어서자 대기하고 있던 매니저가 의미심장한 미소를 지으며 그를 반겼다.

"어서 오십시오. 장인어른 되실 분이 기다리고 계십니다."

매니저의 말에 훈민의 미간이 좁아졌다.

"아닙니다."

그가 단호하게 말했다.

아버지 이영민 회장의 오랜 단골집인 까닭에 어린 시절부터 안면이 있던 매니저는 훈민의 말에 당황한 듯 얼굴을 붉혔다.

"네?"

"매니저님이 잘못 아신 겁니다. 장인어른 되실 분이 아닙니다."

매니저의 얼굴에 드리워져 있던 부드러운 미소가 사라졌다.

이 회장의 아들이 오면 안내해 달라는 노신사의 말에 어찌 되는 사이시냐 물었더니, 노신사는 분명 자신의 입으로 이훈민 실장의 장인 될 사람이라 말을 했었다.

"아, 이런, 제가 실수를 했습니다. 죄송합니다."

무엇인가가 잘못되었다는 것을 눈치챈 매니저가 급히 고개를 숙이며 그를 안내했다.

"이쪽으로……."

"감사합니다."

매니저의 뒤를 따르는 훈민의 얼굴은 가면을 뒤집어쓴 것처럼 차갑게 굳어갔다. 불쾌했다. 아무것도 결정된 것이 없는 마당에 스스로 장인이라 일컫는 이 원장의 태도가 이해되지 않았다.

"이 방입니다."

정중히 인사를 한 매니저가 사라지고, 훈민은 천천히 문을 두드렸다. 들어오라는 중후한 목소리가 들리자 훈민은 VIP룸으로 들어섰다.

"어서 오게."

이 원장이 들어서는 훈민을 맞았다.

"오랜만에 뵙습니다."

"그래, 그래, 그간 건강히 잘 지냈지?"

"네. 원장님께서 신경 써주신 덕분에 잘 지냈습니다."

"그래, 그럼 그래야지. 내 인도네시아에서의 자네 활약상은 이미 전해 들었네. 아주 큰일을 성공시켰다지? 장하네, 아주 장해! 하하하."

평소 잘 웃는 법이 없는 이 원장이 호탕하게 웃음을 터뜨렸다. 하얀 피부에 동그란 얼굴, 진한 쌍꺼풀이 도드라지는 호감

형의 인상인 그는 여태 자신을 억누르며 사는 것에 익숙해 있었다. 하지만 오늘은 아주 특별한 날이었다. 장차 자신의 사위가 될 이훈민을 이렇게 마주하고 보니 마음이 저절로 들뜨는 것이 술을 마시지 않아도 취하는 것처럼 기분이 좋았다.

"아닙니다. 운이 좋았습니다."

"하하하. 이 사람, 겸손하기는. 그래, 아버님 말씀은 들었지?"

"네."

순순히 대답하는 훈민을 보며 이 원장은 다시 웃음을 터뜨렸다. 마침내 원하는 것을 이루었구나. 딸인 우정이가 우주그룹의 며느리가 되다니. 그렇게 되면 자신의 신분 상승은 자연적으로 이루어지는 것이었다.

지난 시절의 감회가 새로워진 이 원장은 훈민이 따라준 사케를 한입에 털어 넣었다. 지지리도 가난한 집안에서 태어나 온 집안의 기대를 한 몸에 받으며 의사가 되었다. 다행히 근무하는 병원장의 눈에 들어 사위가 되었지만, 조그만 병원을 물려받는 것으로 그는 만족할 수가 없었다. 남자로 태어난 이상, 세상에 이름 석 자를 널리 알리고 싶었다. 그의 간절한 바람을 하늘이 버리지 않은 모양인지 처가에서 보내준 중국 유학길에서 평생의 후원자가 되어준 이영민 회장을 만났다.

대학생들이 가장 닮고 싶은 기업인.

노블레스 오블리주를 실천하는 양심적인 기업인.

이것이 세상이 말하는 이영민 회장의 모습이었다. 하지만 이 원장은 알고 있었다. 사랑하는 여자를 버린 몰인정한 인간에다 목숨을 구해준 선교사를 배신하고 혼자 살겠다고 신고한 인간이 바로 이영민이라는 것을.

이영민 회장의 젊음 시절을 조용히 입 닫아주는 조건으로 오늘을 이루었다. 그가 한 번도 노골적으로 원한 적은 없었다. 그냥 필요하다 넌지시 눈치만 주면 이 회장이 못 이기는 척, 도와주고는 했었다. 그렇게 불균형으로 이루어진 그들의 사이가 이제는 정말 떳떳하게 나누어 가질 수가 있는 균형 있는 사이로 발전을 하게 된 것이다. 딸이 대한민국에서 알아주는 집안의 안주인이 되다니. 그는 아직도 믿을 수가 없었다.

"약혼식은 언제쯤이 좋겠나? 원래 이런 날은 신부 측이 잡는 것이 원칙이지만, 요즘에야 그런 걸 따질……"

"죄송합니다, 원장님. 저희 결혼 안 합니다."

훈민의 말에 이 원장은 눈살을 찌푸렸다. 대체 이게 무슨 소리지?

"자네 지금 뭐라고 했나? 내가 잘못 들은 게 맞지?"

"아닙니다. 바로 들으셨습니다."

한 치의 흔들림도 없는 훈민의 말에 이 원장의 얼굴이 딱딱하게 굳어갔다.

"자네! 내가 누군 줄 알고."

"죄송합니다만, 저는 우정이를 사랑하지 않습니다. 제게는 사랑하는 여자가 따로 있습니다."

뽀얗던 이 원장의 얼굴이 벌겋게 달아오르기 시작했다. 그는 분노로 씩씩거리며 훈민을 노려보았다.

"흠흠. 이것 봐! 정신 차리게. 내 이런 말까진 하고 싶지 않지만, 자네가 그렇게 여유를 부릴 입장이 아니네."

"무슨 말씀이십니까?"

"무슨 말이겠나? 내가 이렇게 나오는 데는 다 이유가 있지 않겠나? 그냥 우리끼리 알고 조용히 덮어야 할 일이지만, 자네가 이런 식으로 나오면 자네 아버지가 크게 다칠 테니까, 알아서 하게."

"아버지가 크게 다치신다니⋯⋯."

"흐흠. 자네 아버지에게 가서 물어보게. 내가 왜 이러는지."

불쾌하게 헛기침을 내뱉은 이 원장이 자리에서 벌떡 일어나 밖으로 나섰다.

"건방진 놈, 제깟 놈이 감히⋯⋯."

이 원장은 차오르는 분노를 삼키려 애를 썼다.

아직 나이가 어려 그러려니, 세상 물정을 몰라 저리 철없이 구는 거려니 너그럽게 이해하려 해도 가슴속에 단단히 응어리진 분이 풀리지 않았다.

새파랗게 어린놈이 감히 그리 시건방을 떨어?

제 아비도 가벼이 여기지 못하는 나를⋯⋯.

본때를 보여주고 싶었다.

제가 그렇게 사랑한다는 여자, 우정이 대신 선택한 그 여자를 영영 못 보게 만들어줄까 생각도 했다. 대놓고 돈을 밝히는 선배가 운영하는 강원도 산골의 요양병원은 훌륭한 감금 장소가 될 것이다.

빛도 없는 습기 찬 곳에 갇혀서 평생을 썩어가게 해줄까?

자신을 무시하고 업신여긴 벌을 주고 싶었다. 예전에는 드라마나 영화에서만 나오던 일들, 멀쩡한 사람을 감금하고 인생을 망가뜨리는 일들이 요즈음은 현실에서 심심찮게 일어나고 있는 것을 알고 있었다.

사라진 애인을 위해 새파랗게 질린 얼굴로 자신의 앞에 무릎 꿇고 사정하는 놈의 모습을 상상하자 단단히 꼬여 있던 기분이 조금은 풀어지는 것을 느낄 수가 있었다.

그래, 젊은 녀석이 뭣도 모르고 저리 나대는 걸……

너그러운 마음으로 이해하자. 이 원장은 그리 마음을 먹고 화기를 가라앉혔다.

"오늘만 날이 아니니 찬찬히 해결해야지. 흠흠."

이 실장도 결국은 깨닫게 될 것이다. 제 아비의 흠을 덮어주고, 아무것도 모르고 철없이 나대는 제 녀석을 참아주고 기다려준 자신의 인품을. 그때는 진심에서 우러나는 존경을 하겠지. 이 원장은 스스로를 다독이며 흡족해했다.

"오랜만이네, 이 회장."

이 회장은 갑자기 나타난 장모 신정숙 교수를 바라보며 잠시 할 말을 잃었다. 십수 년간 만나지 못한 신 교수는 머리가 하얗게 세어버린 할머니가 되었지만, 그 총기 어린 눈동자만은 변하지 않은 듯 여전히 빛을 발하고 있었다.

"장모님께서 어떻게……?"

"왜, 내가 와서 반갑지 않은가?"

"아닙니다. 그럴 리가요. 연락도 없이 갑자기 오셔서 놀랐을 뿐입니다."

"호호. 자네, 깜짝 놀라라고 이렇게 갑자기 나타났지."

소녀처럼 웃음 짓는 장모를 보며 이 회장은 식은땀을 닦아냈다. 여우 같은 이 노인네가 또 무슨 일을 벌이려고 이렇게 나타나셨을까? 말랑말랑하고 순하기만 한 아내와 달리 세상을 초월한 듯한 혜안을 지닌 교수는 그에게는 어렵고 힘든 장모였다.

"정말 어쩐 일로 갑자기 오셨습니까? 전화라도 좀 하시지."

"내 훈민이 전화를 받고 도저히 궁금해서 참을 수가 있어야 말이지."

신 교수의 말에 이 회장의 미간이 살짝 찌푸려졌다.

"훈민이가 장모님께 전화를 했습니까?"

"그러게 말이네. 연락도 없던 고약한 녀석이 갑자기 전화를 해서는 자기편을 들어달라고 하던데. 자네, 아직도 병원 하는 이 원장에게 쩔쩔매면서 살고 있나?"

안녕! 인사하듯, 태연한 얼굴로 묻는 신 교수를 보며 이 회장의 얼굴이 붉어졌다.

"참 해맑은 얼굴로 사람 속을 긁는 탁월한 언변 능력은……여전하십니다."

"내가 좀 그렇지? 후후, 그래도 어쩌겠나? 이렇게 타고난 것을. 그리고 옛말에 사람이 갑자기 변하면 죽는다고들 하지 않던가. 그나저나 어물쩍 넘어가지 말고 말해보게. 대체 무슨 일인데 우리 착한 손자가 늙고 병든 나를 여기까지 오게 만들었는지."

신 교수가 능청스럽게 웃으며 말했다.

"별일 아닙니다. 훈민이 결혼 문제 때문에 잠시 마찰이 있었습니다."

"마찰?"

"녀석이 말도 안 되는 아가씨랑 결혼하겠다고 자꾸 고집을 부려서 말입니다."

"정음이 말인가?"

"장모님께서 어떻게……!"

이 회장이 굳은 얼굴로 신 교수를 바라보았다.

"그 아이, 미국에서부터 인연이 있었네. 자네도 알겠지만……현옥이는 내 제자 아닌가. 자네가 못 하니 나라도 용서를 빌어야지. 그래서 옆에 두고 내내 지켜봤네."

이 회장의 얼굴이 점점 붉어졌다. 부끄럽고 민망스러운 과거를 장모가 알고 있었다니. 그는 장모의 시선을 피해 창가로 눈길을 돌려 버렸다.

"훈민이랑 정음이 일부러 연결하지 않아도 자연스레 잘 어울리더구만. 둘이 아주 예쁜 아이들이었네. 내 눈에는 더없이 좋은 짝이더만, 자네는 훈민이가 정음이랑 결혼하려는 게 그렇게 불안한가? 자네 잘못이 낱낱이 까발려질까 봐? 현옥이 버리고 우리 딸이랑 결혼한 게 걸리는가? 아니면 중국에서 은인을 버리고 혼자 도망쳐 온 것이 걸리는가?"

"장모님!"

이 회장의 얼굴이 새빨갛게 달아올랐다. 아무도 몰랐으면 하는 과거였다. 이대로 이 원장만 입을 닫으면 영영 묻힐 과거였다. 그런데 장모까지 그 사실을 알고 있다니.

"걱정 말게. 딸이 남긴 일기장은 나만 본 후 태웠으니까. 자네가 이리 흥분하는 걸 보니 아직도 마음의 짐이 그대로인 모양이야."

이 회장은 낮게 한숨을 내쉬며 비서가 가져온 연잎차로 손을 뻗었다.

"마음이 요동치는 것이, 이 노인네와 오래 상종하다가는 아무래도 오래 살지 못하겠다 싶지?"

그의 마음을 읽은 것처럼 신 교수가 물었다.

여우 같은 노인네. 이젠 독심술까지 하나 보군. 이 회장은 천천히 들고 있던 찻잔을 입으로 가져가 필요 이상으로 오래 마신 후 내려놓았다.

"그럴 리가요."

"됐네. 우리 사이에 뭘. 그래서 내가 하고 싶은 말은 이거네."

신 교수가 가방을 뒤지더니 동화책 한 권을 내밀었다.

"이게…… 뭡니까?"

"내가 썼어. 한번 읽어보게."

"네?"

어이없어 되묻는 이 회장을 보며 신 교수가 옅은 미소를 지었다.

"왜 읽기가 싫은가? 그럼 들어보게. 아주 간단한 내용이네. 살을 에는 추운 겨울이었지. 마당에 세워둔 나귀 한 마리가 너무 추워하기에 불쌍히 여긴 주인이 방문을 조금 열어 '여기 이곳에다 발 한 짝만 넣어두렴.' 하고 인정을 베풀었어. 그랬더니 이 나귀가 매우 기뻐하면서 '주인님, 너무 추워서 그러니 두 발을 다 넣게 해주면 안 될까요?' 애원하지 않겠나. 마음 약한 주인이 다시 그래라, 허락을 했지. 그랬더니 잠시 후에 나머지 두 발도 다 집어넣으면 안 되겠냐고 다시 애원을 하는 거야. 마음 약한 주인이 이번에도 그래라, 허락을 했지. 그날 밤 그 집주인이 어떻게 되었겠나?"

어디선가 들어본 내용이었건만, 이 회장은 아무런 말을 할 수가 없었다. 어리석은 집주인이 자신인 것을 너무도 잘 알고 있었기 때문이다.

"그 끝은 자네도 알고 있지? 집주인이 나귀 뒷발에 채여 결국 쫓겨나게 된 것을. 한 발만 넣게 해달라고 조르던 나귀는 결국 그 집을 다 차지하게 된다네. 그게 사람의 욕심이라는 거야. 여보게, 이 회장. 자네 의지의 주인은 자네가 되어야 해."

신 교수가 사위의 손을 꼬옥 쥐며 말했다. 쭈글쭈글 볼품없이 마르고 비틀어졌지만, 따뜻한 온기는 젊은 사람 못지않은 열정이 가득한 손이었다.

"흔들리지 말게. 착각하지도 말게. 자네가 보답하고 정성을 들여야 할 사람은 이 원장이 아니라 정음이네. 이제 와서 사실을 밝힌답시고 아이들에게 더 이상 상처 주지 말고 그 부끄러운 마음 그대로 정음이를 섬기게. 정음이처럼 의사자 아버지를 둔 아이들을 섬기고 보살피게. 그게 자네가 해야 할 일이야."

장모의 당부에 차마 아무 말도 하지 못한 이 회장이 고개를 숙였다. 얼굴이 화끈 달아오르고 눈시울이 붉어졌다.

"이 원장은 내가 따로 만나서 이야기를 할 걸세. 바쁜 사람 시간을 너무 뺏었나 보네. 이제 그만 일어나겠네."

천천히 일어나 걸음을 옮기던 신 교수가 갑자기 멈춰 서 자신의 사위를 물끄러미 바라보았다.

"이렇게 보니 자네도 많이 늙었구만. 생각이 많아질 나이야. 부디 내 말대로 하게. 이렇게 쉽게 내려놓으면 될 걸 왜 그렇게 안고 살았나 싶을 걸세. 아주 홀가분해질 거야. 다 내려놓게. 세상에 자식보다 중요한 게 뭐가 있나?"

이 회장은 다시 돌아서는 장모를 따라나섰다.

"모셔다 드리겠습니다."

"싫네. 혼자 가는 게 편하니 나오지 말게."

회장실을 나서는 장모를 보며 이 회장은 뜨거워진 눈에서 눈물이 주르륵 흘러내리는 것을 느꼈다. 얼마 만에 이렇게 눈물을 흘려보는지. 이 회장은 장모의 말처럼 자신이 늙은 것이 맞나 보다 생각했다.

마주 앉은 식탁의 분위기가 평소와 달랐다. 분명히 같은 공간, 같은 사람들이었건만 어제 와는 다른 묘한 기류가 형성되고 있었다.

별일이네. 이 회장의 앞에 국그릇을 내려놓으며 박 여사는 생각했다.

"이 실장도 국 좀 더 드릴까?"

"전 괜찮습니다. 박 여사님도 식사하세요."

"그래요. 우린 신경 쓰지 말고 가서 식사해요."

이 회장과 훈민이 동시에 대답했다.

두 사람이 이렇게나 마음이 통했었나? 이것도 전에 없는 일이었다. 박 여사는 좋은 기류가 흐르는 식탁을 흐뭇하게 돌아보며 고개를 숙였다.

"그럼 천천히 식사하세요. 저는 이만 나가보겠습니다."

공손히 인사를 한 박 여사가 주방 일을 거드는 사람들과 함께 식사를 하기 위해 식탁을 떠나고, 둘만 남은 부자는 말없이 식사에 집중했다. 솜씨 좋은 주방 아주머니가 끓인 아욱된장국과 싱겁게 무친 취나물, 살이 오른 보리굴비와 깔끔한 김치가 놓인 맛깔스러운 아침 식사를 두 사람은 평소보다 긴 시간 동안 했다.

"외할머니는 뵀느냐?"

시원하게 끓인 아욱국을 한 그릇 다 비운 이 회장이 그제야 숟가락을 내려놓으며 말했다.

"할머니께서 오셨습니까?"

금시초문인 듯 놀라는 아들을 보며 이 회장이 고개를 끄덕였다.

"몰랐구나. 어제 갑자기 찾아오시는 바람에 나도 놀랐다. 네 전화를 받고 궁금해서 오셨다더구나."

아버지의 말에 훈민도 숟가락을 내려놓았다.

젊은 시절 아내처럼 입이 짧고 까다로운 성격이라 주방 아주머니가 회장님보다 더 신경을 쓰고 있다는 박 여사의 귀띔을 전해 들은 적이 있었다. 녀석, 그런 점은 나를 닮지 않고. 이 회장은 전에 없이 다정한 눈길로 아들을 바라보았다.

"마저 먹어라."

"다 먹었습니다."

컵을 들어 물을 마신 훈민이 천천히 입을 닦았다.

자신의 청년 시절과 꼭 빼닮은 외모와 아내의 고귀한 기품을 그대로 빼닮은 아들을 보며 이 회장은 짧은 한숨을 내쉬었다. 어디에 내놓아도 빠지지 않을 놈이 굳이……

아들 가지고 장사할 생각 따위는 없었지만, 이왕 우정이 아닐 바에는 대한민국 어느 집안의 규수도 욕심낼 수 있는 훌륭한 신랑감이었다. 하지만 장모의 말이 맞았다. 자신은 정음이라는 그 아가씨에게 갚아야 할 빚이 있었다.

"넌 항상 궁금해했지. 내가 이 원장에게 어떤 약점이 잡혔는지. 혹시 할머니께 여쭈어 보았니?"

"아무것도 모른다고 말씀하셨습니다."

"그뿐이냐?"

"무슨 일인지 모르지만, 소신을 가지고 밀고 나가라고 하셨습니다. '할미가 힘이 되어주마, 그러니 아무 걱정 하지 마라.' 이렇게 말씀하셨습니다."

과연 신정숙 여사다운 호기로운 응원이었다.

"아버지께서 무슨 약점을 잡히셨는지 모르겠지만, 저는 할머님 말씀대로 할 생각입니다. 아버지와 이 원장님의 뜻에 따르고 싶은 마음이 없습니다. 두 분의 일은 두 분이 해결하시는 게 맞습니다."

단호한 아들의 말에 이 회장은 낮은 한숨을 내쉬었다.

젊은 시절 자신은 부모의 고집을 꺾지 못했지만, 아들은 자신을 이길 것이다. 충분히 그러고도 남을 놈이었다.

이 원장을 만나겠다는 신 교수의 능력을 믿었지만, 혹시 일이 잘 안 풀려 이 원장이 폭탄을 터뜨리게 된다면 자신이 그 책임을 달게 질 것이다. 그 아가씨 앞에 무릎 꿇고 사죄할 각오가 되어 있었다. 문제는 아들인 훈민이 자신을 어떻게 받아들이냐 하는 것인데.

"흠…… 어쩌면 아비의 부끄럽고 못난 모습을 보게 될지도 모른다."

용기 내어 말한 이 회장을 물끄러미 바라보던 훈민이 천천히 입을 열었다.

"아버지는 제게 언제나 큰 산이었습니다. 무슨 일이 있었는지 모르지만, 큰 산은 쉽게 허물어지는 법이 없다는 걸 알고 있습니다."

"그 아이…… 데려와 봐라."

"네?"

"그 아이 데려와 보라고."

자신의 말에 두 눈이 휘둥그레지는 아들을 보며 이 회장은 식탁에서 일어났다.

"감사합니다. 정말 감사합니다."

주방을 벗어나는 그의 뒤로 아들의 밝은 목소리가 따라 나왔다.

하루 종일 까치가 울더니 반가운 손님 대신 곤란한 손님이 병원으로 찾아왔다. 이 원장은 향이 좋은 녹차를 한 모금 마시는 손님을 힐끔거리곤 헛기침을 했다.

"흠흠, 말씀하시지요. 이렇게 찾아오셨으면 뭔가 하실 말씀이 있어서 오신 것 아니겠습니까?"

온화하게 웃으며 자신을 바라보는 신 교수를 보며 이 원장은 내심 초조한 마음을 억눌렀다. 늙은 노인네가 왜 자신을 찾아왔을까? 한국에서도 미국에서도 존경받는 교수라고 들었다. 평생 수없이 많은 사람을 만나서일까? 속을 훤히 들여다보는 듯한 눈빛도, 네 마음을 다 알고 있다는 듯 부드럽게 짓는 온화한 미소도 마음에 들지 않았다.

"이거 왜 이러시오. 다 알지 않소. 내 손자 결혼 문제 때문에 이렇게 찾아왔다는 걸."

신 교수가 여전히 미소 띤 얼굴로 말했다. 이 회장과 달리 에둘러 표현하지 않는 솔직한 성격인 모양이다.

"그래서…… 하실 말씀이 뭡니까?"

결혼을 시키자는 건지 말자는 건지 도무지 속내를 읽을 수가 없는 노인네였다.

"우정이에게 들었는지 모르지만, 내 미국에서 우정이를 가까이 봐왔소. 착하고 사랑스러운, 정말 예쁜 아이더군요."

신 교수의 말에 이 원장은 울컥 화가 치밀어 올랐다. 그렇게 예쁜 내 딸을 거부하다니.

"그러게 말입니다. 그렇게 예쁜 아이에게 상처를 주다니요. 교수님의 손자인 훈민 군이 우리 우정이와 결혼하지 않겠다고 제게 말했습니다."

그때를 떠올리며 이 원장이 불쾌한 어조로 말했다.

"쯧쯧. 내 손자놈의 복이 그만큼인 게지요. 훈민이와 우정이, 참 잘 어울리는 한 쌍이다 생각했지만, 아무래도 인연이 아니었던 모양이오. 훈민이 놈이 다른 아가씨를 사랑한다고 하지 않겠소."

"아직 어려서 그렇지요. 제가 뭘 선택해야 할지도 모르고."

잘 어울리는 한 쌍으로 보였다고? 그러면 결혼을 성사시키기 위해 온 건가? 신 교수의 의도를 파악하지 못한 이 원장이 몸을 앞으로 기울이며 헛다리를 짚었다.

"그렇진 않을 겝니다. 우리 훈민이는 제가 뭘 선택해야 할지 정확하게 아는 아이요. 적어도 나는 그렇게 믿고 있소이다."

이 노인네가 정말. 사람을 놀리나? 좀처럼 속을 알 수 없는 신 교수를 보며 이 원장은 급기야 짜증을 냈다.

"여기까지 오신 목적이 뭡니까?"

"목적이야 뻔하지요. 이 원장이 그만 물러나 주십사, 이 늙은 이가 부탁을 하러 왔어요."

"네?"

"현명하고 아름다운 사랑을 하는 아이들이 어른들의 뜻에 휘둘리며 살아야 되겠소? 살 만큼 산 우리가 이쯤에서 정리합시다."

"그럴 순 없습니다. 우리 우정이는 어떻게 하라고요."

우정이도 우정이지만, 눈앞으로 다가온 우주그룹으로 향하는 최상류층행 급행열차를 놓칠 수는 없었다.

"시간이 약이라고 하지 않소. 우정이야 워낙 예쁘고 참하니 또 좋은 사람이 생기겠지요."

"남의 말이라고 쉽게 하십니다. 그러지 마시고 신 교수님께서라도 잘 설득시켜 주십시오. 오랜 시간 잘 쌓아온 이 회장님의 참모습을 사람들이 알기 전에요."

이 원장의 말에 신 교수의 얼굴에 남아 있던 미소가 천천히 지워졌다. 여태 싱글벙글 웃고 앉아 있기에 그저 속 깊고 성격 좋은 노인네인 줄로만 알았다. 그런데 웃음기 없이 자신을 바라보는 얼굴을 보니, 가슴이 뜨끔한 것이 꼭 선생님 앞에서 혼나는 초등학생이 된 기분이 들었다.

"이 회장의 참모습이라……. 그럼 당신은 어떻소?"

"네?"

"이것 보시오, 이 원장. 내 죽기 전에 길다면 길고, 짧다면 짧았던 인생의 자서전을 쓸 예정이오."

이 노인네가, 노망이 왔나. 자기 자서전 자랑을 왜 이 자리에서 하는 거야? 신 교수의 말에 이 원장은 콧방귀를 뀌었다.

"허허. 자서전을 쓰신다니 축하는 드립니다만, 지금 이 자리와 상관없는 뜬금없는 말씀 같습니다."

"뜬금없다니요. 거기에 내 하나밖에 없는 딸과 사위에 대한

이야기도 쓸 예정이오. 물론, 이 원장의 이야기도 쓸 겁니다. 이 원장이 내 사위의 치부를 알고 그 사실을 빌미로 협박을 일삼았다. 억지로 얻어낸 우주그룹의 후원을 발판 삼아 당신의 병원이 지금까지 성장한 모든 사실이 다 쓰여 있을 거요."

탁자 위에 놓여 있던 물을 마시려던 이 원장은 갑자기 자신의 이야기를 자서전에 쓰겠다는 신 교수의 말에 놀라 컥컥거렸다.

"그, 그게 무슨 말씀입니까?"

"무슨 말인지는 본인이 더 잘 알지 않소. 내 죽을 때가 되니 꺼리길 게 없더구만. 어떻소? 우리 같이 한 번 세상에 까발려져 봅시다. 내 사위도 그러자, 자신을 믿고 있던 모든 사람들에게 용서를 빌겠노라 약속했소. 그리고 말이오, 이왕 이렇게 된 거 당신에게 투자한 금액들 다 돌려받아서 그 돈으로 좋은 일에 쓰라고 했소, 내가."

이 원장의 이마 위로 식은땀이 주르륵 흘러내렸다.

"왜 이러십니까, 교수님. 지금 저를 협박하시는 겁니까?"

"협박이라니. 그건 이 원장이 한 짓이고. 나는 아니오."

여유롭게 미소 짓는 신 교수를 보며 이 원장은 빠르게 머리를 굴렸다. 아무리 우정이를 사랑한다지만, 여태 이룩한 것을 다 내려놓을 수는 없었다. 하지만 이대로 조금만 더 나가면 우주그룹의 사돈이 되는데⋯⋯.

어쩐다? 마음속으로 열심히 계산하고 있는 그를 바라보던 신 교수가 근엄한 얼굴로 자리에서 일어났다.

"아무래도 이 원장은 좋게 끝낼 생각이 없는 모양이오. 그럼 우리 다 같이 세간의 입방아에 오르내려 봅시다. 우리야 뭐…… 사위 얼굴에 먹칠 좀 당하고 기업 이미지에 입을 타격을 준비하면 되겠지요. 기껏 몇 달만 잘 버텨내면 끝날 거요. 하지만 당신네는 단단히 각오를 하셔야 할 게요. 우주그룹에서 받은 후원금의 이자까지 다 계산해서 토해내야 할 테니까."

냉정하게 말하며 문을 나가려는 신 교수를 이 원장이 재빨리 잡았다.

"왜, 왜 이러십니까?"

"이 원장이야말로 이거 놓으시오. 나도 오늘 해야 할 일이 많으니……."

"좋습니다. 아이들 결혼…… 없었던 일로 하겠습니다."

여태 허황된 꿈을 꿔왔던 이 원장은 마른침을 삼키며 억지로 웃음을 지어 보였다. 가슴이 타들어갈 만큼 속이 쓰렸지만, 아무리 생각해도 자신의 치부 또한 무시하지 못할 만큼 부끄러운 것이었다. 게다가 투자금을 다 토해내야 한다니…….

"우정이는 제가 잘 설득시키겠습니다."

딱딱하게 굳어 있던 신 교수의 얼굴 위로 다시 웃음기가 스며들기 시작했다. 마치 착한 일을 한 아이를 바라보는 것처럼 신 교수가 이 원장을 바라보았다.

"잘 생각했소. 그리고 또 할 말은 없소?"

"그리고, 라니요?"

"더 이상 이런 일이 일어나서는 안 되오. 당신이나 내 사위나 부끄러운 짓을 한 것은 매일반이 아니오. 굳이 이 일이 세상에 알려져서 좋을 게 뭐가 있나? 우리야 이미 한세상 다 산 사람들이니 우리끼리 안고 무덤으로 갑시다."

신 교수의 말에 이 원장은 천천히 고개를 끄덕였다. 얼굴이 화끈거려 불이라도 난 것 같았다.

오정음은 작고 호리호리한 몸매에 총명하게 빛이 나는 눈동자를 가진, 아버지 오 선교사를 꼭 빼닮은 예쁜 아가씨였다. 장모의 예언처럼 이 회장은 정음이 마음에 들었지만, 내색은 하지 않았다.

"이번 카오 섬에서 수고가 많았다고 들었어요. 수고했어요."

뜻밖의 환대에 정음의 눈동자 위로 의아함이 깃들었다.

"감사합니다."

"내가 불러서 많이 놀랐지요?"

"아닙니다."

"훈민이가 아가씨가 아니면 안 된다고 하기에 내 많이 궁금하기도 하고."

"저도 많이 뵙고 싶었습니다, 회장님."

정음이 흔들림 없는 목소리로 대답했다.

"한글 연구, 거 할 만하오?"

"솔직히······ 많이 힘듭니다."

어허, 이 아가씨 보게!

의례적인 인사치레에 뜻밖의 정직한 대답이 돌아와 이 회장은 잠시 당황했다.

"그래, 뭐가 가장 힘이 듭디까?"

"한글을 지키는 일이 가장 힘듭니다."

"한글을 지켜?"

"네. 저희끼리는 그런 말을 합니다. 총칼로 위협받던 일제강점기보다 요즈음 한글을 지켜 나가는 것이 더 힘들다고요."

이 회장은 차분히 대답하는 정음을 바라보았다.

"일리 있는 말이오."

"그래서 요즈음은 만나는 사람들마다 '한글을 소중히 여겨달라', '사명감을 가지고 한글을 바르게 사용해 달라' 부탁을 합니다."

이 회장이 고개를 끄덕였다.

오랜 시간 많은 사람을 만나본 이 회장이 보기에 정음은 흠잡을 데 없이 야무지고 당당한 아가씨였다. 자기 일에 대한 사명감과 자부심까지 갖춘 매력적인 여성. 거기다 자신이 한때 사랑했던 현옥을 꼭 닮은 목소리와 말투도 마음에 들었다.

"우리 훈민이와 미국에서 처음 만났다고 들었소만?"

"네, 그렇습니다."

"우리 훈민이 녀석은 아가씨가 첫사랑이라고 하던데, 아가씨도 그렇소?"

짓궂은 질문에 정음이 당황해했다.

"저, 저는 그렇진 않습니다."

"그렇군. 사람의 마음은…… 수시로 변하는 거요. 난 사람의 마음을 잘 믿지 않소."

자신이 현옥을 버린 것처럼, 사랑만으로 헤쳐 나가지 못할 일들이 이 세상에는 너무나 많았다. 후우, 씁쓸함에 낮은 한숨을 내쉬는데, 어제저녁 급하게 잡힌 스케줄을 준비해야 한다는 비서의 말이 인터폰을 통해 들려왔다.

"이리 불러놓고 미안하오. 식사라도 해야 하는데. 내 시간이 너무 빡빡해서. 대신, 훈민이에게 맛있는 거 많이 사달라고 하시오."

"네, 그러겠습니다."

불러놓고 밥도 사주지 않는 자신을 어찌 생각할까, 마음에 걸렸지만, 다행히 정음이 그리 기분 나빠하는 것 같지는 않았다. 음…… 성격도 현옥이를 닮아 시원시원하군.

"아! 그리고 우리 훈민이와 뜻을 잘 모아서 카오 섬 프로젝트 끝까지 잘 마무리해 주시오. 내 부탁하리다."

"저야말로 잘 부탁드립니다, 회장님!"

정음이 정중하게 허리를 숙여 인사할 때, 문밖에서 노크 소리가 들리더니 훈민이 안으로 들어왔다.

"괜찮아?"

정음을 향해 부드럽게 말하는 아들을 보며 이 회장은 살짝 충격을 받아야 했다. 저 녀석이 저런 표정도 지을 줄 아는 놈이었나?

"그럼, 이만 가보겠습니다. 안녕히 계십시오, 회장님."

"그래요. 조심해서 가시오."

훈민과 정음이 인사를 하고 회장실을 벗어났다.

나란히 나서는 아들과 아들이 사랑하는 여자를 보며 이 회장은 긴 한숨을 토해냈다.

그래, 거스르지 말고 순리대로…… 그렇게 돌고 도며 사는 거지.

오 선교사님, 현옥이. 당신들에게 갚지 못한 빚…… 내 이자까지 쳐서 정음이에게 대신 갚겠소. 그러니 두 분! 부디 나를 용서하시오.

이 회장은 하늘을 보며 그렇게 속으로 중얼거렸다.

13. 우리 함께 걸을까?

제주. 올레길 1코스.

"헉헉헉!"

숨을 몰아쉬며 해오름의 정상에 오른 정음은 걸음을 멈추고 눈앞에 탁 트인 그림 같은 풍광을 내려다보았다. 삐뚤빼뚤 제멋대로여서 더 자연스러운 밭과 길, 그 뒤로 그림처럼 펼쳐진 제주도의 푸른 바다. 하늘과 맞닿은 듯 끝없이 이어진 수평선 위로 우뚝 솟은 섬을 가리키며 정음이 물었다.

"저기…… 저 섬, 우뚝 솟은 저 섬의 이름이 성산일출봉이라고?"

"응."

"천국이 따로 없구나. 이렇게 아름다운 풍경이 우리나라에도 있었다니."

"하와이보다 낫지?"

"응. 완전!"

"그럴 줄 알았어. 제주도 오길 잘했지?"

"응. 진짜 고마워."

훈민은 감탄사를 연발하는 정음을 사랑스러운 눈으로 지켜보았다.

아버지의 허락을 받고, 정음을 키워주신 홍숙자 고모님과 류하 교수에게 인사를 드린 두 사람은 양가의 합의하에 날을 잡았다. 바로 한 달 보름 뒤인 12월 25일. 아기 예수님이 태어나신 성탄절 날 결혼식을 올리기로 약속했다.

"바빠서 정신도 없을 텐데 제주 올레길을 가자 그래서 이상하게 생각했어. 그런데 안 왔으면 정말 후회할 뻔했네."

"우리 신혼여행, 카오 섬 말고 제주로 바꿀까?"

"그것도 좋은데, 그래도 족장님이랑 리코, 또 아이들과 약속했잖아."

"그래, 약속을 지켜야지."

훈민은 배시시 웃는 정음의 보드라운 얼굴을 감싸며 살며시 입을 맞추었다.

결혼을 앞두고 눈코 뜰 새 없이 바쁜 정음을 제주도까지 억지로 끌고 왔다.

사람을 풀어 몇 달 동안이나 찾아 헤맨, 어렵게 발견한 결혼 선물을 정음이 기쁘게 받아줘야 할 텐데. 걱정이 앞섰지만, 언젠가 한 번은 만나야 할 사람이라는 확신이 있었다. 아무것도 모르는 정음을 보며 그는 걱정으로 들뜬 숨을 삼켜야 했다.

"정말 예쁘다."

"응, 진짜."

훈민의 감탄에 정음도 고개를 끄덕였다.

"풍경 말고 너. 네가 예쁘다고."

"으이구, 눈은 높아가지고."

정음이 개구지게 웃으며 손을 내밀었다. 훈민은 정음이 내민 손을 꼭 잡고 걸음을 옮겼다.

두 사람은 장장 15㎞의 길을 걸었다. 오름을 오르고 마을길과 바당길을 차례차례 지나며 걷고 또 걸은 두 사람이 게스트하우스에 도착한 것은 오후 5시가 막 넘어갈 무렵이었다.

훈민이 예약해 놓은 '탐라의 집'이라는 이름이 붙은 숙박업소는 오래된 폐교를 단장한 게스트하우스였다.

짐을 풀고 잠시 휴식을 취하는 사이, 비가 추적추적 내리기 시작했다.

"나 구경 좀 하고 올게."

씻고 있는 훈민을 기다리다 무료해진 정음은 방을 나와 길게 이어진 복도를 천천히 걸었다. 한국의 초등학교, 예전에는 국민

학교로 불렸던 곳을 왔다 갔다 하면서 이곳을 스쳐 갔을 수많은 발자국들을 떠올려 보았다.

자신은 한 번도 경험해 보지 못한 초등학교 생활. 다른 사람들처럼 평범한 부모님을 만났다면 그녀 역시 학교를 다니고 시험을 치며 진급을 하고 그렇게 그들과 어울려 살아왔을 것이다. 문득 가질 수 없었던 그 시간을 그리워하며 그려보던 정음은, 갑자기 떠오른 훈민을 생각하며 고개를 흔들었다. 만약 그랬다면 훈민을 만날 수 없었을지도 모른다.

왠지 감성적인 기분에 젖어 창밖을 보던 정음은 식당건물에 불이 켜진 것을 발견하고 저도 모르게 그곳으로 향했다.

"왜 안 자고 나왔어요?"

식당 문을 열고 들어가자, 처음 방까지 안내해 주었던 다정한 여주인이 정음을 반겼다.

"뭐 하세요?"

"팔찌를 만들고 있어요. 내일 초등학생들 손님이 예약되어 있어서, 오면 같이 만들어보려고요. 참! 이리 앉아봐요."

긴 탁자에 앉아 테이블 위에 놓인 작은 구슬을 끼우며 여주인이 부드럽게 웃었다. 정음은 웃는 모습이 친근하고 예쁜 여주인의 앞으로 가서 앉았다.

"이게 뭔 줄 알아요?"

작은 알갱이 하나를 들어 보이며 주인이 물었다.

"글쎄요. 처음 보는 건데, 구슬인가요?"

"메밀이라는 곡식이에요."

"아! 메밀국수, 메밀차, 그 메밀이요?"

"네, 맞아요. 이 알갱이 속에 작은 씨앗이 있는데 그걸 빻아서 국수를 만들면 메밀국수, 차를 만들면 메밀차가 되죠."

여주인이 자상하게 말했다.

"어머나. 진짜 신기하네요. 그런데 이 작은 알갱이에 어떻게 실을 꿰요?"

"여기 중앙에 튀어나온 실 같은 것이 있죠? 이게 꽃이에요. 이걸 쏙 빼면 이렇게 구멍이 생긴답니다."

주인의 말처럼 콩알보다 작은 메밀 알갱이 속에는 하얀 꽃길이 나 있었다.

"신기해요, 정말."

"저희는 메밀이 우주의 기운을 품고 있다고 그래요. 이걸 몸에 지니면 좋은 일이 있을 거라고, 그러니까 아가씨도 이참에 팔찌 하나 만들어서 가요. 남자친구 것도 같이 만들면 더 좋고."

"와아! 감사합니다."

정음은 여주인과 함께 두런두런 이야기를 나누며 함께 팔찌를 만들었다.

쉰이 훌쩍 넘은 것 같은 여주인은 다정하고 웃음이 많은 포근한 사람이었다.

"아가씨는 무슨 일을 해요?"

"저는 한글을 연구하고 오류를 바로잡는 일을 해요."

정음의 대답에 여주인이 신기한 듯, 자세를 고쳐 앉았다.

"어머나! 근사해라. 진짜 멋진데요."

"아니에요. 누구나 조금만 관심을 가지면 다 할 수 있는 일이에요."

"남자친구도 같은 일을 하세요? 아니, 신랑 되시는 분인가요?"

"아뇨, 신랑 될 사람은 회사에 다니고 있어요. 그리고 저희는 다음 달에 결혼해요."

"어머나! 축하드려요. 정말 예쁜 한 쌍이네요. 언제 한 번 시간이 되면 꼭 다시 놀러 오세요. 제가 성게 많이 넣고 미역국 끓여 드릴게요."

다정한 여주인이 정음의 손을 꼭 잡으며 말했다. 부드러운 손이 주는 따뜻함에 정음은 괜히 눈시울이 뜨거워져 고개만 끄덕여야 했다.

동이 트기 전, 두 사람은 함께 게스트하우스를 나왔다.

"나중에…… 기억이 날까?"

길게 이어진 돌담길을 걸으며 훈민이 말했다.

"응?"

"이곳 말이야."

지난밤, 정음이 잠든 것을 확인한 훈민은 게스트하우스의 여주인을 찾아갔다. 정음에게 줄 결혼 선물, 몇 달 동안이나 수소문해서 찾아낸 정음의 친모는 하얗게 질린 얼굴로 눈물을 쏟아냈다.

　　"밝히지 말아주세요. 이제 와 어미라고…… 나설 수 없어요. 너무 염치없어요. 저리 예쁘게 잘살고 있는 거 봤으니까…… 이제, 이제 죽어도 여한이 없어요. 이제 됐어요. 고맙습니다. 이리 찾아와 주셔서 정말 고맙습니다."

　　한참을 흐느낀 그녀가 울음을 참아가며 말했다.
　　강경한 그녀의 태도에 훈민은 어쩔 수가 없었다.
　　그래, 돌아가신 아버님과 고모님. 그리고 저기 계시는 어머니 몫까지 내가 사랑할게. 내가 나보다 더 사랑하며 보살필게.
　　훈민은 그렇게 다짐할 수밖에 없었다.
　　"당연히 기억하지! 우리 처음으로 온 제주 여행이잖아. 그것도 무려 15㎞를 걸어서 온 길. 당근 잊을 수 없지."
　　아무것도 모르는 정음이 씩씩하게 말했다.
　　"그래, 꼭 기억하자."
　　훈민은 정음의 손을 꼭 잡아주었다.
　　"오정음."
　　"응?"

"사랑해."

훈민이 낮은 목소리로 말했다.

"나도!"

"야! 이럴 때는 '나도 사랑해.' 라고 말해야지."

"응. 나도 사랑해, 이훈민!"

말 잘 듣는 아이처럼 정음이 훈민의 말을 따라 말했다.

나란히 손을 잡고 걷는 두 사람의 뒤로 찬란한 아침 해가 떠오르고 있었다.

끝

작가 후기

〈훈민&정음〉을 준비해 온 지 벌써 6년이라는 시간이 흘렀습니다.

다른 글들도 마찬가지지만, 유난히 오랜 시간 쓰고 고치기를 반복하다 보니 훈민과 정음은 제 주변 지인처럼 그렇게 가까운 사이가 되어버렸습니다. 이제 이들을 떠나보낼 마음의 준비를 하려니 많이 섭섭하네요.

그래도 이제 그만 정들었던 이들과 이별을 해야 할 것 같습니다.

함께 고생해 주신 희현 님.

건강상의 이유로 끝까지 가지 못해 아쉬운 조정은 님.

오랜 시간 인내로 기다려 준 청어람 출판사 관계자님.

눈물 어린 기도로 후원해 주시는 두 분 어머니.

언제나 한결같은 모습으로 옆을 지켜주는 남편께 감사드립니다.